EL BUEN DICTADOR

Parte 1 – El Nacimiento del Imperio

Gonçalo JN Dias

D1717528

Título: El Buen Dictador – El Nacimiento del Imperio
Autor: Gonçalo J. Nunes Dias
Traductores: Edurne Blas y Gonçalo JN Dias
Portada: Suhar Izagirre
1ª Edición: Junio 2017
2ª Edición: Febrero 2019
3ª Edición: Noviembre 2023
ISBN: 978-1521323137
http://gjnd-books.blogspot.com.es/

"Quien controla el presente controla el pasado y quien controla el pasado controlará el futuro".

George Orwell

A Iker, Xavier y a mis abuelos.

UNA VIDA CÓMODA

En un lunes primaveral, por la mañana, Gustavo sacó su coche del garaje y se dirigió a su trabajo. En un típico coche familiar, él conducía relajado y con tiempo, conocía bien el camino, y su mente divagaba sobre el trabajo que le esperaba esa mañana.

No era una mañana normal y rutinaria, iba solo en el coche, escuchando música en la radio en lugar de canciones infantiles, como era habitual, o dando instrucciones a sus dos hijos que solían ir detrás. Estaban de vacaciones escolares de Semana Santa y se encontraban con sus suegros en el pueblo alentejano de Barrancos.

Aparcó su vehículo junto a la plaza de toros de Vila Franca de Xira, en el aparcamiento gratuito que el ayuntamiento proporcionaba. Gustavo prefería dejarlo allí, aunque no estuviera tan cerca de su lugar de trabajo, porque no era de pago y, además, evitaba tener que entrar al centro de la ciudad. Desde el aparcamiento hasta su puesto de trabajo había cinco minutos andando; sin embargo, habitualmente, cuando llevaba a sus hijos a la escuela, que quedaba cerca de su trabajo en el centro de la ciudad, tardaba el doble de tiempo.

Antes de salir del coche, Gustavo se miró en el espejo retrovisor. Tenía treinta y siete años, y ya se notaba en él el paso de los años. Se estaba quedando calvo, con entradas y una corona que ganaba cada vez más diámetro. En realidad, solo se preocupó por su pérdida de pelo a los veintiocho años, cuando comenzó a perder los primeros cabellos. No quería ser como su padre o su abuelo, pero después de leer bastante sobre el tema, se dio cuenta de que no tenía muchas posibilidades de escapar de su fatídica herencia biológica. Tenía ojos azules claros, y alrededor de ellos ya empezaban a asomarse arrugas. Su cara era bastante redonda, y su cuello fino y delgado. Tenía labios carnosos, pero con el paso de los años se estaban volviendo cada vez más finos. Ya no era aquel chico guapo de antes, pero aún seguía siendo un hombre atractivo. Medía un metro ochenta de altura y tenía un cuerpo fibroso y delgado, resultado de cientos de kilómetros semanales de rodaje en bicicleta.

1

Trabajaba en un viejo edificio del ayuntamiento de Vila Franca de Xira, que había sido reformado varias veces y se encontraba justo en el centro de la ciudad, al lado del ruidoso y maloliente mercado municipal. Desempeñaba el cargo de técnico superior informático desde hacía diez años en ese lugar. Había comenzado cuando tenía veintisiete años, después de haber completado la carrera de Ingeniería Informática en una universidad de Lisboa. Desde que llegó al ayuntamiento, ese había sido su puesto permanente y, hasta el momento, nunca le habían cambiado de mesa.

Ese lunes, decidió visitar algunas escuelas del municipio que habían solicitado ayuda en temas informáticos hace algún tiempo. Dejó su maleta en su mesa, verificó si tenía algún recado, comprobó que su jefe aún no había llegado y salió en dirección al estacionamiento del ayuntamiento para solicitar un vehículo. A las nueve en punto ya se encontraba en su conocida Carretera Nacional 10 para visitar cuatro escuelas en la parte más occidental del municipio.

Después de diez años en este trabajo, a Gustavo le gustaba administrar bien su horario laboral: por las mañanas, aprovechaba para visitar las escuelas, departamentos y otros lugares municipales que requerían algún tipo de servicio informático que correspondiera a él. Mientras que por las tardes, prefería quedarse en la oficina y generalmente en esas tardes no realizaba ningún trabajo para el municipio.

Su mañana pasó rápidamente; entre las nueve y las doce logró visitar y resolver los problemas de cuatro escuelas y recibió un par de llamadas de su jefe, quien quería saber dónde se encontraba y solicitar información sobre un tema específico. Durante esas tres horas de trabajo, solo hizo una parada, como era su costumbre, en una pastelería conocida para tomar su café con leche y un bollo habitual. Siempre que comía ese bollo, pensaba que era hora de cambiar su dieta debido a la cantidad tan alta de calorías que consumía, pero cada vez se convencía a sí mismo de que sus pedaleos en bicicleta a lo largo de la semana compensaban eso y le permitían seguir disfrutando de esos placeres.

A las doce regresó al parking del ayuntamiento de Vila Franca y dejó allí el coche. Antes de volver a su oficina, hizo una parada para hablar con el jefe de la división de ese lugar municipal, Sérgio Pereira, un hombre de su misma edad y posiblemente su único amigo en el ayuntamiento. Esperó a que terminara de hablar por teléfono y luego le dijo:

- ¿Qué tal el finde? – y le saludó con un apretón de manos.

- Como siempre, deprimente. – y soltó una carcajada espontánea en la que Gustavo no pudo dejar de fijarse en su dentadura amarillenta de tantos años de fumador.

- ¿Vamos a comer dentro de media hora? – preguntó Gustavo, sonriendo.

- Me parece muy bien, aquí te espero.

Gustavo volvió a su oficina y se dirigió directamente a hablar con su jefe, el ingeniero Mário Viláres, un hombre de casi sesenta años, calvo, de baja estatura y bastante delgado, que fumaba de forma compulsiva, lo que le provocaba una tos constante de fumador y un tono amarillento en su tupido bigote. Viláres tenía su escritorio siempre lleno de papeles, justo lo contrario de Gustavo, que era más bien organizado y meticuloso.

- Buenos días, jefe.

- Buenos días, ¿qué tal estás? – dijo sin esperar la respuesta. – Acaban de llamar del departamento de Medio Ambiente para saber si ya tienes el programa de los vehículos abandonados terminado.

- Aún no, en principio, quedará listo para esta semana.

- Otra cosa, ¿podrás ir esta tarde al museo? parece que tienen un problema con el programa que les has creado.

Viláres sabía que a Gustavo no le iba a gustar esa tarea. Como animal de costumbres, a Gustavo solo le gustaba salir por las mañanas. La relación entre ellos era bastante buena. Viláres sabía que Gustavo era de lejos su mejor informático. Cuando llegó al ayuntamiento, fue para cubrir una plaza de programador que no existía, pero, además de esa tarea, reparaba también ordenadores, impresoras, instalaba redes y era un trabajador que nunca daba problemas. Por eso, Viláres cerraba los ojos cuando, por las tardes, Gustavo se quedaba en la oficina y se dedicaba a sus temas personales.

- De acuerdo, jefe, iré después de la comida. – contestó sin lograr ocultar su desagrado.

De camino a su escritorio, conversó con sus compañeros de trabajo sobre temas de poca importancia y, al darse cuenta de que eran las doce y media, cogió su cartera y se dirigió al comedor del ayuntamiento.

La mayoría de sus compañeros del departamento no iba a ese lugar a comer; preferían ir a otros restaurantes del centro de la ciudad que ofrecían menús del día de mejor calidad. Gustavo no pensaba como ellos; creía que el comedor del ayuntamiento servía bastante bien y a un precio razonable. Realmente, tenía gustos muy sencillos en cuanto a la gastronomía se refería. Además, le gustaba el ambiente que se vivía en ese lugar, que estaba frecuentado sobre todo por los trabajadores más humildes que llevaban muchos años yendo a aquel local, al igual que él.

El comedor se encontraba en el edificio del ayuntamiento, por lo que, de camino, volvió a entrar en el despacho de su amigo Sérgio, quien ya lo estaba esperando, y ambos se dirigieron directamente a la cola de la entrada del comedor.

Sérgio también era ingeniero, había completado su carrera en mecánica. Ambos ingresaron al ayuntamiento casi al mismo tiempo; sin embargo, Sérgio ascendió más rápidamente en la jerarquía del ayuntamiento y se convirtió en el jefe de su división. Era un tipo más conservador que Gustavo, no solo en su forma de pensar, ya que votaba al centro-derecha, sino también en su forma de vestir. Siempre llevaba una camisa, a veces añadía una corbata, y pantalones de tela o franela en tonos claros. Por otro lado, Gustavo vestía de forma informal, generalmente con pantalones vaqueros acompañados de zapatillas en verano o botas en invierno. Raramente se ponía una camisa; casi siempre llevaba un jersey con una camiseta debajo o simplemente una camiseta elegante en verano. Combinaba la ropa pensando especialmente en el color de sus ojos azules, por lo que los colores azul y verde claro predominaban en su armario. Los dos se hicieron amigos rápidamente y solían comer juntos. Hablaban principalmente de política, economía y cine, aunque a veces la conversación podía derivar hacia el fútbol o las mujeres.

En esa comida, la conversación se volvió más personal. Sérgio le contó a Gustavo que su esposa estaba experimentando una depresión cada vez más profunda y que el ambiente en su casa era, a veces, muy frío. Gustavo escuchaba atentamente, le daba algunos consejos y se alegraba de que su amigo confiara en compartir este tipo de privacidad con él. Siempre había considerado a la esposa de Sérgio bastante frágil y apagada, lo que le sorprendía, ya que su amigo la había elegido como pareja matrimonial. Sérgio era vanidoso y manipulador. La verdad es que la situación de su esposa empeoró bastante después del nacimiento del único hijo de la pareja.

Después de terminar la comida, los dos fueron a tomar un café en su lugar habitual. Más tarde, Gustavo se dirigió al museo, resolvió el problema de programación en menos de diez minutos y luego regresó a su oficina con la intención de no volver a salir.

Gustavo dedicaba las tardes de su trabajo como funcionario a sus proyectos personales. Se consideraba el informático más talentoso del departamento y pensaba que lo que el Estado le pagaba era demasiado poco para comprometer sus tardes en el servicio del ayuntamiento. Siempre había tenido el sueño de trabajar en una empresa informática de renombre o en alguna empresa creativa que lo motivara a mejorar, pero eso nunca sucedió y se acomodó a su puesto de trabajo, que estaba mal remunerado pero era seguro.

Era un hombre con varios proyectos siempre en mente. Tenía un blog personal que actualizaba semanalmente con información relacionada con la informática, obtenida de otras páginas o de su propia experiencia. Tenía algunos seguidores, aunque no muchos, que también dejaban comentarios, algunos de los cuales trataban sobre trucos, incluso ilegales, que Gustavo disfrutaba. Uno de esos seguidores habituales era Norton, un amigo suyo del pueblo natal de su padre, que había tenido problemas con la justicia en Francia, curiosamente relacionados con actividades ilegales en el mundo informático.

Además de su blog, Gustavo realizaba trabajos para una empresa de un ex compañero de facultad que tenía una firma de diseño y mantenimiento de páginas web. Gustavo recibía dinero en efectivo mensualmente por cada página que creaba o por cada programa que desarrollaba. También participaba en cursos en línea gratuitos, sobre todo relacionados con la informática, aunque últimamente se interesaba más por temas relacionados con el comportamiento humano y la silvicultura. A veces, veía películas o simplemente navegaba por Internet sin un objetivo específico.

A las cinco de la tarde salía puntualmente; era muy raro que se quedara un minuto más en la oficina. Siempre se iba con prisa y nunca se despedía de su jefe, pues temía que le asignara alguna tarea que lo hiciera quedarse más allá de su hora de salida. Ese día no tenía que recoger a sus hijos, y los echó de menos por la alegría que siempre mostraban al verlo. Caminó hasta la plaza de toros mientras conversaba con otro compañero que también había aparcado su coche en el mismo lugar.

De camino a casa, fue planificando el resto de la tarde. Tenía la intención de merendar algo ligero y después salir en bicicleta para recorrer unos kilómetros. Luego, descansaría frente a la televisión o el ordenador hasta la hora de empezar a preparar la cena, que compartiría con su esposa, Marta.

Vivía en el municipio donde trabajaba, más precisamente en la localidad de São João dos Montes, un lugar bastante rural con una baja densidad poblacional. Hacía ocho años, había comprado junto con Marta una pequeña casa en un vecindario llamado Cotovios, en la misma localidad, donde se encontraban apartamentos económicos con buenas infraestructuras. Ambos tenían trabajos bien remunerados, y con la llegada del nuevo miembro a la familia, decidieron comprar una villa en una urbanización nueva y de clase media alta llamada A-de-Freire.

La casa era grande y espaciosa, con un buen garaje y un pequeño jardín en la parte trasera donde solía jugar con sus hijos y preparar carne a la parrilla para su familia y amigos que ocasionalmente los visitaban. Se sentía orgulloso de su casa, de poder brindar a sus hijos un hogar grande y cómodo, y recordaba que él no tenía una habitación propia cuando vivía en la casa de sus padres.

Su esposa trabajaba en una fábrica de yogures en Arruda dos Vinhos y tenía un horario laboral más complicado que Gustavo. Entraba a las nueve de la mañana y la mayoría de las veces no salía hasta las diecinueve horas. Era responsable de calidad; sin embargo, su salario no correspondía con el cargo y la dedicación que el puesto requería. Estaba claramente explotada por la empresa.

Después de haber estacionado su coche en el garaje, tomó una merienda ligera, como había planeado, y salió en bicicleta por un bosque cercano a su casa. Empezó a andar en bicicleta hacía muchos años para contrarrestar el estilo de vida sedentario que llevaba. Además, Gustavo era vanidoso y le gustaba llegar al verano con un cuerpo delgado y tonificado; sin embargo, con el paso de los años, ahora solo intentaba mantener su forma física. Nunca compitió en carreras ni aspiró a hacerlo.

EL BUEN DICTADOR I: EL NACIMIENTO DEL IMPERIO

Al regresar a casa, se duchó rápidamente y comenzó a preparar la cena mientras recorría la cocina al ritmo de la música. Era fanático del rock de los años 80 y 90, pero también le gustaba el hip-hop nacional. No debemos olvidar que había crecido en la periferia de Lisboa, específicamente en Cacem. No le gustaba cocinar y siempre preparaba platos sencillos y rápidos. Casi siempre utilizaba alimentos congelados que se preparaban en cinco minutos.

A las nueve en punto llegó su esposa. Marta era una mujer con poco más de un metro sesenta, pero era muy delgada, lo que le daba la apariencia de ser más alta. Tenía un hermoso cabello largo de color castaño oscuro y un tono de piel moreno. Era una mujer atractiva pese al hecho de tener ya treinta y ocho años y dos hijos. Se notaban claramente las arrugas cerca de sus ojos y boca, sin embargo, no se preocupaba demasiado por ello. Casi no usaba cremas y solo en ocasiones especiales se maquillaba.

Durante la cena, la pareja habló sobre las facturas a pagar, los hijos y las tareas pendientes en casa. Hacía mucho tiempo que sus conversaciones se centraban en esos temas. Era raro que hablaran sobre sí mismos, sus sentimientos o su relación. Al finalizar la cena, recogieron la cocina juntos, y Marta fue a la sala de estar a ver la televisión, mientras Gustavo llevó su ordenador a la habitación.

A Marta le gustaba ver culebrones y *reality-shows* de cualquier tipo, desde personas desconocidas viviendo juntas en una casa hasta programas de reformas de interiores o concursos culinarios. Gustavo consideraba que eso era una auténtica pérdida de tiempo, a lo que llamaba "basura televisiva", y prefería estar en su habitación viendo alguna película que había descargado ilegalmente de Internet o hablando con algún amigo que había encontrado en alguna red social. Por supuesto, esa semana era diferente, los hijos no estaban en casa y podían estar más tranquilos, ya que normalmente estarían viendo algún programa infantil o leyendo una historia para ayudarlos a dormir..

Antes de acostarse, Gustavo leyó un poco; siempre tenía algún libro en su mesilla. Prefería los clásicos, pero tardaba meses en terminarlos. Después fue al salón y dijo:

- Voy a acostarme, ¿te quedas?

- Sí, me quedo un rato más, tardaré poco.

Gustavo sabía que era mentira, se quedaría hasta ver el último culebrón, pasada la medianoche. Se despidieron con un leve y frío beso en la boca y Gustavo se fue a la cama, se masturbó, como era habitual, pensando en alguna compañera del ayuntamiento y se durmió después del orgasmo.

La vida sexual de la pareja era bastante idéntica al beso frío y leve que se habían dado. Después del nacimiento de su segundo hijo, la pareja tenía como media de hacer el amor una vez por trimestre. Gustavo se sentía aún atraído por su mujer y se acordaba con nostalgia de los primeros años de noviazgo y matrimonio cuando casi diariamente hacían el amor. Pero con el paso de los años, su mujer evitaba bastante el contacto físico, y él, ya cansado de llevar varias negativas, empezó a dejar de buscarle y cogió la costumbre de autosatisfacerse. Marta, por otro lado, se sentía cansada y sin ganas de hacer el amor aunque amase a su marido y lo siguiera viendo atractivo.

El resto de la semana para Gustavo fue bastante parecido al lunes, sin novedades ni sobresaltos. La añoranza de sus hijos aumentaba, pero la idea de tener que ir a la casa de sus suegros el próximo fin de semana le creaba cierto malestar. No tenía una relación cercana con sus suegros ni con el resto de la familia de Marta. No le gustaba Barrancos ni sus habitantes y, sobre todo, creía que la casa de sus suegros era pequeña e incómoda. Le esperaba otro fin de semana aburrido, con las mismas conversaciones de siempre y los mismos silencios que, en el pasado, eran incómodos, pero que ahora eran cada vez más triviales. Poco sabía Gustavo que ese sería un fin de semana inolvidable y su último en Barrancos.

El viernes fue el día que Marta y Gustavo habían elegido para hacer el viaje hasta el pueblo natal de ella. Marta saldría antes del trabajo y a las seis de la tarde dejaría su coche en la plaza de toros, luego ambos irían hasta Barrancos en el vehículo de Gustavo. Sin embargo, a las cinco y treinta de la tarde, Marta llamó para decir que iba a llegar tarde, lo que no sorprendió a Gustavo, ya que después de trece años de relación se había acostumbrado a la falta de puntualidad de su esposa. Mientras esperaba en una cafetería frente a la plaza de toros, leyó tranquilamente un periódico deportivo y tomó un café. Entró una compañera del ayuntamiento del departamento de obras públicas, Ana Paula, una mujer de unos cuarenta y cinco años con la piel muy blanca y el cabello teñido de rubio platino, por la que Gustavo sentía una fuerte atracción. La conversación entre los dos fue breve y cordial, y Gustavo no pudo evitar mirar la falda blanca y ajustada que llevaba Ana Paula, que resaltaba claramente sus piernas y su trasero. Además de Ana Paula, Gustavo se sentía atraído por varias compañeras de trabajo, pero nunca mostraba esa atracción; siempre las trataba con respeto y profesionalismo.

Gustavo ansiaba tener una relación extraconyugal con alguna mujer que buscase lo mismo que él: sexo, pero sabía que eso sería casi imposible, en su mente las mujeres siempre perseguían más que sólo sexo. De sus diez años en el ayuntamiento y trece de relación con Marta sólo la engañó una vez. Conoció en el comedor municipal a una abogada que era de Leiria y que acababa de entrar en el ayuntamiento de Vila Franca, no conocía a nadie por allí, sólo a su novio que era lisboeta. Ella se llamaba Mafalda y era pocos años más joven que Gustavo, hacía natación y tenía la espalda ancha y unas piernas esbeltas. Destacaba su nariz respingona y se vestía siempre con ropas originales y ajustadas. Entre los dos hubo, desde el inicio, una atracción mutua y empezaron a comer juntos, Gustavo adoraba su carcajada y su sonrisa, y, muchas veces, deseó haber conocido a Mafalda antes que a Marta. La relación de Mafalda terminó y ella empezó a sentir la necesidad de salir, beber, irse de fiesta y conocer nuevas personas. Gustavo se percató de esa situación y la invitó un día a dar un paseo por Coruche, pueblo donde sabía que nadie lo conocía, después viendo que Mafalda quería algo más, la invitó más tarde a una noche de fiesta en Sintra. Se inventó una excusa para Marta y le dijo que iba a dormir en casa de sus padres. Ese sábado, después de una cena regada con alcohol, los dos terminaron en un hotel barato. Esa noche hicieron dos veces el amor y a Gustavo, que le gustaban las cosas claras como el agua, preguntó a Mafalda cuáles eran sus intenciones. A lo cual ella contestó lo siguiente:

- Eres un hombre casado, con un hijo y un hogar, y yo no quiero destruir eso ni meterme en problemas.

- Fue un alivio para Gustavo, él tampoco quería problemas, pero aun así, le dijo:

- Si quieres otra noche como esta, dímelo.

- Tal vez. – dándole un beso en los labios.

Poco después, Mafalda comenzó una nueva relación y dejó de ir al comedor del ayuntamiento. Aunque seguían teniendo una relación cordial,

Gustavo continuaba esperando la oportunidad de volver a hacer el amor con ella.

Marta llegó casi a las diecinueve horas, con aire agitado y agobiada, pidiendo perdón por el retraso y justificando su demora debido a una avería en una máquina importante de la fábrica. Gustavo no le dio importancia a su excusa, de hecho, normalmente, no prestaba atención a lo que le decía su mujer.

Al sentarse al volante de su coche, pensó que el viaje sería aburrido y decidió poner un CD de Chico Buarque para amenizar el trayecto de doscientos cincuenta kilómetros con Marta, pensando así que ella no se quejaría, ya que la música sería calmada y tranquila. Hubiera preferido hacer ese viaje con otra persona; opinaba que su mujer era poco interesante, no tenía intereses culturales, no entendía de música, solo veía películas románticas o comedias, no le gustaba leer y no sabía casi nada de lo que sucedía en el mundo, no se interesaba por las noticias. Gustavo ya no la amaba, era consciente de ello; la consideraba una mujer atractiva, le gustaba su olor y hacer el amor con ella, pero hacía ya algún tiempo que no la quería. No tenía intención de divorciarse; Marta era una buena madre para sus hijos. Los dos habían conseguido crear un hogar hermoso con una bonita casa, llevaban una vida cómoda y confortable, pero estaba seguro de que si no hubieran tenido hijos, él ya habría pedido la separación. En ocasiones, jugaba con la idea de la muerte de Marta y de que él se quedaría con su seguro de vida, pero rápidamente apartaba esa idea de su cabeza. Su mujer era una madre maravillosa y Gustavo lo valoraba.

Marta, por su lado, amaba a su marido y pensaba que él también sentía lo mismo. Sabía que tenían gustos diferentes, pero eso era normal en las relaciones. Le parecía común que las parejas tuvieran sexo con menos regularidad con el paso del tiempo, pero aún veía a su cónyuge como un hombre atractivo, con bellos ojos azules y un cuerpo cuidado debido a tanto andar en bicicleta. Incluso su cada vez más pronunciada calvicie le parecía sensual. Marta era una mujer feliz que se sentía realizada y orgullosa de haber logrado el éxito en Lisboa.

En el transcurso del viaje, fueron pocas y banales las conversaciones entre los dos, con excepción de la organización de las vacaciones para el próximo verano. A Gustavo le gustaba planificarlas detalladamente y con bastante antelación. Había estado buscando alguna opción en el sur de España, como Alicante o Valencia. A Marta no le gustaban los grandes cambios; si dependiera de ella, las vacaciones siempre serían en el Algarve, entre Lagos y Portimão, y defendía su postura argumentando que eran más económicas, cómodas para los hijos y cercanas a casa. También hablaron de la posibilidad de ir ese sábado por la tarde a alguna localidad española para cenar. A Gustavo le gustaba la variada gastronomía castellana con las innumerables y variadas tapas que se servían en las tabernas españolas. Sin embargo, odiaba que Marta hablara castellano; creía que ella hablaba muy mal y tenía un acento ridículo. Ella, por su parte, se consideraba bilingüe, ya que había crecido escuchando español en la televisión y en las calles. Gustavo sentía vergüenza ajena cuando la escuchaba, pero peor aún era su suegro, Manuel Chalana, que también se creía bilingüe aunque apenas sabía cuatro palabras en castellano. Pero así es el pueblo portugués, siempre servicial ante los demás pueblos, pensaba Gustavo.

La relación entre Gustavo y sus suegros no era buena. Aunque no siempre había sido así, al inicio del noviazgo y ya cerca de la boda, Gustavo se esforzaba en ser el yerno perfecto; era simpático, hablador, siempre dispuesto para ayudar, hasta que un día, a pocas semanas de la boda, Gustavo escuchó sin querer una conversación entre sus suegros y una mujer del pueblo.

- Así que en breve se va a casar vuestra Marta - dijo una típica mujer alentejana, morena y bajita, de unos cincuenta años, totalmente vestida de negro, lo que la hacía parecer mucho mayor.

- Es verdad, Conceição, es dentro de dos semanas. - dijo su suegra, María Chalana.

- ¿Estáis contentos?

- Bueno... - María miró hacia ambos lados para asegurarse de que nadie la oía y después, en un tono bajo, dijo: - Nos gustaría que se casara con un chico de aquí del pueblo, pero esa ha sido su elección.

Sus suegros pensaban que Gustavo no estaba en casa en ese momento, que se había ido con Marta a terminar los preparativos para la boda, pero él decidió quedarse en casa para trabajar en el ordenador. Justo en ese momento, había ido a la cocina a por un vaso de agua y escuchó la conversación que estaban teniendo delante de la puerta de entrada de la casa.

Gustavo se quedó petrificado al oír aquello, sintió odio y asco hacia aquella gente y, en una reacción rápida, hizo sus maletas y salió de casa, donde estaban sentados sus suegros. Se sorprendieron al verlo en casa y él les dijo:

- ¿Entonces preferirían que ella se casara con un chico de aquí, verdad? ¿Acaso he hecho algo para merecer este trato?

Salió rápidamente hacia su coche mientras su suegra intentaba disculparse por el error que había cometido, corriendo hacia el coche con un aire afligido, pidiendo perdón e indicando que había sido un malentendido.

La situación mejoró gracias a la insistencia de Marta, quien convenció a Gustavo de que la mujer de la cual su madre había hablado era la madre de un exnovio suyo, y que María solo había dicho eso por cortesía, sin realmente sentirlo. Más tarde, María también le pidió perdón personalmente, aunque de una manera torpe. Desde entonces, Gustavo dejó de ser simpático con sus suegros, pasando a tener un trato cordial y en ocasiones frío y distante. No se sentía amado en casa; se sentía como un extranjero.

Sus suegros amaban a su única hija y, aunque tenían pocos recursos económicos, lograron enviarla a una universidad pública en Lisboa. Marta era su orgullo. Cuando terminó su relación de varios años con João Belo, un chico del pueblo, se alegraron, ya que pensaban que ella merecía a alguien mejor, con más educación. Cuando conocieron a Gustavo, quedaron encantados. Era un lisboeta cuyo padre también venía de un pueblo pequeño, un chico guapo, culto y, sobre todo, con una carrera superior en ingeniería. Era un Señor Ingeniero. Desafortunadamente, después del triste incidente, sintieron el distanciamiento de Gustavo, quien ya los trataba de forma fría y a veces arrogante.

El punto culminante de esa "arrogancia" ocurrió en una comida de verano con la mesa llena de familiares y amigos de Manuel y María. Las famosas fiestas de Barrancos se acercaban, conocidas porque eran las únicas en Portugal donde se permitía matar al toro en el ruedo, y donde algunos años atrás hubo una gran polémica en los medios de comunicación sobre el tema. En la mesa estaban discutiendo este asunto, comentando que en la televisión solo se decían mentiras y que la gente de Lisboa no entendía ni su cultura ni la fiesta. En ese momento, uno de los invitados le preguntó a Gustavo, siendo lisboeta, cuál era su opinión sobre el asunto. Gustavo, que evitaba esas discusiones y no era una persona que le gustara hablar en público ni ser el centro de atención en general, vio en esa ocasión una oportunidad única para distanciarse de todas esas personas a las que empezaba a despreciar cada vez más.

- Pues miren, yo entiendo que a las personas les guste aferrarse a su cultura como una forma de diferenciarse de otras culturas o personas. Quienes están inmersos en una tradición siempre ven las cosas de manera muy diferente a las personas que observan esa misma práctica desde fuera. Pero matar un animal por diversión después de haber sido torturado durante una hora es una tradición cultural tan válida como las antiguas peleas entre perros rabiosos y osos en Afganistán, la lapidación de mujeres infieles en Irán o incluso las ejecuciones públicas de ladrones que llevan a cabo en Arabia Saudí. Sí, sé que hay una diferencia fundamental entre un animal y un ser humano, pero la cuestión aquí no es esa, sino quiénes somos nosotros para prohibir cualquier tipo de costumbre.

Eran casi las diez de la noche cuando llegaron a la calle donde vivían los padres de Marta. Diogo y Alice, los hijos de Gustavo y Marta, todavía estaban despiertos, y al ver el coche de su padre estacionando frente a la casa, salieron corriendo para abrazarlos. Diogo, de seis años, abrazó a su padre y le dijo:

- Te echaba de menos, papa.

- Yo también a ti, campeón.

Después fue Alice, de cuatro años, quien también lo abrazó, y Gustavo se olvidó de inmediato del largo y aburrido viaje, de la mala relación que tenía con sus suegros y de la relación fría que mantenía con su mujer. En ese momento, estaba feliz con sus dos hijos en brazos.

- Quiero estar contigo, papi. - dijo Alice.

- No te preocupes, princesita, siempre estaré contigo.

UN VISITANTE INESPERADO

La casa de sus suegros era sencilla y pequeña, reflejando la escasa cantidad de dinero con la que contaban. Manuel tenía ya sesenta y dos años y esperaba ansiosamente la jubilación. Había dedicado toda su vida a trabajos duros, especialmente en la construcción. En los últimos años, se había especializado como electricista, recorriendo el país de norte a sur. Sin embargo, no siempre cotizaba a la Seguridad Social y, durante algunos años, trabajó en completa ilegalidad. Además, solía hacer pequeños trabajos de chapuzas en Barrancos. En ese momento, ya mayor y después de un pequeño accidente laboral que lo dejó incapacitado para trabajar en la construcción, se quedó en su pueblo. No tenía jubilación, tenía problemas de salud y solo ganaba algo de dinero haciendo pequeños encargos para conocidos o vendiendo las verduras y frutas que cultivaba en su huerta.

María, que era cinco años más joven que Manuel, siempre había vivido en Barrancos como ama de casa. Mientras su marido recorría el país trabajando en diferentes obras, ella cuidaba de su hija, de la huerta y de los animales que tenían. Ganaba algo de dinero limpiando casas para personas mayores y también cuidando de ellas. Hubo un tiempo en el que trabajó preparando postres para un restaurante local, pero después de algunos años, ese restaurante cerró y se acabó ese pequeño negocio familiar que habían montado.

La casa era antigua y había pertenecido a la madre de María, quien se la dejó en herencia. Tenía solo dos habitaciones, una cocina pequeña y un salón ubicado en la entrada del hogar, que era el núcleo de encuentro de la familia y su área más grande. El cuarto de baño original estaba en el patio trasero, fuera de la casa, pero Manuel construyó uno nuevo dentro de la vivienda.

Hace poco tiempo, los suegros de Gustavo quisieron ampliarla para crear una habitación adicional para sus nietos, y como tenían espacio en el patio, comenzaron la obra. Sin embargo, cuando las paredes ya estaban levantadas, el ayuntamiento ordenó detener la construcción debido a que Manuel no había solicitado el permiso adecuado para llevar a cabo dicha obra. Él, enfurecido, insultó a los inspectores que le entregaron el aviso, mientras que su mujer, más moderada, le aconsejó sobornar a los inspectores para que hicieran la vista gorda, pero Manuel rechazó firmemente esa opción. Por lo tanto, la nueva habitación seguía esperando tiempos mejores, y Gustavo y Marta dormían con sus hijos, todos en la misma habitación.

La cama donde Marta y Gustavo dormían era pequeña, de la época donde Marta estaba soltera, era realmente diminuta para los dos. En la parte de abajo había otra cama donde dormían Alice y Diogo. A Gustavo le gustaba aquella situación por varias razones: primero porque era algo especial que hacían, parecía incluso que estaban de acampada, los cuatro metidos en una pequeña habitación y siempre había momento para juegos y carcajadas antes de dormir. Además, como descansaba tan cerca de Marta le gustaba sentir y tocar el cuerpo de su mujer, y a ella, por su lado, la mayoría de las veces, le gustaba sentir las manos de su marido tocándole, así como la erección del pene de Gustavo entre sus piernas.

A la mañana siguiente, después del desayuno, Marta y María decidieron ir al centro de la ciudad para comprar algunos productos. Manuel decidió ir al patio trasero a regar algunos tomates y repollos que tenía plantados, mientras Diogo y Alice comían lentamente y veían los dibujos que ponían en la televisión. Gustavo, al ver la situación, decidió salir a dar una pequeña carrera por el campo. Preferiría haber salido en bicicleta, pero como no la había traído, optó por correr. Después de hacer sus habituales flexiones y abdominales, salió a correr durante unos treinta y cinco minutos, bastante menos de lo habitual, ya que no quería cansarse demasiado. Además, no conocía muy bien la zona y temía que algún perro rabioso lo persiguiera. De camino a casa se encontró con una prima de Marta, pensó en detenerse a saludarla, pero no quería perder el ritmo, así que le dijo un simple y educado "buenos días", a lo que ella respondió con un saludo y dijo:

- ¿Ya has visto eso de la Luna?

Gustavo pensó que no había entendido bien sus palabras, "eso de la Luna", e imaginó que, como la mitad de la población local, aquella prima no estaba muy bien de la cabeza.

Al llegar a casa, le sorprendió ver que sus hijos ya no estaban delante de la televisión. En su lugar estaba su suegro, y en vez de los dibujos de siempre, en esta ocasión, en el canal estaban transmitiendo un informativo especial.

EL BUEN DICTADOR I: EL NACIMIENTO DEL IMPERIO

"Objeto no identificado aparcado en la Luna" figuraba en letras grandes en la pantalla, y mientras tanto, mostraban imágenes estáticas de lo que parecía ser una especie de edificio verde con patas en la Luna. El periodista hablaba sobre este acontecimiento con sumo cuidado, repitiéndose a menudo y demostrando que tenía poca información sobre el tema.

Gustavo, muy consciente de lo que estaba ocurriendo, se quedó perplejo. Estaba presenciando un momento histórico para la humanidad: una nave u objeto desconocido en la Luna, de manera oficial. Automáticamente recordó algo similar que había vivido cuando ocurrió el 11 de septiembre de 2001, cuando estaba en Hamburgo, Alemania, con su exnovia Eva. Sintió que la compañía de antaño era realmente más agradable que la de su suegro. Con el permiso de Manuel, cambió de canal para ver si había más información, pero todos repetían lo mismo y mostraban las mismas imágenes. Manuel decidió no darle mucha importancia al asunto y fue a mirar a los niños jugar. Gustavo pensó que era la actitud esperada de una persona tan básica y sencilla como Manuel, y decidió tomar una ducha rápida. Mientras se duchaba, reflexionó sobre lo que podría ser eso. ¿Realmente era una nave extraterrestre? ¿Alguna nación había enviado una nave a la Luna para reclamar el territorio como propio? ¿Era una maniobra de Estados Unidos para demostrar su poder tecnológico? Pensó en lo gracioso y ridículo que sería si Portugal reclamara la Luna como su territorio y soltó una carcajada. Sería como volver a la grandiosidad de los tiempos de los descubrimientos, pero desafortunadamente, Portugal no había pasado de ser un país pequeño e insignificante gobernado por incompetentes durante más de veinte años.

Cuando terminó de vestirse, entraron las mujeres, ya con la compra hecha y listas para preparar la comida. Tal como Gustavo esperaba, ninguna de las dos hizo ningún comentario sobre el acontecimiento histórico. Como no había novedades, Gustavo fue al encuentro de sus dos hijos, que jugaban en el patio trasero, lanzando piedras a un pequeño pozo casi seco que Manuel tenía medio abandonado.

Cuando las mujeres los llamaron para comer, Gustavo tenía mucha hambre y curiosidad por saber si había habido algún avance en el tema del objeto volador. Imaginó que Internet estaría inundada de todo tipo de teorías fantásticas sobre el asunto y deseaba poder alejarse de su familia por un momento para sumergirse en todo tipo de paranoias que pudiera encontrar.

Sin embargo, confirmó a través de la televisión que no había más información sobre la noticia. Únicamente seguía siendo un objeto no identificado en el territorio lunar, y hasta ese momento, ningún Estado había hecho ningún comentario al respecto.

- ¿Qué les parece? - dijo Gustavo con la esperanza de iniciar una discusión interesante sobre el tema.

- Americanadas - dijo Marta sin ningún entusiasmo sobre el asunto. - Verás cómo al final es un anuncio de alguna película o alguna porquería que los americanos quieren vender.

Gustavo se sintió verdaderamente triste con esa respuesta, pero también albergaba la duda de que realmente aquello fuera una bufonada más de los americanos. María, al igual que sus hijos, ni siquiera se había enterado de lo que estaba pasando. Mientras tanto, Manuel se mantenía callado, como de costumbre, sin mostrar ningún interés por lo que estaba siendo transmitido en la televisión. Sintió pena por no estar en casa de sus padres, donde seguramente estarían más interesados e inventando alguna que otra teoría. En la pequeña pantalla comenzaron a entrevistar a la gente en la calle e investigar sobre el asunto; Gustavo pensó que el periodismo portugués era realmente deprimente. Preguntaban a la gente su opinión y siempre elegían a los más tontos y analfabetos que apenas sabían hablar portugués correctamente. Pero así era un típico telediario nacional, siempre tenían que alargar las noticias para obtener una emisión de más de hora y media de duración.

Al finalizar la comida, sonó su móvil; era Norton, su amigo, natural de Lentiscais. Se emocionó al instante al ver quién era y se disculpó para poder responder la llamada fuera de casa.

- ¿Hombre....qué tal estás? Ya sé por qué me llamas - dijo Gustavo sin poder contener una risita de alegría.

- *This is the end, my only friend, the end.*– cantaba Norton intentando imitar la voz del mítico vocalista de The Doors. - Ya llegaron, tío.

- ¿Estás tan seguro?

- Por supuesto, me parece tan seguro que estoy haciendo un manual de supervivencia - dijo esta frase con tono imperturbable, dejando a Gustavo con la duda de si hablaba en serio. - A ver, Gustavo, he estado mirando algunas páginas por Internet y esto tiene muy mala pinta. Por fotografías aumentadas, podemos confirmar que no existe ninguna tecnología en nuestro planeta como esa. Además, el diseño de la nave es totalmente inusual y es enorme.

- A lo mejor podría ser de Corea del Norte o de China - dijo Gustavo sin mucha convicción.

- ¡Estás loco! No tienen capacidad para eso. Estoy seguro de que ahora nadie dice nada, pero tal vez mañana, debido a la presión de los medios de comunicación, los líderes de los principales países tendrán que hablar y verás cómo confirman que eso no es de origen humano. Y después habrá que hacerse un par de preguntas: ¿Vendrán en son de paz? ¿O vendrán para matarnos?

Esa tarde, habían quedado en ir juntos a España para comer unas tapas y hacer una especie de merienda-cena que agradaba a todos, pero aún era temprano. Gustavo no pudo resistirse más y abrió su ordenador portátil para empezar a navegar por Internet en busca de más información, teorías y paranoias. No fue fácil, ya que sus hijos reclamaban su atención y también querían ver videos y dibujos en su ordenador. Sin embargo, lo consiguió y fue saciando su sed de información. Durante esa tarde, también habló con otro amigo más.

Llamó a Anabela, una antigua amiga del instituto de los tiempos en los que Gustavo se había unido al periódico del colegio y donde conoció a muchos de sus amigos actuales de su pueblo natal, Agualva-Cacém. Su amistad con Anabela demostraba que un chico y una chica podían ser solamente amigos; entre ellos nunca había pasado nada por varias razones, pero, sobre todo, porque eran demasiado parecidos.

- Hola, Anabela, ¿estás flipando, no?

- De verdad, esto es demasiado ¿Qué te parece?

- Creo que no es humano.

- ¡De verdad, Gus! - sus amigos de Cacém le llamaban Gus. - No sé, tío. A mí me parece que podríamos estar ante una nueva era de descubrimientos. Eso es de Corea del Norte.

- ¡Estás loca! Esos tipos se están muriendo de hambre, no tienen ni la capacidad para lanzar un misil.

- Si no son ellos, serán los chinos. Te estoy diciendo que es una nueva era, Gus; ellos están buscando minerales u otras fuentes de energía, y este es el primer paso. No me vengas con la milonga de los extraterrestres. ¿Qué van a venir a hacer aquí? Somos un planeta todavía muy atrasado, con enormes diferencias entre nuestra especie. Aún no estamos preparados para recibir a nadie. Cambiando de tema, ¿cuándo vienes a visitarnos?

- Mañana voy a llevar a los críos a dónde mis padres, ellos están de vacaciones y ahora estoy en Barrancos, he venido a buscarles.

- Uy, Barrancos, que guay, estarás pasándotelo bomba. – dijo con tono irónico.

- Déjame decirte que curiosamente esto de la Luna ha hecho que el tiempo se me pase más deprisa. A ver, cambiando de asunto, la semana que viene voy a pasar el finde ahí. ¿Qué tal si quedamos para tomar algo todos juntos?

- Pues déjame que te diga, amigo Gus, que me parece muy buena idea, pero sin niños, ¿verdad?

- No me digas que no te gusta estar con tus sobrinos, ellos no paran de preguntar por ti. Además, tienes que empezar a pensar en eso, ya vas camino de los cuarenta.

- No seas grosero, los cuarenta años aún están bien lejos...

- Vale, Anabela. - interrumpió Gustavo. - Ya he quedado con la familia para ir a España a tomar unas tapas - dijo esto con un forzado y ridículo acento español.

- De acuerdo, compadre - Anabela siguió el juego imitando y utilizando las pocas palabras que conocía en español. - Entonces ya nos veremos la semana que viene, yo quedaré aquí con la gente y después te lo confirmo.

- Vale, con suerte se quedarán mis padres con los niños y podremos ir todos a tomarnos unas cañas.

Gus imaginó el próximo fin de semana como más interesante que ese, se sentía muy afortunado de tener amigos que él consideraba cultos, personas que leían libros, que les gustaba el cine independiente y de calidad, el arte, y que estaban al tanto de la situación política del momento. Marta no compartía la misma opinión; para ella, los amigos de Gustavo eran unos pseudo-intelectuales que se pasaban la noche bebiendo, fumando y hablando de cosas sin importancia, de películas europeas lentas y pesadas, y de políticos de los que nadie había oído hablar jamás. Se sentía una auténtica ignorante cerca de ellos y pensaba que la miraban como a una tonta y paleta que no debería estar allí. Últimamente, siempre encontraba excusas para evitar tales reuniones.

Al final de la tarde, la familia se dirigió a la localidad española de Oliva de la Fuente, un pequeño pueblo con cerca de cinco mil habitantes y con innumerables bares y tabernas. Gustavo tenía curiosidad por ver cómo reaccionaban ante la noticia bomba de esa mañana, pero encontró los bares igual que en otras ocasiones, mucha gente junto a la barra y mucho ruido. Tenía la opinión de que los españoles hablaban exageradamente alto. Ese día no fue diferente, pero en la televisión hablaban sobre ese asunto y salía sin cesar el objeto no identificado. Desafortunadamente, Gustavo no era tan bueno en los idiomas como con los números y no entendía casi nada de español. Sus hijos adoraban ese ambiente, siempre elegían alguna gran tortilla y se sentaban entre sus padres para que estos les ayudaran a comer. Gustavo adoraba ver a sus hijos contentos y se sentía feliz de poder estar junto a ellos.

Esa noche, antes de acostarse, miró al cielo buscando la Luna, pero el cielo estaba completamente cubierto y no consiguió visualizar nada. Dio un último repaso a Internet en busca de alguna novedad sobre el tema y solamente descubrió que algunos líderes europeos desconocían por completo el origen de aquel objeto, dejando caer la posibilidad de que pudiera ser algo no terrestre.

A la mañana siguiente, no hubo muchas novedades relacionadas con el asunto lunar, y Gustavo preparó las maletas de sus hijos. Ya había pasado la primera semana de vacaciones de Semana Santa, y aún les faltaba la otra. Sin embargo, la pasarían con sus abuelos paternos en Cacém. Había planeado partir a media tarde hacia Cacém para llevar a los niños; ahí pasarían una noche, y para el lunes, él y Marta regresarían solos a São João dos Montes. Con suerte, aún podría quedar, al final de la tarde, con su amigo Raúl para tomarse una cerveza y hablar un poco mientras veían algún partido de fútbol.

Las horas que pasaba en esa casa le parecían eternas. Además de vigilar a los críos, de ver televisión o navegar un poco por Internet, no podía hacer más, y ya estaba cansado de la compañía de sus suegros, a quienes realmente les encontraba poco interés. Así que se sintió verdaderamente aliviado cuando se sentó delante del volante de su coche para escapar de allí.

Preparó unas películas para poner a sus hijos en la parte trasera del coche, así se entretendrían durante el viaje, y él podría concentrarse en la carretera y en sus pensamientos. No tenía ninguna intención de hablar con Marta y esperaba que ella no le distrajera contando los cotilleos de sus primas, ya que él no tenía ningún interés en el asunto. Mientras conducía, se acordó del momento en que vio por primera vez la extraña nave en la Luna y se preguntó dónde se encontraría Eva en ese mismo momento. "¿Qué pensará sobre el asunto?"

Gustavo conoció a Eva en Ámsterdam durante el verano de 2000, cuando él y otros dos amigos de la universidad hicieron un inter-rail por el norte de Europa con muy poco dinero pero muchas ganas de descubrir nuevos lugares. Eva tenía un aire escandinavo: alta, un poco robusta, con ojos azules, cabello rubio casi blanco y muy lacio, y una piel bastante clara con un leve tono rosado en las mejillas. A Gustavo le pareció muy atractiva, y cuando la vio salir del albergue donde se alojaban, ganó coraje y entabló una conversación con ella en la barra de un bar cercano, donde se pidieron una cerveza. A Eva le gustó la audacia de Gustavo al iniciar la conversación, y se sintió atraída por su piel bronceada, que hacía resaltar sus ojos azules verdosos. Pasaron la noche hablando y bebiendo, y finalmente se besaron en un bar de la ciudad.

Gustavo decidió quedarse en Ámsterdam, mientras que sus amigos continuaron el viaje a Copenhague. Eva, por su parte, también dejó a sus amigas de lado y decidió viajar hasta Bélgica con aquel portugués. Los dos terminaron enamorándose, y aunque Eva era dos años más joven que Gustavo, tenía más experiencia en relaciones. Para él, Eva fue su primera novia en serio; había tenido relaciones esporádicas con otras chicas, pero con ella experimentó, por primera vez, lo que era estar enamorado. Eva también compartía ese amor, y ambos estaban dispuestos a hacer cualquier sacrificio para estar juntos. Así que, cuando terminó el verano, Gustavo regresó a la universidad y solicitó hacer un Erasmus en Alemania, pero solo le fue posible hacerlo a partir de febrero de 2001. De esta manera, los dos pasaron un largo invierno chateando por Internet todas las noches y haciendo muchos planes para cuando Gustavo fuera a Hamburgo a hacer el Erasmus.

Para noviembre, Eva había logrado ahorrar algo de dinero y viajó a Lisboa para estar con Gustavo. Los padres de Gustavo, muy liberales, permitieron que la extranjera compartiera la misma cama que su hijo y siempre fueron muy amables con ella. A Eva le encantó Lisboa y los amigos de Gustavo, mientras él ya estaba estudiando alemán en una academia de idiomas, aunque sin mucho éxito. En febrero, Gustavo viajó a Hamburgo, el pueblo natal de Eva, donde los dos vivieron meses de pasión, fiestas, marihuana, alcohol, sexo y discusiones. Poco a poco, Gustavo se dio cuenta de que Eva era demasiado egocéntrica y que constantemente se hacía la víctima. Por otro lado, Eva notó que Gustavo era egoísta y un calculador enfermizo. A pesar de todo, continuaron juntos hasta finales de septiembre de 2001, momento en el que Gustavo tuvo que regresar a Portugal. Eva rompió con él en el aeropuerto, diciendo que no quería soportar más la distancia. Gustavo lloró sin tapujos delante de ella, pero, manteniendo su orgullo, no le pidió nada más que un abrazo fuerte. Luego, se dirigió hacia el avión que tomaría sin mirar una vez más atrás. Eva lloró su partida y durante el resto de su vida se preguntaría si había cometido un error enorme. Los dos volvieron a hablar, esporádicamente, a través de las redes sociales. Gustavo, en menos de un año después de la ruptura con Eva, conoció a Marta y se volvió a enamorar. En la actualidad, tanto Eva como él estaban casados y tenían hijos. Gustavo seguía con atención las escasas noticias que tenía sobre ella; se veía evidentemente mayor, pero aún conservaba un rostro hermoso. Él todavía esperaba el día en que se separara de su esposo y finalmente le confesara que siempre había sido el amor de su vida.

Marta, al ver a su marido tan concentrado al volante y temerosa de que pudiera quedarse dormido, comenzó a hablarle sobre una receta que había aprendido de su madre ese fin de semana. Gustavo no prestó la más mínima atención y pensó en la posibilidad de volver a estar con Eva y dejar a Marta. La idea le agradó, pero luego se acordó de sus hijos y reflexionó que jamás sería capaz de abandonar a los dos seres que más amaba en el mundo. Había cometido varios errores en su vida y había fallado en muchos aspectos, pero deseaba ser un buen padre, y lo mejor para sus hijos era estar cerca de su madre, incluso si eso significaba pasar el resto de su vida con alguien tan frívolo como Marta.

Gustavo le preguntó a su esposa si no le importaría que él se fuera a tomar una cerveza con Raúl antes de la cena. A Marta no le gustó mucho la idea, tener que quedarse sola con los niños y sus suegros no le apetecía mucho, pero Gustavo se había portado tan bien en Barrancos que no fue capaz de negarle su deseo

Los padres de Gustavo eran realmente muy distintos de los de Marta. Se llamaban Antónia y Joaquim. Ella era una lisboeta "de pura cepa" y lo decía con orgullo; sus padres y abuelos habían vivido en el barrio del Castillo, en el centro de Lisboa. Ahora, a sus 70 años, ya estaba jubilada después de haber sido enfermera durante más de treinta años en el Hospital del Desterro, en Lisboa. Joaquim, de la misma edad, había trabajado en Correos en varios puestos, desde cartero hasta jefe de sección. Era originario de un pequeño pueblo del interior de Portugal y se trasladó a Lisboa cuando apenas tenía veinte años. Los dos eran de izquierdas, pero también eran católicos practicantes. Les gustaba mucho leer y viajar, aunque últimamente la salud de Joaquim había empeorado bastante, y sus viajes eran cada vez más cortos. Sobre todo, solían frecuentar balnearios. Estaban muy a gusto con Marta y la trataban como si fuera una hija. Ella, a su vez, también se sentía cómoda y le gustaba descansar en el sofá sin tener que preocuparse por la comida.

Cuando llegaron a Cacém, Gustavo ayudó a subir las maletas, besó a sus padres y fue inmediatamente al bar para reunirse con Raúl. Este último ya lo estaba esperando y ya se estaba tomando su segunda cerveza cuando él llegó. Se saludaron con un abrazo y enseguida pidieron que les trajeran también una cerveza. El dueño del bar, que conocía a Gustavo desde pequeño, se alegró muchísimo al verlo.

- ¿Qué, vienes a visitar a los pobres? - dijo el viejo dueño del bar con una leve sonrisa.

- ¿Pobres? Pobre soy yo. - contestó Gustavo, intentando ser simpático.

Después de las preguntas protocolarias sobre la familia, Gustavo se quedó solo con Raúl, quien seguía distraídamente un partido de la liga inglesa que transmitían en la televisión.

- ¿Qué te parece eso, Raúl? ¿Vaya lío, no?

- Son los americanos haciendo propaganda para alguna película. - respondió Raúl con desprecio sobre el asunto.

- ¡Estás loco! Ahora, en el camino, escuché en la radio que el Ministro de Interior de Israel ha dicho que eso es difícil que sea de origen humano.

- ¿En serio? No me lo creo. Verás cómo eso acaba siendo otra historia de los americanos para llamar la atención. Te lo digo, créeme.

Raúl era el mejor amigo de Gustavo; se conocieron en el colegio y ambos formaron parte del periódico de la escuela. Raúl era dos años más joven que

EL BUEN DICTADOR I: EL NACIMIENTO DEL IMPERIO

Gustavo y aún seguía soltero; vivía con sus padres y trabajaba en una fábrica de colchones en un polígono industrial de Cacém. Era muy tranquilo; no tenía novia desde hacía mucho tiempo y tampoco parecía preocuparse por eso. Adoraba el fútbol, la cerveza y la compañía de sus amigos. Al igual que un buen porcentaje de la población de Cacém, Raúl era mulato; su padre era caboverdiano y su madre de Coimbra. Le gustaba el reggae y tenía un estilo medio jamaicano al vestir. Curiosamente, era de los pocos amigos de Gustavo que votaba a la derecha.

Esa tarde, terminaron bebiendo algunas cervezas más y hablando de fútbol y ovnis hasta que Marta llamó a Gustavo para avisarle de que la cena estaba en la mesa. Salió del bar ya un poco afectado por el alcohol y se dirigió a la casa de sus padres, que estaba al lado del bar. Al llegar, notó que todos estaban mirando fijamente la televisión, así que se acercó rápidamente y observó cómo el presidente estadounidense estaba hablando. Decía lo que él ya sospechaba que dirían: que Estados Unidos no sabía el origen de aquel objeto, pero que estaban dispuestos a dialogar con quien fuera.

- O sea, esto ya es oficial, entonces eso es extraterrestre, ¡no hay duda!

- Aún faltan los chinos, los coreanos y los rusos por hablar.

- Sí, y ¿crees que EE. UU. no sabe si eso es chino o ruso? Está claro que estamos ante el primer contacto extraterrestre.

- ¿Y ahora? - preguntó Antónia con aire de preocupación en relación a la respuesta que podrían darle.

- ¿Ahora? Hay que averiguar si ellos vienen en son de paz o no - dijo Gustavo como si fuera un experto en el tema.

En la televisión ya daban por cierto que estaban ante un encuentro con seres de otro planeta y la pregunta era el siguiente paso o el próximo acontecimiento. ¿Serán pacíficos? ¿Cómo reaccionará la humanidad ante esta incertidumbre? ¿Y quién sería nuestro portavoz? ¿Cómo repercutirá todo esto en la bolsa de valores y en nuestro día a día?

Todas esas preguntas rondaban la cabeza de Gustavo cuando se fue a dormir. Estaba cansado y esperaba conciliar el sueño enseguida. Alice tenía algo de fiebre, así que Marta decidió acostarse con su hija en la antigua habitación que Gustavo compartía con su hermano, mientras que Gustavo se fue a dormir en el sofá con Diogo. El apartamento tenía dos habitaciones, un amplio salón con balcón, una cocina espaciosa y dos cuartos de baño. Se notaba claramente que los padres de Gustavo vivían en mejores condiciones que sus consuegros alentejanos.

Tal y como esperaba, Gustavo se quedó dormido rápidamente, pero a mitad de la noche se despertó repentinamente debido a una pesadilla que le parecía real. Soñó que estaba en el coche con su familia, y que Cacém, Lisboa y Vila Franca de Xira comenzaban a arder mientras él escapaba a gran velocidad, tratando de evitar el fuego. Mientras conducía, las llamas les perseguían y devoraban casas y ciudades, mientras sus hijos y su esposa gritaban para que fuera aún más rápido. Finalmente, llegaron a Lentiscais, el pueblo de su padre, donde no había incendios; todo estaba verde y tranquilo. Los cuatro salieron del coche y se abrazaron de felicidad por estar vivos. De repente, divisaron un avión en el cielo y, en pocos segundos, comenzó a arder. En un vuelo en picado se dirigió hacia ellos, y, sin tiempo para reaccionar, veían cómo aquel objeto se acercaba a gran velocidad. Gustavo se despertó sobresaltado por la pesadilla y decidió levantarse para orinar y beber un poco de agua. Ya más despierto, se dirigió al balcón del salón que ofrecía una magnífica vista de la Sierra de Sintra, con el Palacio de la Pena como telón de fondo. Esa noche, logró ver la Luna junto a la sierra, la imagen era poderosa y espectacular. También pudo distinguir un pequeño punto verde en la Luna y una estrella fugaz que pasó velozmente entre la Luna y la sierra. Luego, se sentó en una silla para contemplar ese paisaje y trató de recordar todos los detalles del sueño. Más tarde, Gustavo diría que ese sueño fue un presagio, un regalo de los dioses para él.

LA LISTA

El resto de la noche durmió mal y con un sueño muy ligero. Se levantó temprano e intentó hacer el mínimo ruido para no despertar a sus hijos, luego se tomó un desayuno rápido junto a Marta, quien habitualmente no solía tener mucho apetito por las mañanas.

Se despidieron de los padres de Gustavo e iniciaron el viaje de cincuenta kilómetros que separaba Agualva-Cacém de Vila Franca de Xira. Gustavo decidió tomar la CREL y pagar los 2.50 euros para evitar así la 2ª circular y la IC19, y, en consecuencia, todo el tráfico que solía haber en ese horario. Durante el viaje, Gustavo encendió la radio para escuchar nuevas informaciones, pero no había ninguna novedad, así que decidió poner un poco de música. Marta, que aprovechó el tiempo para aplicarse un poco de crema, rompió el silencio con una pregunta que sorprendió a Gustavo:

- ¿Crees realmente que podrá pasar algo malo, Gus?

Él no pudo ocultar su sorpresa en el rostro por la pregunta. Pensó que, por primera vez, Marta había salido de su mundo frívolo y superficial y, finalmente, había comprendido que algo realmente importante estaba por suceder.

- Bien, Marta, - decidió que iba a expresar su opinión tratándola como si fuera una niña pequeña. - Han llegado unos extraterrestres que pueden haber venido en son de paz o no. De momento no han dicho nada, pero, ¿no crees que si vinieran en son de paz ya habrían dicho algo?

- ¿Crees que nos van a atacar?

- Creo que es una posibilidad a tener en cuenta.

Hasta que llegaron a la plaza de toros, donde estaba aparcado el coche de Marta, no volvieron a hablar. Al despedirse, en lugar del beso frío y repetitivo de siempre, Marta le dio un beso largo y apasionado, y luego abrazó a Gustavo, apoyando su cabeza en el pecho de él como si estuviera buscando protección. Él quedó asombrado por el comportamiento que su esposa estaba teniendo esa mañana y contento por ver que finalmente estaba tomando esa situación más en serio que al principio.

Mientras se dirigía a la oficina, pensó en lo que iba a hacer esa mañana. No tenía ningún plan y no tenía la mínima intención de hacer lo de siempre. Al llegar a su puesto de trabajo, todo parecía normal. Ningún compañero hizo ningún comentario sobre el tema. Gustavo encendió su ordenador y comenzó a organizar un poco los papeles que tenía encima de la mesa. Empezó por abrir su correo electrónico y vio que tenía un correo de Norton con el título "8 pistas para sobrevivir". Abrió el mensaje que contenía un enlace a un blog de alguien que ya había estudiado y preparado una lista sobre las cosas necesarias en caso de un ataque extraterrestre.

1 - Abrigo

Es necesario tener un refugio tipo búnker donde los invasores no puedan entrar.;

2 - Alimentos

Es importante comprar comida enlatada lo antes posible, que incluya cereales, legumbres, atún, sardinas, etc.;

3 - Agua potable

Posiblemente los invasores podrán contaminar nuestras tierras y aguas, por lo cual, habrá que tener mucha agua potable;

4 - Armas

Reinará la ley del más fuerte. Por lo tanto, cuantas más armas tengamos, más opciones tendremos para sobrevivir. También es importante considerar la necesidad de disponer de mascarillas antigás;

5 - Medicamentos

Las personas que dependen de medicamentos para sobrevivir deberán contar con reservas adecuadas y, lo mejor, sería crear un botiquín de primeros auxilios.

6 - Semillas

Como mencioné, es posible que los invasores contaminen el medio ambiente. Sin embargo, en caso de que eso no suceda, deberemos reunir la mayor cantidad posible de semillas agrícolas para comenzar a cultivar nuestros alimentos;

7 - Energía

Nuestras reservas energéticas se agotarán rápidamente, por lo que debemos acumular la mayor cantidad posible de baterías, pilas, paneles de energía solar y combustible.

8 - Información

EL BUEN DICTADOR I: EL NACIMIENTO DEL IMPERIO

Será necesario obtener información sobre cómo realizar diversas tareas, como manuales sobre agricultura, energía, electricidad, informática, etc.

En la oficina todo transcurría como de costumbre; sus compañeros hacían pocos comentarios sobre el asunto, pero algunos parecían estar más preocupados por la derrota del Benfica en la última jornada. Su jefe estaba en alguna reunión y Gustavo decidió fingir que estaba trabajando en algún programa informático. Respondió al correo electrónico de Norton con solo una frase: "Voy a comenzar con la lista", y enseguida recibió una respuesta: "Yo ya la he empezado".

Su mente ya estaba trabajando en los ocho puntos y decidía por cuál de ellos comenzar su labor. Eligió el más fácil y sencillo: el punto número seis, las semillas. El mercado municipal estaba al lado, así que decidió hacer una consulta en Internet para saber qué semillas podría comprar. Quería maíz, trigo, cebada, soja, varios tipos de repollo, perejil, melisa, espinacas, ajos, pimientos, brócoli, lechuga, fresas, sandías, tomates, zanahorias, berros, pepinos, calabazas, etc. Luego se dirigió al mercado para ver si encontraba alguna de esas cosas. Encontró a una florista que no tenía semillas, pero que le dio la dirección de una tienda de productos agrícolas en la ciudad donde había todo tipo de semillas. Fue caminando y tardó unos quince minutos en llegar a dicho comercio, donde encontró una colección infinita de todo tipo de semillas, así como utensilios para trabajar la tierra. Sorprendentemente era una tienda por la que había pasado varias veces, pero que nunca había despertado su curiosidad. El dueño del establecimiento, un hombre de aproximadamente setenta años, tenía la apariencia de alguien que acababa de salir de trabajar en una granja. Vestía de manera bastante descuidada, con las uñas sucias y negras, lo cual le recordaba a los jubilados que solía ver en Lentiscais. Llevaba una camisa de franela a cuadros, tirantes y pantalones negros que resaltaban su gran barriga. Era un personaje verdaderamente peculiar, que parecía haber salido de una película de comedia que se burlaba del estereotipo del típico agricultor anciano.

- ¿En qué puedo ayudarte? - dijo el hombre, pensando que Gustavo, sin duda, se había equivocado de tienda, ya que no parecía el tipo de cliente que solía entrar en su establecimiento.

- Estoy buscando semillas. Me dijeron que aquí tienen una gran variedad.

- Sí, es verdad. ¿Qué es lo que busca más concretamente?

Gustavo no podía decir la verdad; el hombre lo tomaría por loco, así que tenía que inventar una historia que fuera mínimamente creíble.

- Le comento, tengo una finca cerca de Castelo Branco y quiero plantar un poco de todo, y también deseo fertilizantes y abono.

Al hombre le pareció un poco extraño el pedido, pero pensó que podría hacer un buen negocio con él y le proporcionó una variedad de semillas. Al final, al ver que Gustavo estaba comprando una cantidad considerable, tuvo que limitar un poco la venta por temor a quedarse sin mercancía para sus clientes habituales. Hubo un momento en el que incluso comenzó a sospechar que Gustavo podría ser un loco y que no tendría dinero para pagar, pero después de haberle informado del costo total de la compra, Gustavo sacó una tarjeta de su cartera y el pago se realizó sin ningún problema. Al salir de la tienda, el comerciante se sintió muy satisfecho por la magnífica venta realizada y pensó que no había mejor manera de comenzar el día que con un cliente tan derrochador. Gustavo también estaba contento por haber completado uno de los puntos, pero aún así tenía en mente que si encontraba otra tienda similar, compraría algunas semillas adicionales.

Mientras se dirigía a su oficina, pensaba en cuál de los puntos sería el siguiente en completar y se dio cuenta de que por la noche tendría que hablar con Marta sobre esos nuevos gastos. Esperaba que ella lo entendiera, pero no estaba muy seguro de ello. En ese momento, su teléfono móvil comenzó a sonar, y Gustavo pensó que sería su jefe, pero al mirar su dispositivo, vio que era Norton.

- ¿Sí? Norton el loco. ¿Cómo estás?

- Muy bien. Por fin estamos organizando las cosas de la lista. ¿Crees que habrá jaleo?

- Tal vez sí, por eso prefiero ser precavido. ¿Nunca has oído decir que más vale prevenir que lamentar?

- ¿Ya has hecho algo?

- Acabo de salir de una tienda de semillas y casi le he vaciado la tienda al viejo - dijo esto con un tono jovial, como un niño travieso que acaba de hacer una travesura.

- Sí, eso es fácil y has hecho bien. Es mejor comprar lo más sencillo de conseguir ahora, porque cuando la paranoia se extienda, no habrá más semillas disponibles. Mira, yo voy a la ciudad ahora para comprar alimentos, agua y semillas, y ya tengo una idea sobre las armas - Esperó que esto despertara la curiosidad de Gustavo.

- ¿Y eso?

Norton hizo una pausa para generar más interés y luego dijo:

- Voy a hablar con Zeca, estoy seguro de que puede conseguirme algo.

- No te olvides de mí, Norton.

- No te preocupes, Gustavo. Ah, otra cosa, falta algo esencial en la lista - Otra pausa. - Oro. El Euro tendrá poco o ningún valor y el oro será el que domine..

- ¿Eso crees?

- Por supuesto. Aun así, pienso que la moneda de cambio podría ser también la comida, medicamentos u otros bienes.

Después de despedirse, Gustavo entró de nuevo en su oficina y no tuvo el cuidado de ocultar las bolsas que traía de la tienda agrícola, lo que llamó la atención de algunos compañeros que lo miraron extrañados. Sin embargo, Gustavo estaba completamente distraído y solo estaba pensando en la lista. Se sentó en su mesa y comenzó a considerar cuál de los puntos sería el siguiente en abordar. Tanto la comida como el agua le parecían fáciles de conseguir. Pensó en acumular la mayor cantidad posible de agua y comida y hacer compras diarias de estos productos. Era evidente que no podría construir un refugio en el jardín de su casa, por lo que lo mejor sería ir al pueblo de su padre, Lentiscais, un lugar remoto en medio de la nada, donde ningún extraterrestre perdería el tiempo en ir. Ya había seleccionado el refugio y era hora de deliberar sobre cómo llevar el material allí. ¿Cuándo? ¿Cómo? Tendría que planificar la logística de esa operación. Sin embargo, había otras cuestiones en mente. ¿Cómo podría obtener energía renovable? Comprar pilas sería fácil y también varios litros de gasolina, pero sería importante conseguir todo tipo de dispositivos que funcionaran con energía renovable. Hizo una búsqueda en Internet en busca de empresas que vendieran ese tipo de material y encontró algunas. Decidió ponerse en contacto con una que tenía su almacén en un polígono en Vialonga, ubicado en el municipio de Vila Franca.

Primero, examinó el catálogo en la página oficial de la empresa y notó que el almacén estaba abierto al público todas las mañanas hasta las doce. Consideró que sería precipitado ir allí ese mismo día, prefirió estudiar con más detalle lo que iba a comprar y hablar también con Norton, quien probablemente también requeriría material. En ese momento, sintió que estaba avanzando demasiado rápido con todo esto y que estaba gastando tiempo y, sobre todo, dinero en algo en lo que aún no había ninguna certeza. Ya estaba obsesionado con la lista y retomó un punto que también sería muy difícil de conseguir: los medicamentos. Él en particular no usaba medicamentos, guardaba unas cuantas aspirinas por si tenía dolor de cabeza, pastillas para la garganta y poco más. Pero sus padres, que ya tenían una edad avanzada, tomaban una colección interminable de analgésicos, especialmente su padre, que tenía hepatitis C y sin esos medicamentos no podría sobrevivir.

Al acordarse de ellos, se dio cuenta de que debería convencerles para que fueran hasta Lentiscais en breve. No sería muy difícil de conseguir, puesto que a ellos les gustaba ir allí junto con su hijo y nietos, pero esta vez se veía obligado a contarles su plan y desconfiaba de que sus padres pensasen que eso era demasiado exagerado y alarmante. No tenía la mínima idea de cuáles eran las píldoras que tomaban sus padres y, aún más difícil, de cómo sería capaz de conseguirlas a través de una farmacia común. Tendría que obtener una receta médica. Pensó en varias posibilidades totalmente descabelladas para obtener los medicamentos, hasta que se acordó de que el ayuntamiento disponía de un médico que trabajaba todos los miércoles en un pequeño gabinete frente al aparcamiento del ayuntamiento. Consideró la idea de ir a ese lugar y ver si tenía guardadas sus recetas en los cajones, pero pronto descartó esa posibilidad porque sabía que el médico siempre llevaba las recetas en su maleta. Entonces, recordó algo que le hizo sonreír y llegó a la conclusión de que realmente era un genio. Recordó que, aproximadamente cuatro meses atrás, su jefe le pidió que se acercara a ese gabinete para instalar un nuevo programa que provenía del Ministerio de Sanidad y que reemplazaba las recetas en papel, gestionándolas directamente a través de la tarjeta sanitaria del usuario. Una operación que aún no había tenido mucho éxito, pero que con el tiempo se iría implantando. Empezó inmediatamente a hacer una lista, con la ayuda de Internet, de los medicamentos indispensables; algunos no necesitaban de orden médica, pero la mayoría de ellos sí. Planeó ir al gabinete del médico el jueves y llevar a cabo algo muy ilegal y peligroso para su carrera, pero para ello necesitaba más tarjetas sanitarias. Obviamente, llevaría la de

Marta y, dado que el miércoles iba a cenar a casa de sus padres, aprovecharía para llevarse también las de ellos.

Totalmente inmerso en ese plan, Gustavo no se dio cuenta de que su jefe estaba regresando de la reunión y se acercaba a su mesa. Al ver a Gustavo tan concentrado, Viláres le preguntó:

- ¿Qué estás haciendo? ¿Algún nuevo programa? - a Gustavo le costó salir del trance en el que se hallaba y, durante algunos segundos, no logró contestar a su jefe.

- Sí. - dijo finalmente. - Estoy diseñando un programa...

- ¿Para quién?

- Para... - vaciló. No se le ocurría nada, estaba bloqueado. - Para Jaime del cementerio.

- ¿Pero no lo habías hecho ya?

- Sí, pero no quedó muy bien y estoy mejorando algunos detalles.

- Ah, vale. Mira, parece que los tipos de topografía están teniendo problemas con los ordenadores, quizás sea la red. ¿Podrías ir hasta allí cuando termines esto, por favor?

- Claro, jefe, sin problemas.

Continuó algunos minutos más planeando su pequeña paranoia, hasta que decidió ir a tomarse un café y luego pasar por la sección de topografía. Se demoró más de lo que esperaba, y cuando terminó, ya era hora de ir a comer al comedor del ayuntamiento con su amigo Sérgio. Tenía bastante curiosidad por saber lo que él pensaba de todo aquello, ya que su amigo era bastante moderado y sensato; seguramente, si le contara lo de la lista, le diría que estaba perdiendo el tiempo, que era absurdo.

Cuando llegó al despacho de Sérgio, este estaba esperando a Gustavo y, después de los habituales saludos, salieron en dirección al comedor y no tardó en sacar el tema:

- ¿Qué te parece eso de la Luna?

Gustavo no sabía qué contestar, prefirió aparentar que no era motivo de alarma:

- De momento no se sabe nada, ¿verdad? O sea, no hay certeza. Pueden ser extraterrestres o no, parece que habrá que esperar para ver...

- Bueno, es algo extraterrestre seguro, ahora falta por saber si dentro de la nave hay vida o no. El presidente de los Estados Unidos dijo que iban a enviar una nave hasta la Luna para verificar la existencia de vida extraterrestre, y si la hubiera, entonces habría que darles la bienvenida. Esto es para tranquilizar a la población, porque la gente ya ha empezado a correr a los supermercados a comprar de todo.

Gustavo no tuvo el coraje suficiente para hablarle sobre la lista; seguramente Sérgio lo tomaría por un chiflado, al igual que a los estadounidenses.

- ¿Y si ellos nos atacan, Sérgio?

- Si ellos nos atacaran, nosotros no tendríamos ninguna opción para sobrevivir; con su tecnología, acabarían con todo nuestro planeta en poco tiempo. ¿Pero por qué nos atacarían? No sé la respuesta.

- Tal vez debido a nuestra falta de respeto por otros seres vivos.

- No - dijo con desdén -. Entonces ellos terminarían haciendo lo mismo con nosotros.

- Si ellos atacaran, ¿cómo crees que lo harían?

- No lo sé, tal vez con una bomba de impacto tan grande que ni las cucarachas sobrevivirían; todo quedaría muerto. Pero entonces la pregunta sería: ¿por qué razón lo harían?

- Porque son malos, porque les gusta la destrucción, porque nos ven como una amenaza.

- ¿Y por qué no vienen en paz, Gustavo? - Sérgio paró de comer y miró a Gustavo, esperando una contestación absurda.

- Si viniesen en son de paz, ya habrían dicho algo, ¿no? ¿Por qué esperar tanto?

Algunos trabajadores asistían con entusiasmo a la conversación entre los dos amigos. Ellos se dieron cuenta y decidieron cambiar de tema; era inútil discutir sobre las intenciones de algo que ni siquiera sabían qué era.

Después del café de siempre, Gustavo se dirigió a la plaza de toros y fue a buscar su coche para hacer una buena compra de comida enlatada y agua. Escogió un supermercado donde habitualmente compraba para su hogar; ya conocía las estanterías y sabía dónde estaban exactamente todos los productos. En poco tiempo, llenó el carrito de latas y botellas. Aprovechó también para abastecerse de algunos detergentes, material de limpieza y muchas pilas. Estaba distraído, mirando la fecha de caducidad de los productos cuando, de repente, su móvil sonó. Lo primero que pensó fue que sería su jefe preguntándole dónde se encontraba, y se quedó en blanco sin saber qué excusa podría dar. Sacó entonces el teléfono del bolsillo y comprobó que era un número que no conocía. Extrañado, decidió contestar:

- ¿Sí? - y esperó que no fuera nadie del ayuntamiento.

- ¿Gustavo? Soy yo, Zeca. - Gustavo se quedó aliviado, era José Carlos, conocido como Zeca, que vivía en Lentiscais y era amigo de Norton, así como un conocido suyo.

- ¿Qué pasa, Zeca? ¿Todo bien?

- Sí, todo está bien. Mira, he estado hablando con Norton y me gustaría también entrar en ese negocio vuestro de comprar productos para energía solar y eólica.

- Ah, bien, yo estaba pensando en ir mañana a comprar para mí y para Norton. Si quieres, te puedo traer cosas también. Echa un vistazo a su catálogo en Internet y dime lo que quieres.

- Lo que compres para ti, cómpralo para mí también. - Gustavo pensó que seguramente Zeca no era un experto en ordenadores y probablemente no tenía uno conectado a la red. - Una cosa, Gustavo, en cuanto a las máscaras antigás y otros utensilios bélicos, no te preocupes, yo te voy a preparar un buen arsenal.

- Genial, Zeca, muy bien, gracias.

- ¿Necesitarás ayuda para traer el material aquí?

- No te preocupes, estoy pensado en acercarme el viernes por la mañana para llevaros todo vuestro material. ¿Te parece bien?

- Muy bien, gracias, seguimos en contacto, ¿vale?

Después de terminar la conversación, Gustavo se quedó unos minutos analizando lo que habían comentado: la lista y cómo llevar el material a Lentiscais. También pensó en que, realmente, estaba actuando de manera irracional gastando dinero de esta manera y hablando de armas por teléfono con alguien a quien siempre había considerado un auténtico idiota. Reconoció que lo que estaba haciendo tenía riesgos, especialmente en cuanto al dinero que estaba gastando, pero en caso de que hubiera un ataque, él estaría preparado. Tenía un plan. Al llegar a la caja para pagar, se dio cuenta de que era el único cliente con una compra tan homogénea; los demás compradores tenían carritos llenos de todo tipo de productos, la paranoia aún no se había extendido.

Volvió a dirigirse a la plaza de toros para aparcar el coche. Mientras conducía, pensaba en el personaje que era José Carlos, un hombre de cincuenta y cinco años, bajito y muy delgado, que siempre llevaba un bigote negro y muy fino. Estaba totalmente calvo y desprendía una energía increíble; parecía incapaz de estar quieto durante cinco minutos y tenía varios tics en los ojos y en la boca. A los diecisiete años, se unió al ejército, donde obtuvo el bachillerato y el carné de conducir. Tenía una buena conexión en la Escuela Oficial de Sargentos, lo que le facilitó la entrada como estudiante. Con el tiempo, Zeca se convirtió en sargento, algo de lo que estaba muy orgulloso y le gustaba presumir en el pueblo. Disfrutaba de la caza y todos los domingos salía con sus amigos para "disparar", como él solía decir, y, quién sabe, tal vez abatir algo. Además de la caza, Zeca era un apasionado de las armas de fuego y tenía una pequeña colección en su casa. Poco a poco, sin darse cuenta de cómo había empezado, Zeca comenzó a traficar y vender armas del ejército a sus amigos que compartían su misma afición. Así, empezó a ganar bastante dinero de manera ilegal y, al mismo tiempo, su arrogancia y chulería aumentaron considerablemente. Se compró un buen coche deportivo y comenzó a frecuentar casinos y casas de juego ilegales. Estaba soltero y era cliente habitual de prostitutas. Para mantener su alto nivel de vida, aumentó la frecuencia de los robos y la venta de material del ejército, llegando a venderlo a cualquiera, excepto a los gitanos, a quienes odiaba profundamente. En varias ocasiones, sus superiores le habían advertido que tuviera cuidado con esas operaciones, y aunque sobornó a algunos de ellos, no a todos. Cuando llegó la crisis económica, el gobierno decidió hacer enormes recortes presupuestarios en el ejército y en el personal, y Zeca fue uno de los elegidos para ser dado de baja debido a sus actividades ilegales. Recibió una buena indemnización y a los cincuenta años ya estaba de vuelta en Lentiscais. No le importó mucho, ya que continuaba haciendo transacciones de armas con compañeros que seguían en el ejército y que conocían las artimañas del comercio. Además, tenía muchas tierras en Lentiscais de las que ocuparse. Con el dinero de la indemnización, compró un gran tractor, pero nunca admitió públicamente que había sido despedido; afirmaba que se encontraba en una especie de prejubilación.

Después de muchas vueltas para conseguir una plaza para aparcar, Gustavo volvió a su lugar de trabajo, pensó que realmente ese día había sido un pésimo funcionario, no había hecho casi nada por el municipio. Decidió que en las dos horas que le quedaban, iba a arreglar material informático para sentirse mejor consigo mismo. Al llegar a su edificio, comprobó que su jefe no estaba y no había ningún mensaje esperándole. Llamó a Sergio para pedirle una furgoneta grande para el viernes por la mañana.

- Necesito llevar cierto material informático a unas cuantas escuelas - dijo Gustavo, esperando alguna pregunta.

- Vale, no te preocupes - fue la respuesta que recibió. Sérgio estaba muy atareado y obviamente no imaginaba que Gustavo tenía la intención de llevar aquel vehículo lleno de material de energía renovable, comida y agua hasta el municipio de Castelo Branco.

Tal y como había planeado, pasó dos horas reparando ordenadores, impresoras, pantallas, y demás equipos informáticos. Sin embargo, su mente estaba lejos de ese lugar, ya que estaba obsesionado con la lista. En su lucha por la supervivencia, estaba seguro de que se avecinaba una guerra y quería estar preparado. Al mismo tiempo, pensó que podría estar equivocado, que los extraterrestres podrían venir en son de paz, y le pareció una idea detestable.

Al llegar a su casa, aprovechó para abrir las ventanas y ventilar un poco la casa. Desde el viernes, todo había permanecido cerrado. Mientras recogía las maletas y sacaba su compra de alimentos enlatados y agua para el garaje, empezó a pensar en cómo informar a Marta sobre por qué había decidido comprar todas esas provisiones. Creía que ella difícilmente le entendería y que le obligaría a dejar de gastar todo el dinero que tenían ahorrado en ideas absurdas..

Empezó a preparar la cena y encendió un canal de noticias en la televisión para averiguar si había alguna novedad sobre el tema. Poco a poco, parecía que la sociedad se estaba acostumbrando a tener ese objeto verde en la Luna, y las noticias comenzaban a caer en la banalidad de siempre. Aun así, la NASA y otras agencias espaciales estaban trabajando conjuntamente en una nave para llegar a la Luna y estudiar ese objeto, lo cual se esperaba que ocurriera esta semana. Además, afirmaban que mediante sondas y tecnología de vanguardia no habían detectado ningún signo de vida, calor o movimiento dentro de ese objeto verde, por lo que suponían que podría estar vacío. Sin embargo, en algunos lugares, la gente empezaba a comprar grandes cantidades de bienes de primera necesidad, mientras que otros ya estaban construyendo refugios y búnkeres, desde agujeros en el huerto hasta áticos adaptados, e incluso búnkeres comunitarios equipados con todo tipo de utensilios. Había una clara y alarmante paranoia generalizada que los gobernantes intentaban calmar, minimizando la importancia del objeto aparcado en la Luna.

Cuando Marta llegó a casa, Gustavo fue más simpático de lo habitual con ella. Le preguntó cómo había sido su día e intentó mostrar interés por sus rutinas diarias en la fábrica de yogures. Después de la cena, Gustavo reunió el valor necesario para abordar el tema.

- ¿Has visto en las noticias cómo la gente anda como loca comprando en grandes cantidades para abastecerse de mucha comida?

- Sí, el miedo se ha instalado definitivamente. En mi trabajo no se habla de otra cosa, y muchos pensamos como tú, que si vinieran pacíficamente, ya se hubieran manifestado. Tal vez sería mejor que nosotros también compráramos algunas cosas.

La conversación estaba resultando mejor de lo que Gustavo esperaba, y sintió que la tendría comiendo de su mano. Los ojos de ella reflejaban el miedo de no saber qué hacer en esa situación, sin saber a quién escuchar ni cómo reaccionar.

Gustavo aprovechó el momento y le contó su plan. No ocultó ningún detalle, ya que su intención era abandonar la ciudad cuando aparecieran las primeras señales de alerta y refugiarse en Lentiscais, un lugar pequeño y apartado donde a ningún extraterrestre o invasor se le ocurriría ir.

La noche parecía avanzar con normalidad, con Gustavo en la habitación usando el ordenador mientras Marta veía telenovelas. Entonces, Gustavo se acercó al salón para despedirse de su esposa:

- Espera, Gustavo, hoy voy contigo - dijo esto con una sonrisa de niña traviesa; Gustavo se sorprendió por la actitud de su esposa y pensó que ese día tenía suerte, iba a volver a hacer el amor con su mujer. No quiso saber por qué ella quería hacerlo esa noche, solo quería aprovechar la oportunidad de la mejor forma posible. Intentó recordar con esfuerzo la última vez que lo habían hecho, pero fue en vano. Mientras ambos comenzaban a quitarse la ropa, Gustavo no pudo evitar hacer una pequeña broma:

EL BUEN DICTADOR I: EL NACIMIENTO DEL IMPERIO

- Ya hace tanto tiempo que no hago el amor que creo que soy virgen otra vez.

Los dos soltaron unas carcajadas nerviosas y se metieron en la cama. Marta se sentía confundida por el tema de los extraterrestres y confiaba en que tanto ella como sus hijos, e incluso sus padres, estarían más seguros si Gustavo los guiara. Por eso, de una forma un poco inconsciente, había decidido agradecer el empeño de su marido.

Desde el inicio de la relación, Gustavo se dio cuenta de la poca compatibilidad que había entre los dos en términos intelectuales, pero esa incompatibilidad era compensada en la buena conexión sexual que tenían. Tanto Marta como Gustavo habían tenido pocas parejas hasta el momento en el que se conocieron y los dos quisieron descubrir y experimentar un nuevo mundo de placeres sin complejos ni vergüenzas. Con el nacimiento del primer hijo y sobre todo con la rutina, aquello que mejor los conectaba fue desapareciendo y las relaciones sexuales empezaron a ser cada vez menos frecuentes y más frías. Marta ya hacía bastante tiempo que no tenía un orgasmo, y cada vez sentía menos placer y ganas de hacer el amor; a los constantes intentos de su marido para hacerlo se negaba con excusas de cansancio, dolores de cabeza, o miedo de despertar a sus hijos con el ruido. Esa noche fluyó como antiguamente y después del orgasmo, Gustavo se durmió satisfecho consigo mismo.

A la mañana siguiente, su cabeza ya estaba centrada en las tareas que tenía planeadas hacer en el trabajo, pero, sobre todo, en su lista. Hoy era el día elegido para comprar el material de energía renovable.

Llegó a la oficina un poco mojado; estaba lloviendo a cántaros y el viento azotaba fuertemente. Hacía realmente un día desagradable y sintió pocas ganas de salir, pero pensó que tendría que ir él mismo a ver el material. Empezó mirando el catálogo de la empresa sobre los materiales energéticos que tenían, sus características, capacidades, funciones, facilidad de instalación y, por supuesto, el precio. Cuando su jefe se acercó a él, con su habitual cigarro, le dijo:

- Necesito que hoy estés unas horas conmigo - Gustavo se quedó helado; no podía creer que su jefe fuera a truncar sus planes. Probablemente ya estaba desconfiando de algo y ahora estaba intentando vigilarlo de cerca.
- Ya han terminado las obras en la perrera y tenemos que ir allí, montar

los ordenadores en red e instalar el programa de control de enfermedades caninas, entre otras operaciones que ahora no recuerdo.

- ¿Y tiene que ser hoy? - Gustavo ya planeaba su ataque, o mejor dicho, su fuga.

- Sí, porque el jueves vendrá el alcalde al centro a inaugurarlo con periodistas.

- ¿A inaugurarlo? ¡Pero eso ha existido siempre!

- Sí, lo sé, pero ellos han gastado una fortuna en la obra de reconstrucción y quieren atraer la atención de la gente, por eso le llaman 'inauguración del nuevo espacio canino'. Ya sabes que las elecciones están muy cerca

- Políticos - dijo Gustavo con desdén, llevando la mano hacia atrás. - Son la escoria de nuestra sociedad. A ver, jefe, esta mañana tengo que ir a Vialonga a llevar material informático y a montar allí unas redes, pero puedo pasar toda la tarde en la perrera

- Perfecto, gracias, Gustavo. ¿Crees que necesitaré ir yo también?

- No hace falta, jefe. A menos que quiera darle comida a los perros... - Gustavo estaba de buen humor, sin embargo, aquella tarde sus planes se torcieron.

- Dejo esa tarea para ti - Viláres soltó una carcajada acatarrada mientras se alejaba

Luego se dirigió al aparcamiento del ayuntamiento y solicitó un coche con un amplio maletero para poder transportar el material que iba a comprar. Pensó que sería mejor llevar algo de equipo informático para disimular, pero decidió que no, ya que eso solo ocuparía espacio en vano y, además, no tenía ninguna intención de ir a las escuelas.

Le costó encontrar aquel almacén y ya eran las diez y media cuando empezó a seleccionar suministros. Había de todo: kits solares, paneles fotovoltaicos, baterías, conversores, termosifones, aerogeneradores, etc. Decidió hacer una compra importante tanto para él como para Norton y Zeca. Sería una compra costosa que representaría un gran agujero en su cuenta corriente, pero aún cabía la posibilidad de devolverlo en caso de que el ataque no se llevara a cabo. Cuando llegó a la caja para pagar, al trabajador que le atendió le pareció extraño que estuviera comprando tanto material repetido y estuvo a punto de preguntarle cuál era el propósito de su compra y en qué emplearía todo ese equipo. Se imaginó que tal vez sería uno de esos que recientemente estaban obsesionados con el fin del mundo y prefirió no averiguarlo, simplemente se limitó a cobrar.

Gustavo tuvo dificultades para encajar todo el material en el coche; además de llenar el maletero hasta arriba, ya había ocupado todo el interior del coche, incluso el asiento del copiloto. Pensó que lo mejor sería no circular de esta manera por el pueblo, así que decidió tomar unas cuantas carreteras secundarias para llevarlo todo a su casa. Media hora después, había descargado el automóvil y llenado el garaje, no solo con el material, sino también con comestibles. Le quedaba tiempo hasta el viernes para llenar aún más el garaje, o al menos eso esperaba hacer

Después del almuerzo habitual con Sérgio, se dirigió hacia la perrera del ayuntamiento, que estaba ubicada en la zona más oriental del municipio de Vila Franca, Castanheira do Ribatejo. Al llegar al lugar, no la reconoció en absoluto; había cambiado por completo, era más grande, limpia y moderna. Aún estaban terminando las obras apresuradamente, con mucho estrés. Gustavo conocía al responsable de la perrera, un hombre de unos cuarenta años y el único homosexual reconocido con el que había tratado nunca. También era vegetariano y militante activista de un partido de extrema izquierda.

- Hola, Francisco, ¿*todo legal*? - dijo Gustavo con acento brasileño, pues sabía que éste tenía una verdadera pasión por Brasil y por sus habitantes masculinos.

- Hola, Gustavo, todo bien, hermano - le dio un abrazo espontáneo a Gustavo, lo que lo tomó por sorpresa y provocó que algunos trabajadores los miraran con sospecha. – Llevo esperándote un buen rato, además, es casi imposible pillarte en tu extensión del teléfono.

- Soy un tío muy solicitado, Francisco.

- Ya lo veo, pero esta tarde eres mío - y Francisco soltó una carcajada bastante afeminada, agarró el brazo de Gustavo y lo llevó al interior de las nuevas oficinas.

Ambos se conocían desde hace mucho tiempo y desde el principio hubo una buena química entre ellos; compartían un exquisito sentido del humor negro, y Gustavo admiraba la actitud de Francisco al salir del armario tan abiertamente. Del mismo modo, Francisco veía en Gustavo a una persona abierta, interesante, inteligente y atractiva. Durante esa tarde, Gustavo trabajó duro y Francisco estuvo a su lado en todo momento, haciéndole compañía y contándole las aventuras de sus últimas vacaciones en Río de Janeiro. Pasadas las cinco de la tarde, fue cuando Gustavo dio por concluida su jornada, y Francisco le invitó a tomar un café en algún lugar cercano. Gustavo se disculpó diciéndole que había quedado en hacer compras con su esposa y se fue hacia Vila Franca. Si Gustavo hubiera sabido que no volvería a ver a Francisco de nuevo, habría pasado más tiempo con él ese día

Después de dejar el coche del ayuntamiento e ir a buscar el suyo, y siendo ya casi las seis de la tarde, aprovechó para pasar por un hipermercado y comprar más comida enlatada y alimentos con una fecha de caducidad muy tardía. Mientras se dirigía a casa, planeaba cenar al día siguiente en casa de sus padres e intentaría que le dieran sus respectivas tarjetas sanitarias. Sin embargo, creía que iba a ser difícil que ellos aceptaran aquel plan y pensó que lo mejor sería mentirles.

El miércoles fue un día sin grandes sobresaltos para Gustavo. Por la mañana trabajó para el ayuntamiento, mientras que por la tarde estuvo charlando con Norton y navegando por Internet como de costumbre. A las seis de la tarde, llegó a casa y esperó durante una hora hasta que Marta llegó para irse a Cacém a ver a sus hijos y cenar con sus padres. Durante el viaje, Gustavo pensó en alguna manera de engañar a sus padres para que le entregaran las tarjetas sanitarias y, además, tenía que averiguar cuáles eran los medicamentos que necesitaban regularmente

Tenía una buena relación con sus padres, especialmente desde el nacimiento de sus hijos. Gustavo, ahora padre, miraba a sus progenitores y comprendía mejor algunas situaciones. Él creía que, aunque sus padres tenían algunos defectos, lograron proporcionarle una infancia feliz, con amor, muchos mimos y nunca pasó ni hambre ni frío. Siempre recibió el apoyo incondicional y completo de sus padres en las distintas actividades deportivas en las que participaba, y cuando entró a la universidad, no tuvo la necesidad de buscar ningún trabajo a tiempo parcial para cubrir sus gastos. Sus progenitores le ayudaron financiándole todos sus estudios, además de darle algún dinero extra para sus pequeños vicios y salidas nocturnas. Gustavo conocía la limitada cantidad de dinero que ellos manejaban y que esa era la razón por la que pasaban las vacaciones en el pueblo de su padre, Lentiscais.

EL BUEN DICTADOR I: EL NACIMIENTO DEL IMPERIO

Gustavo tenía un hermano, Hélder, cinco años más joven que él y que, curiosamente, no estaba en absoluto de acuerdo con Gustavo. Hélder creía que sus padres eran unos paletos y desgraciados que vivían en un lugar deprimente y tercermundista como Cacém, que no pasaban sus vacaciones fuera de Lentiscais porque no tenían ninguna curiosidad en conocer nada más y que tenían miedo de salir del mundo que conocían.

Hélder había nacido fruto de la ilusión de sus progenitores de darle un hermano pequeño a Gustavo, para que este no se convirtiera en el típico hijo único mimado y tuviera alguien con quien jugar y crecer. Sin embargo, Gustavo siempre había visto a su hermano menor como 'el crío', y raras veces jugaban juntos. Gustavo era más práctico y estaba más centrado, mientras que Hélder era más sensible y soñador. Cuando Hélder tenía diecinueve años, terminó la escuela secundaria y no sabía si continuar estudiando o empezar a trabajar. Ese tipo de dudas no las tuvo su hermano mayor, Gustavo, quien a los dieciocho años ingresó en la universidad para estudiar Ingeniería Informática, que había sido su primera elección.

Así, Hélder, sin saber qué rumbo dar a su vida, deambuló por varios trabajos. Fue camarero, pastelero, vigilante, reponedor en un supermercado y administrativo en una empresa de transportes. En todos esos trabajos duró poco tiempo, ya fuera porque no le gustaba lo que hacía o porque sus superiores no veían en él gran talento para la profesión

A los veintiún años, comenzó a trabajar en una caballeriza en Sintra, donde se guardaban los caballos que recorrían las calles de la ciudad en carruajes para transportar a los turistas. Rápidamente, se dio cuenta de que había encontrado finalmente su vocación: tratar con animales. Pasaba el día entero junto a los caballos y cuanto más tiempo pasaba con ellos, más se daba cuenta de que lo que realmente no le gustaba era tratar con las personas. Prefería pasar el día limpiando excrementos de caballos que tratar con la gente. Sus padres estaban muy preocupados por los constantes cambios de profesión y la falta de ambición que mostraba Hélder. Intentaban, casi a diario, recomendarle carreras superiores que podrían gustarle y frecuentemente le mencionaban como ejemplo a Gustavo, quien había completado un curso superior y ya tenía un buen trabajo. Hélder siguió el consejo de familiares y amigos y se matriculó en la facultad de veterinaria, sin embargo, sus calificaciones eran apenas razonables y tuvo que volver a estudiar por las noches.

A los veintitrés años, obtuvo una plaza en la universidad, pero no en su primera opción de Veterinaria en Lisboa, sino en su quinta opción, que era Biología en la Universidad de las Azores. Al principio, le apenó no haber logrado entrar en lo que deseaba y consideró la posibilidad de no aceptar la plaza en las Azores por estar muy lejos de casa, de sus padres y amigos, además de no ser exactamente lo que quería estudiar. Sin embargo, tanto su familia como sus amigos lo convencieron de que lo intentara, probara y, si no le gustaba, pudiera regresar a casa.

Contrariamente a lo esperado, Hélder se adaptó rápidamente a Ponta Delgada, a la isla, a las innumerables vacas que pastaban por los magníficos paisajes, a sus compañeros de universidad, a la carrera, a su nueva casa que compartía con otros tres estudiantes de diferentes localidades del país y, sobre todo, a su nueva novia, relación que duraría hasta el final de sus estudios. En poco tiempo, Hélder comenzó a radicalizar sus opiniones en cuestiones medioambientales, cambió su forma de vestir, de pensar y hasta de comer, convirtiéndose en vegetariano. Pasaba todo el año en las Azores, con excepción de las vacaciones de Semana Santa, verano y Navidad. Únicamente en dos ocasiones recibió la visita de Gustavo en Ponta Delgada. La primera vez fue acompañado de sus padres, y la segunda fue con Marta en una semana de fiestas de la universidad, donde Gustavo se dio cuenta de que su hermano era un consumidor diario de hachís y marihuana. Él mismo, esa semana, había fumado y bebido casi todos los días y después tuvo que escuchar la reprobación de Marta por su comportamiento, ya que ella era contraria a las drogas y al alcohol. Hélder terminó la carrera con casi treinta años y, por razones económicas, tuvo que volver a la casa de sus padres, dejando atrás a sus amigos y a su novia

Su regreso a Agualva-Cacém fue muy impactante. Pasó de estar en una isla con baja densidad de población y repleta de espacios verdes a una ciudad suburbana ruidosa, desordenada y caótica. Fue un cambio muy duro para la moral de Hélder, que pasaba los días buscando trabajo en su área y enviando currículos y solicitudes sin obtener ninguna respuesta. Su padre comenzó a presionarlo para que buscara empleo fuera de su área. Para empeorar las cosas, su novia, con la que llevaba una relación de varios años, decidió poner fin al noviazgo. Hélder ya no era la misma persona que había dejado Cacém; ya no se identificaba con sus antiguos amigos, se sentía perdido en aquella metrópolis y no tenía ganas de salir de casa, ni siquiera de su habitación. Poco a poco, comenzó a experimentar ansiedad cada vez que tenía que salir de casa. No pasó mucho tiempo antes de que cayera en una profunda depresión y comenzara a recibir tratamiento de un psicólogo.

Un año después, Hélder finalmente emergió de la oscuridad en la que estaba sumido y consiguió un empleo en su sector en un parque natural al suroeste del país. Durante un año trabajó en ese parque, y aunque las condiciones laborales fueran malas, se sentía feliz y aumentó su confianza. Poco después, recibió una beca de investigación de dos años en Canadá, más concretamente en el norte de Ontario, cerca de la bahía de Hudson. Hélder ya se sentía eufórico y lleno de ilusión por esta nueva aventura.

En la actualidad, vivía en un pequeño pueblo costero y trabajaba en una isla deshabitada, estudiando la fauna del lugar. Aunque no le gustaba mucho el frío, se dedicó en cuerpo y alma a su labor y a la universidad para la que trabajaba, la cual ya le había comunicado que le renovarían su beca por otros dos años más. Además, en los últimos tiempos se estaba viendo con una mujer de un pueblo vecino y aparentemente habían iniciado una relación.

Gustavo mantenía una buena relación con su hermano, que mejoró con el paso de los años. Durante la época en que se encontraron en las Azores, tenía preocupaciones de que Hélder se sumergiera en un mundo de fanáticos ambientalistas vegetarianos y fumadores de marihuana. Luego se sintió apenado al verlo tan deprimido y encerrado en su habitación después de su regreso de la universidad. Desde lo más profundo de sí mismo, Gustavo creía que su hermano era mentalmente frágil. Pensaba que la depresión era una enfermedad moderna y occidental que solo afectaba a aquellos que no tenían que luchar por la supervivencia diaria, como ocurre en países africanos o asiáticos. A pesar de todo, Gustavo intentó ayudarlo a superar ese momento, visitándolo regularmente y ayudándolo a buscar trabajo en su área. Se sintió feliz cuando lo vio partir de nuevo, pero al mismo tiempo se entristeció por perder esa cercanía y compañía regular

Cuando llegaron a la casa de sus padres, sus hijos le recibieron con añoranza y alegría. Antes de la cena, Gustavo estuvo jugando con ellos y construyendo un garaje con piezas de Lego. Para entonces, ya había ideado una excusa con el fin de llevarse las tarjetas de sus padres.

- En el ayuntamiento, tenemos un nuevo programa informático que aún estamos probando para poder introducir los medicamentos en la tarjeta sanitaria sin necesidad de utilizar el formato papel. El médico me ha pedido que le lleve algunas para hacer una prueba y me indicó que él pondría los medicamentos que sean necesarios ¿Vosotros no necesitáis ninguno?

Aunque la mentira sonara un poco extraña, los padres de Gustavo tenían total confianza en su hijo y no vieron ningún motivo para que él les mintiera.

- Yo no necesito nada por ahora, pero puedo darte mi tarjeta. - dijo Antonia.

- Yo no puedo, hijo. El viernes iré al médico y la necesitaré

La respuesta no agradó mucho a Gustavo, pero aun así, había conseguido la tarjeta de su madre y estuvo revisando los medicamentos que necesitaban y elaboró una lista con algunos de ellos. Además, con su tarjeta, la de Marta y la de sus hijos, ya podría comprar muchos fármacos.

Para el jueves, Gustavo tenía una misión importante: entraría en el gabinete médico, accedería al programa, robaría la contraseña y llenaría sus tarjetas con medicamentos que solo se obtienen con receta médica. Dejó a Marta en casa, para que fuera en su propio coche hasta la fábrica de yogures, y partió hacia Vila Franca de Xira.

Se sentó en su mesa y comenzó a preparar la operación. Sacó un manual de Internet para trabajar con el programa del médico y luego ajustó su pequeño ordenador portátil, donde tenía un programa para descifrar contraseñas de acceso. En ese momento, llegó su jefe y le preguntó si quería ir a la inauguración de la perrera. A lo cual, él respondió que tenía un encargo pendiente en el gabinete médico y le sería totalmente imposible asistir. Aun así, Viláres intentó convencerlo haciendo hincapié en que estarían presentes importantes figuras del ayuntamiento y sería muy apropiado e interesante si él les mostrara su trabajo.

- No, gracias, jefe. Sabe que yo no tengo paciencia para esos políticos de carrera. Vaya usted y reciba los méritos del trabajo.

En cualquier otra circunstancia, Gustavo habría asistido a eventos similares; codearse con los concejales e incluso con el presidente era interesante. Tarde o temprano, él tendría que dirigir alguna sección, pero aquel día su mente estaba muy lejos de esos 'circos'.

Entrar en el gabinete del médico fue demasiado sencillo; bastó con pedir la llave al responsable de seguridad del edificio, el cual no cuestionó la solicitud al ver a Gustavo con una impresora en la mano junto con un pequeño portátil. Hasta ahí todo había sido rápido y sencillo, pero luego las cosas se empezaron a complicar. Tuvo dificultad para obtener la contraseña del clínico, ya que el programa del Ministerio de Sanidad era realmente bueno y tenía varios niveles de seguridad. Después le solicitaron el número de funcionario y el número de la orden de los médicos, lo cual resultó bastante difícil de conseguir. Cuando se liberó de todos esos requisitos, intentó introducir los medicamentos en las tarjetas, pero rápidamente se dio cuenta de que no se podían recetar grandes cantidades; como máximo, solo se podían hacer recetas de dos o tres cajas de cada producto. Además, en el caso de sus hijos, solo se podían ordenar remedios infantiles. Se sintió desesperado, después de tanto trabajo el resultado fue bastante deficiente. Salió desanimado y cabizbajo de la sala; tendría que encontrar otra solución. Pasó el resto del día pensando en cómo obtener una buena cantidad de medicamentos, y la única solución que veía era asaltar una farmacia.

Esa misma noche volvió a hacer el amor con Marta. Agradeció a los extraterrestres el hecho de que estuvieran sembrando el miedo entre la gente. Mientras se preparaba para dormir, pensó en el próximo viaje del día siguiente, en el que llevaría todo el material que tenía en el garaje hasta Lentiscais. El trayecto de ida y vuelta sería de más de 400 kilómetros

Y así fue. Esa mañana, Gustavo fue al aparcamiento del ayuntamiento a buscar la furgoneta que había solicitado a principios de la semana y regresó directamente a su casa para llenar la parte trasera del vehículo con todo el material almacenado. Lo organizó de la mejor manera posible para evitar romper o dañar nada, y luego emprendió el viaje. Lo primero que hizo fue idear una excusa mínimamente creíble por si su jefe lo llamaba. Luego, decidió respetar todos los límites de velocidad para evitar que la policía lo detuviera, ya que un vehículo del ayuntamiento de Vila Franca de Xira tan lejos de su municipio podría levantar sospechas. Además, con tanto material variado y sin una guía de transporte, podría haber problemas.

Inconscientemente, su pensamiento se centró en la lista. En esa furgoneta llevaba la mitad de la lista (comida, agua, semillas y energía). En Lentiscais tenía el abrigo y las armas, así que solo le faltaba información y más medicamentos. La información sería fácil de obtener; dedicaría alguna tarde a descargar cientos de manuales de Internet sobre diversos temas por si alguna vez los necesitara. Los medicamentos serían realmente los más difíciles de conseguir.

El viaje transcurrió de forma habitual, todo el tiempo por la autovía A23, que conectaba Torres Novas con Guarda y estaba casi vacía. Ni su jefe, ni Norton, ni Zeca lo llamaron, lo que lo hizo desconfiar de todos. Antes de llegar a Castelo Branco, giró en Sarzedas, evitando entrar en la ciudad, y aprovechó para pasear por los pueblos rurales de la región

Guardaba un buen recuerdo del pueblo de su padre. Cuando era niño, le encantaba ir allí, donde podía correr libremente, andar en bicicleta y pasar el día jugando con sus primos. Sus padres no lo obligaban a estudiar, por lo que para un niño, Lentiscais era sinónimo de libertad. Cuando llegó a la adolescencia, sus progenitores seguían dándole mucha libertad en el pueblo y le permitían hacer cosas que habitualmente no le permitían hacer en Cacém. Fue allí donde experimentó su primera borrachera, fumó hachís por primera vez y también besó a chicas de su edad que, como él, estaban de vacaciones.

Sin embargo, después de la adolescencia, su relación con el pueblo empezó a enfriarse. La libertad que sentía antes se convirtió en aburrimiento y, poco a poco, dejó de visitar el lugar. Solo acudía esporádicamente a las fiestas de agosto para volver a ver a la familia y a los amigos de su juventud.

Al cumplir los treinta años, Gustavo, que siempre había vivido en el área metropolitana de Lisboa, estaba cansado del bullicio, del tráfico, de la contaminación y, sobre todo, de la humanidad. Fue entonces cuando retomó las visitas al pueblo. Una vez al mes, pasaba un fin de semana allí. A Marta, el lugar le resultaba agradable, pues ella se consideraba una chica de campo, de pueblo. A los hijos también les gustaba, al igual que a su padre anteriormente, sentían la libertad de poder pasar el día entero jugando. Y, por supuesto, al padre de Gustavo le daba una alegría inmensa ver que a su hijo le gustaba el pueblo y que no iba a dejar la casa de sus antepasados abandonada. Joaquim insistió mucho en que su hijo conociera las tierras que le había dejado su abuelo, y él acudía sin gran entusiasmo a conocer los límites de las tierras que ya llevaban algún tiempo abandonadas sin ningún aprovechamiento.

En uno de esos fines de semana, Gustavo fue a andar en bicicleta por el campo y pasó por las tierras que habían pertenecido anteriormente a sus abuelos. Estaban abandonadas y cubiertas de maleza, abarcaban unas cinco hectáreas y estaban aproximadamente a un kilómetro del pueblo. Gustavo pensó en su abuelo y en el duro trabajo que este había tenido que realizar para comprar esas tierras y el sacrificio que hizo para que produjeran alimentos para su familia. Se sintió triste al pensar que tanto él como su padre no habían aprovechado ese inmenso esfuerzo de su antepasado.

Ese pensamiento hizo que Gustavo considerara sacar provecho de esas tierras. La idea de poder plantar algunos árboles y convertirse en productor forestal le agradó, pensó que podría impresionar a sus amigos y conocidos con este nuevo proyecto. Fue entonces cuando comenzó a leer sobre árboles de producción forestal. Consideró plantar pinos, robles, eucaliptos, encinas, olivos, pero finalmente se decidió por los eucaliptos. El eucalipto era un árbol que tardaba apenas diez o doce años en alcanzar el primer corte y, en consecuencia, el primer rendimiento financiero. Además, su madera tenía una cotización mejor que la del pino, que requería cuarenta años para ser talado y generar algún beneficio. Gustavo sabía que el eucalipto, al ser un árbol de crecimiento rápido, agotaría rápidamente los suelos, pero dado que las tierras ya estaban abandonadas, eso no era una preocupación relevante.

Sin embargo, Hélder se opuso firmemente a esa decisión. Siendo un defensor del medio ambiente, consideró que la idea de su hermano era un auténtico atentado ecológico. Como resultado, los dos hermanos y su padre llegaron a un acuerdo para plantar alcornoques. Gustavo aceptó la decisión, ya que el alcornoque era un árbol autóctono con una vida media de 200 años que proporcionaría corcho para ellos y, posiblemente, para sus hijos y nietos en el futuro. Además, Gustavo se informó sobre el mercado del corcho y en poco tiempo se convirtió en un experto en la materia. Así, todos los inviernos comenzaron a plantar 500 pequeños alcornoques que compraban en un vivero en Castelo Branco. La plantación se convirtió rápidamente en un ritual familiar al que ninguno de ellos quería faltar. Entre los tres, discutían las mejores técnicas para plantar y podar los árboles.

Mientras Gustavo se acercaba a Lentiscais con su furgoneta del ayuntamiento llena de material, pensaba en cómo estarían sus alcornoques en esta primavera tan seca. Consideró pasarse por el terreno antes de encontrarse con Norton y finalmente lo hizo. Los primeros alcornoques, con seis años de edad, ya estaban casi a su altura, y a Gustavo le gustaba refugiarse entre ellos para disfrutar del completo silencio. Solo quería escuchar el viento golpeando en las ramas, el canto de los pájaros y, al fondo, el murmullo del agua corriendo por el Río Ponsul. Experimentaba una inmensa paz y relajación, y adoraba los olores que lo rodeaban, todos naturales y poco habituales para su olfato. En ocasiones, se sentía como Jean-Baptiste Grenouille, el protagonista de uno de sus libros favoritos, 'El Perfume' de Patrick Süskind, quien decidió aislarse en una montaña lejos de la humanidad.

Después de unos largos minutos tumbado sobre la hierba y al borde de quedarse dormido, Gustavo se despertó con el sonido de su móvil. Volvió inmediatamente a la realidad y pensó que sería Norton o su jefe. Miró a la pantalla y torció el morro; era su jefe.

- Sí, jefe, buenos días.

- Sí, buenos días, Gustavo, ¿dónde estás? - era una pregunta habitual de Viláres que quería saber siempre en qué parte del municipio andaba su mejor informático. Después de una pausa, Gustavo contestó:

- Jefe, le dije que hoy iba a estar todo el día en la Póvoa.

- Ah, sí, no me acordaba. Tengo demasiadas cosas en mi mente. Mira, ¿a qué hora vuelves? Necesito que hables esta tarde con el concejal sobre un tema.

A Gustavo no le estaba gustando la conversación. ¿El concejal del departamento quería hablar con él? Era un poco extraño porque todos los temas importantes los trataba con Viláres.

- ¿El concejal? ¿Conmigo? ¿Para qué?

- Quiere crear un programa para optimizar la recogida de residuos reciclados por localidad y quiere hablar contigo hoy para ver si su idea es viable o no.

- ¿Pero usted no puede verificar eso por mí, jefe? - Gustavo sospechaba que tal vez el concejal hubiera descubierto algo, como la entrada en el gabinete del médico, sus esquemas por las tardes, la falta de profesionalidad de la última semana o incluso que alguien le hubiera alertado de que estaba utilizando una furgoneta del ayuntamiento de Vila Franca de Xira muy lejos de su municipio.

- Tú eres el programador, Gustavo, solo tú puedes darle una respuesta clara.

- Vale, pero voy a comer por aquí, calculo que llegaré cerca de las cuatro.

- De acuerdo, Gustavo, vete a su despacho cuando llegues.

Gustavo se quedó unos cinco minutos parado, pensando en la llamada telefónica que había recibido. El día estaba transcurriendo bien, pero aquella llamada le estaba causando cierta incomodidad. Para poder estar de vuelta a las cuatro, no podía perder más tiempo, así que fue directamente a casa de Norton.

Para llegar a la casa de Norton, tenía que atravesar todo el pueblo. Norton vivía en una gran villa construida por sus padres, quienes aún residían en Francia. Al pasar frente a la casa de sus padres, hizo una breve parada para dejar la comida enlatada y el agua que había traído. Al llegar a la casa de su amigo, tocó el claxon. Norton apareció en la puerta principal de la casa y se dirigió a la verja de la entrada. Luego, hizo una señal para que aparcara en la parte trasera de la villa, en una especie de almacén que tenía allí.

- Ya era hora, Gus, has tardado mucho...

Norton llevaba puesto un chándal negro que no le favorecía en absoluto. Con cuarenta y tres años de edad, tenía una barriga prominente, resultado de una alimentación basada principalmente en frituras y una vida sedentaria. Era notablemente más bajo que Gustavo, pero, a diferencia de él, conservaba todo su cabello y no tenía ni una sola cana.

- Sí, y ya te digo que no tengo mucho tiempo. Acaba de llamarme el payaso de mi jefe y me está dando por saco. Tengo que estar en Vila Franca a las cuatro - y empezó a abrir la furgoneta. - ¿Y Zeca?

- Voy a llamarlo ahora. Había quedado con él que cuando tú aparecieras, él vendría para acá. - Norton comenzó a marcar en su móvil.

- Zeca llegó poco tiempo después y se sintió satisfecho al ver el material que Gustavo había traído desde la capital.

- Bien, Gustavo, eso es exactamente lo que queríamos, ¿verdad, Norton? - Miró a Norton para que este lo confirmara.

- Sí, Zeca.

- Sabes, Gustavo, que yo no entiendo nada de eso, pero ya tenemos cosas para ti. - abrió el pequeño maletero de su deportivo y Gustavo vio varias armas. - Además de éstas, tengo más, muchas más, esto es apenas una pequeña muestra. ¿Cuál quieres, Gustavo? A Norton le gusta esta. - Zeca señaló un revolver con el caño bastante largo.

Gustavo no sabía cuál elegir; todas le parecían elegantes y peligrosas. Antes de que pudiera decidirse, Norton se acercó a los dos para comentarles algo:

- Gus, Zeca y yo iremos esta tarde a comprar gallinas, pollos, patos, pavos e incluso un cerdo para cada uno.

- ¿De verdad? - Eso no estaba en la lista, pero era obvio que si sobrevivieran, sería algo muy valioso. - ¿Y dónde vais a guardar todo eso?

- Este fin de semana voy a construir un gallinero y el cerdo lo pondré en el almacén, voy a construir una pocilga.

- Yo tengo suficiente espacio en una finca propia cerca del pueblo. - Dijo Zeca. - Si quieres, te guardo los tuyos hasta que vuelvas.

- Vale, comprad para mí lo mismo que habéis comprado para vosotros.

Los tres fueron a comer a casa de Norton, quien vivía desde hacía tiempo con su novia, una chica nacida en el pueblo que parecía ser más la criada de Norton que propiamente su novia. Durante la comida, los tres hablaron abiertamente de todos los asuntos delante de Carla, la novia de Norton. Sin embargo, cuando comenzaron a discutir sobre la lista, Gustavo hizo una señal a Norton para que Carla saliera de la cocina. Acto seguido, Norton se dirigió a Carla en francés. Él había nacido en Francia y le gustaba usar el idioma, mientras que Carla lo había aprendido en la escuela y le gustaba practicarlo, considerando que le daba un toque de mujer cosmopolita. Sin decir nada, Carla salió de la cocina.

- No puedo quedarme mucho más tiempo, pero antes de irme tengo que informaros acerca de los medicamentos. Intenté obtenerlos a través de un trapicheo que hice, pero el resultado fue un fracaso, así que he pensado que sólo hay una única solución - hizo una pausa para dar un poco de importancia a lo que iba a decir. - Hay que robar una farmacia. Pero eso solo debe ocurrir si realmente vemos que el caos está establecido, porque robar, sea lo que sea, son palabras mayores.

EL BUEN DICTADOR I: EL NACIMIENTO DEL IMPERIO

Se hizo el silencio entre los tres, y Gustavo pensó que iban a decirle que estaba loco, que robar era una locura, que era demasiado arriesgado. Zeca rompió el silencio.

- ¿Crees que hacerlo ahora es demasiado peligroso? Dentro de unos días podría ser demasiado tarde, y necesito algunos medicamentos para estar bien. ¿Qué farmacia crees que es la mejor, Gus? - Gustavo confirmó, en aquel momento, que él era el líder de aquellos locos paranoicos, los otros dos le miraban atentamente esperando una orden.

- Zeca, lo que debes hacer es conseguir la mayor cantidad de medicamentos para ti de forma legal. Solo atracaremos una farmacia si la situación se acerca al caos. No vamos a arriesgar nada por ahora; esto puede que no pase de un susto, y al final, todo lo que estamos haciendo podría no valer de nada. Si la sociedad comienza a desmoronarse, entonces planificaremos el asalto a una farmacia de manera adecuada.

Gustavo no perdió más tiempo en Lentiscais. A las dos horas, partió en dirección a Vila Franca. Durante el viaje, ideó lo que le diría a su jefe y al concejal, reflexionó sobre toda la operación que estaba montando en Lentiscais y pensó que podrían ocurrir dos cosas: o estaba a punto de comenzar una nueva era en la humanidad o estaba perdiendo la cabeza y viendo disminuir su cuenta bancaria; sospechó que la segunda opción era la más probable.

Antes de salir de la casa de Norton, decidió llevarse un pequeño revólver debajo del abrigo. Se sentía como un espía o un mafioso italiano y concluyó que estaba perdiendo el control de sí mismo, porque hasta ese momento, no había más que un objeto verde en la Luna, nada más.

Llegó preocupado a su lugar de trabajo debido a lo que le esperaba allí. Además, estaba cansado por el viaje, y el revólver que llevaba oculto en la axila no lo ayudaba a relajarse. Cuando llegó al despacho del concejal, fue recibido por su secretaria. Ella lo miró de mala manera y le dijo de manera poco amable que el señor concejal estaba en una reunión y que le había dejado una carpeta. Gustavo se sintió aliviado de no tener que enfrentarse al concejal y comenzó a leer las notas mientras se dirigía a su lugar de trabajo. El concejal le pedía que creara un programa para el lunes que gestionara la recogida selectiva de residuos de cada localidad. Era un programa complejo y para poder terminarlo en la fecha que el concejal deseaba, tendría que pasar todo el fin de semana frente al ordenador. Creyó que aquello era ridículo e incluso una falta de respeto por los plazos que le habían dado. Pensó en sus alcornoques y en la tranquilidad que había experimentado en aquellos escasos diez minutos. Ahora, en medio de aquella confusión, le estaban pidiendo lo imposible. Sintió ganas de coger su revólver y matar a la secretaria del concejal, al concejal mismo y a su estúpido jefe que siempre decía que sí a todo lo que venía desde arriba.

Cuando entró en su oficina, fue directamente al despacho de su jefe, quien se encontraba con la cabeza agachada, leyendo unos informes, con un cigarro casi apagado entre sus dedos.

- Jefe, buenas tardes, esto es una broma, ¿verdad? - Gustavo hizo un esfuerzo por parecer tranquilo y no soltar ninguna palabrota.

- Sí, ya se lo he dicho, pero ya sabes cómo es.

- Para tener esto listo para el lunes, necesitaría algún ayudante y estar dos días sin dormir.

- Haz lo que puedas - dijo Viláres, mostrando poco interés en continuar con la conversación.

Gustavo se sentó en su escritorio sin ganas de hacer ningún tipo de trabajo. Miró la carpeta que la secretaria del concejal le entregó y comenzó a pensar en cómo podría convertirla en un programa práctico y cuánto tiempo realmente necesitaría para terminarlo. Tal vez una semana o incluso menos, si dedicaba las siete horas de su jornada laboral exclusivamente a eso. Miró su reloj y eran las cinco de la tarde. Dejó la carpeta encima de su mesa y se marchó sin ganas de despedirse de su jefe. Mientras se dirigía a su vehículo, pensó en lo incómodo que se sentía con un arma y planeó esconderla en un lugar seguro de la casa, totalmente inaccesible para sus hijos.

No tuvo que esperar mucho tiempo a Marta; a las dieciocho horas, ella entró en casa, se tomó una pequeña merienda y ambos partieron hacia Cacém. Habían quedado con los padres de Gustavo para cenar y pasar la noche allí, y para el sábado, Gustavo ya había organizado una barbacoa en la parte trasera de su casa. El viaje duró media hora, y Marta estaba animada porque era fin de semana y estaría con sus hijos. Gustavo no prestaba atención a la conversación de su esposa, iba pensando que después de cenar había quedado para tomar un café con sus amigos. Estaba entusiasmado con la idea de discutir con ellos sobre el objeto extraño en la Luna.

EL BUEN DICTADOR I: EL NACIMIENTO DEL IMPERIO

Gustavo tenía una relación peculiar con su ciudad natal, Agualva-Cacém. Por un lado, adoraba a sus amigos y le gustaba haber nacido en una ciudad tan cosmopolita, compuesta por personas que habían llegado de todas partes de Portugal y hasta de las antiguas colonias portuguesas; esto se reflejaba en las calles. Cacém era una ciudad *mulata*, y para Gustavo, era un ejemplo de cómo diferentes colores de piel podían coexistir perfectamente. Creía que Cacém era para personas fuertes, una ciudad grande y populosa, pero a menudo olvidada por el Ayuntamiento de Sintra y menospreciada por los niños ricos del centro de Lisboa o Cascais. Cacém era una ciudad de clase media baja, con pocas infraestructuras, escasos jardines, pocos parques, sin caminos peatonales y con mucho cemento. Tuvo un crecimiento explosivo en las décadas de los 60 y 70 debido al éxodo rural y a la llegada de los primeros inmigrantes de los PALOPs (Países Africanos de Habla Portuguesa). Todo este crecimiento fue aprovechado por los contratistas de construcción civil, quienes erigieron edificios sin seguir ninguna regulación o normativa con el Ayuntamiento de Sintra a pactar con aquello que Gustavo llamaba "uno de los mayores crímenes urbanísticos portugueses e incluso europeos". Sostenía la teoría de que todos los concejales de urbanismo en Portugal deberían visitar Cacém para tomar ejemplo de cómo no se debe desarrollar una ciudad. A pesar de todo, Gustavo nunca sintió vergüenza de ser de Cacém; de hecho, sentía orgullo cuando mencionaba su lugar de origen, consciente de que muchas personas asociaban Cacém con robo, delincuencia y negros.

Así que cuando comenzó a trabajar en el Ayuntamiento de Vila Franca, Gustavo sabía que no quería volver a vivir "en un Cacém". Buscó un lugar en la comarca que fuera lo opuesto a su pueblo natal; quería ver árboles, colinas verdes, jardines y parques. Así que, cada vez que regresaba a Cacém, experimentaba sentimientos encontrados. Por un lado, sentía alegría al estar en su ciudad natal y poder reunirse con sus amigos y familiares, pero por otro lado, sabía que ya no vivía allí, que había dejado atrás ese "agujero" y había encontrado un lugar con una mejor calidad de vida, más acorde a sus perspectivas y habilidades.

A las diecinueve horas, llegaron a la casa de sus padres, y Joaquim hizo un gesto rápido para que entraran y vieran lo que estaban transmitiendo en la televisión Cuando estaban entrando, Alice y Diogo corrieron para abrazarles y ya después fue cuando Gustavo consiguió ir al salón a ver lo que pasaba. En la televisión anunciaron que exactamente diez minutos atrás, todos los medios de comunicación del mundo habían recibido un mensaje breve en diferentes idiomas, enviado desde el objeto que se encontraba en la Luna. Sus padres ya habían escuchado ese mensaje y se les veía preocupados, como petrificados. Gustavo estaba ansioso por ver el mensaje, mientras que Marta, que aún sostenía a sus hijos, no comprendía del todo lo que estaba ocurriendo. Una vez más, el presentador de la televisión mostró y leyó el mensaje:

"Somos del planeta Axola y venimos en representación del sistema Aspaldi. Después de años de estudio de vuestro planeta, hemos decidido por unanimidad que el 85% de la población humana actual deberá perecer para preservar el equilibrio de las demás especies del planeta, así como para evitar futuros desequilibrios que vuestra especie podría ocasionar en otros planetas o sistemas. La selección de los supervivientes que constituirán el 15% no se realizará de manera aleatoria. Les concederemos un tiempo para que puedan despedirse de sus seres queridos."

Al terminar de leer el mensaje por tercera vez, el presentador del informativo ya tenía a su lado algunos periodistas preparados para dar su opinión sobre el tema. En casa, Joaquim y Antonia habían salido del estado de estupor en el que se encontraban y debatían sobre el mensaje. Pensaban que, posiblemente, se tratara de una broma de mal gusto de algún pirata informático. Por otro lado, también criticaban a los extraterrestres por su arrogancia. Gustavo ya no prestaba atención ni a la televisión ni a sus padres. Fue a jugar con sus hijos en su antigua habitación, aunque su mente ya estaba muy lejos de ese lugar.

Gustavo era un hombre práctico que nunca se detenía a reflexionar sobre el destino o a cuestionar el porqué de las cosas. En ese momento, su mente ya había comenzado a trazar planes. Quería formar parte de ese 15% y se sentía afortunado por tener una semana de ventaja con respecto a la mayoría de las personas. Había completado casi toda la lista de preparativos y, en ese instante, no culpaba a los extraterrestres por lo que se avecinaba como el mayor exterminio de la humanidad. Su mente ya había calculado cómo llevar a su familia a Lentiscais primero, cómo protegerlos y, luego, cómo sobrevivir en un mundo donde probablemente reinaría el caos.

EL BUEN DICTADOR I: EL NACIMIENTO DEL IMPERIO

Al contrario de su marido, Marta estaba histérica, estaba haciendo un esfuerzo enorme para controlar su llanto y besaba constantemente a sus hijos, estaba demasiado nerviosa. Gustavo se acercó a ella y le dijo al oído.

- Tranquilízate, Marta - dijo mientras acariciaba su rostro. - Tengo todo bajo control, confía en mí y no pongas nerviosos a los niños.

Gustavo le explicó que ese día había ido a Lentiscais a llevar el equipo necesario y que al día siguiente, durante la comida a la parrilla, compartiría su plan para que todos pudieran sobrevivir. Marta lo abrazó con fuerza y mostró su agradecimiento. Luego, se calmó y le pidió que no se olvidara de sus padres.

Cuando Antonia los llamó para cenar, Gustavo apagó la televisión. No quería que sus hijos fueran influenciados por las opiniones de personas histéricas que aparecían discutiendo en la televisión acerca de la veracidad del mensaje. Los seis cenaron en una falsa aparente tranquilidad, hablando sobre lo que los niños habían hecho en las vacaciones, hasta que Gustavo, al ver que la situación se normalizaba, decidió asumir el liderazgo de la familia.

- Tengo un plan y mañana os explicaré cómo podemos ser parte de ese 15%. Mientras tanto, quiero que mantengáis la calma, preparaos para tiempos difíciles y estéis dispuestos a seguir mis instrucciones. Por favor, os pido que vosotros - dirigiéndose a sus padres, - hagáis una lista de los medicamentos que necesitáis, anotando cada uno de ellos

Después, dando por concluida la conversación sobre el tema, Gustavo miró a Marta y le preguntó:

- Hoy voy a tomar un café con mis amigos, voy a despedirme de ellos. ¿Quieres acompañarme?

- Si no te importa, prefiero quedarme en casa con los niños. Estoy un poco alterada con todo esto.

Estaba claro que a Gustavo no le molestaba que no fuera con él, y seguramente a sus amigos tampoco les importaba no estar con ella. Después de oír el mensaje, Gustavo imaginaba que la reunión sería aún más placentera. Estaba ansioso por escuchar las teorías de sus antiguos compañeros del periódico escolar.

Habían quedado para tomar café en el lugar donde siempre se reunían, en el viejo centro comercial 81. Aunque tuviera el nombre de centro comercial, aquel pequeño espacio comercial contaba con apenas nueve tiendas y dos cafés; en uno de esos era donde su grupo de amigos acostumbraba a juntarse desde los tiempos del instituto, y no era casualidad que se encontrara a menos de cien metros de la escuela. Era el sitio ideal para la despedida de sus amigos y también de Cacém, pensó Gustavo, mientras bajaba por la principal avenida de la ciudad, la *Avenida dos Bons Amigos*. Pero en esta ocasión, Gustavo encontró la avenida, que tan bien conocía, un poco menos amigable. Se respiraba un ambiente diferente al habitual, pesado; se sentía la inseguridad y el miedo en los ojos de las personas que paseaban por la avenida. Gustavo se sintió incómodo y se acordó del arma que había dejado en su casa. Pensó que la sociedad podría estar al borde del colapso y que tener un arma le ayudaría a sobrevivir. Cuando llegó al local, ya estaban allí algunos de sus amigos y estaban discutiendo con personas de una mesa cercana sobre el mensaje.

Cuando se sentó en la mesa, ya estaban reunidos Anabela, Rafael y Ligia. Los dos últimos llevaban siendo novios desde los tiempos del periódico escolar. Ligia trabajaba en la edición de un periódico local de poca circulación, teniendo un trabajo estable, mientras que Rafael era policía en Lisboa y, en las noches que se reunían, disfrutaba contando sus anecdotistas profesionales contra los delincuentes. Sin embargo, esa noche, no iba a tener ocasión para tal cosa.

Leticia llegó enseguida. Era militante del Partido Comunista Portugués y la única del grupo que siguió la carrera de periodismo. Trabajaba en el Diario Económico, curiosamente, un periódico poco leído por la clase obrera. Aun así, en ocasiones, escribía algunos artículos en el periódico de su partido, y desde hacía poco tiempo, estaba escribiendo un libro.

Ese día, el asunto no podría ser otro; todos discutían sobre el mensaje: teorías, opiniones, comentarios de gente famosa, etc.

- Os digo desde ya que esto es una enorme treta, una fantasmada, en mi opinión es algo parecido a lo que Orson Welles hizo en la radio, ¿os acordáis? - dijo Rafael, esperando reacciones.

- Sí, tienes razón - afirmó su esposa, que después de tantos años juntos, parecían una única persona, tanto en la forma de pensar, hablar y en algunos tics también.

- Sí, *La Guerra de los Mundos*, en 1938 - detalló Anabela mientras fumaba lentamente su cigarrillo. El café era de los pocos en Cacém donde estaba permitido fumar, pues en teoría el dueño había creado una separación física entre las mesas de fumadores y las de no fumadores, pero en la práctica, todo el café estaba envuelto en una enorme nube de nicotina. - Pero mira, Rafael, ese programa duró unas horas en el aire y después todo fue desmentido, mientras que aquella cosa verde ya lleva por lo menos una semana ahí encima.

- Vale, Anabela, pero todo es más sofisticado hoy en día, ya verás cuando las cosas empiecen a torcerse cómo aparecerá alguien mofándose de todo - dijo Rafael con aire de quien está muy seguro en su posición.

- ¿Y quién podría estar detrás de eso? - preguntó Leticia.

- Yo diría que algún magnate adinerado que quiere formar parte de la historia y no sabe de qué forma. Seamos claros, esta historia de extraterrestres es absurda. - Rafael estaba entusiasmado y sentía que estaba ganando puntos en la discusión.

En ese momento, llegaron los tres amigos que faltaban para completar el grupo. Raúl venía con su hermano menor, Mario, el más joven de la pandilla y que fue el último en trabajar en el periódico de la escuela antes de su cierre. El último individuo era Fausto, curiosamente el mayor del grupo. Era conductor de tranvías en Lisboa, una profesión de la cual mostraba mucho orgullo, pero de la que se quejaba constantemente por el bajo sueldo que cobraba. Tenía tres hijos de dos matrimonios fallidos y las pensiones que debía pagar por los niños siempre lo dejaban en el abismo al final de cada mes. Después de que se sentaran y se saludaran uno a uno, se retomó la discusión.

- Queridos amigos que han llegado tarde, nuestro ilustre amigo Rafael estaba diciendo que todo esto es una fantasmada, que posiblemente detrás de esto hay un magnate ¿Qué opinan sus excelencias? - Gustavo dijo esto con tono irónico, como si estuviese burlándose de la teoría de Rafael.

- Si hay alguien detrás de esto, lo está haciendo muy bien, de hecho, mejor imposible - dijo Raúl mientras pedía un café americano y se acomodaba en la silla.

- ¿Sabéis que el mensaje fue escrito en más de cien idiomas diferentes y enviado a cientos de periódicos y distintos medios de comunicación? - Mario estaba siempre al tanto de las noticias más interesantes. - Y no son traducciones de tipo Google, las traducciones están escritas de forma impecable.

- Yo creo que son extraterrestres - dijo Fausto, encendiendo su primer cigarrillo después de dar un sorbo a su café. - El presidente americano tampoco está informado de nada, y además, van a enviar una nave a la Luna para intentar entrar en contacto con ellos.

- Pero no te preocupes, nosotros estamos bien aquí en Cacém. He visto muchísimas películas sobre invasiones de extraterrestres y siempre van a Nueva York, jamás vendrían a Cacém - Gustavo no perdía la oportunidad de hacer algún chiste, consiguió algunas carcajadas y eso le hizo sentirse a gusto consigo mismo.

- A mí me gustaría saber cómo van a escoger el 15% de la población - dijo Leticia. - Porque si es por una cuestión ecológica, yo reciclo - nuevas carcajadas.

- No creo que vaya por ahí, serán elegidos los que vayan a misa, o sea, quienes sean pecadores o no - añadió Fausto, bromeando.

- Venga, ahora en serio - Anabela intentó poner un poco de orden en la mesa, que ya se estaba perdiendo en chistes sobre la elección del 15%. - ¿No creéis que esta podría ser la última vez que nos veamos?

Se hizo un silencio en la mesa que duró cerca de quince segundos, pero que pareció bastante más. Fueron quince segundos incómodos, llenos de tristeza y reflexión porque realmente, después de veinte años de amistad, esa podría ser la última vez que fueran a reunirse.

- Todavía no te he oído decir nada en serio, Gustavo. - dijo Rafael con tono de interrogatorio policial. - ¿Qué piensas realmente de todo esto?

Todos se giraron hacia Gustavo esperando una respuesta seria, sin bromas. Todos sabían que él era muy calculador, práctico y bastante lógico. Gustavo, a su vez, era a veces competitivo y sabía que si exponía su teoría, podrían querer actuar de la misma forma, y eso disminuiría sus posibilidades de sobrevivir. En ese momento, se odió a sí mismo por pensar de ese modo tan competitivo, sucio y egoísta con sus amigos de siempre que, probablemente, no iba a volver a ver jamás.

- Mira, Rafael, yo no sé qué es aquello ni quiénes son, pero hace una semana aparcaron un objeto en la Luna y no hicieron ningún intento por contactar con nosotros hasta ahora. Este mensaje no es obra de un loco que quiera gastar dinero, a estas alturas ya habría sido descubierto. Este mensaje es de alguien que nos ve como una amenaza, una especie de plaga, y que, después de analizar nuestro comportamiento consumista, egoísta y destructor, ha decidido que debemos morir seis billones de personas. ¿Cómo lo van a hacer?

EL BUEN DICTADOR I: EL NACIMIENTO DEL IMPERIO

No lo sé, pero seguramente lo harán de una forma tecnológicamente muy avanzada. Si están preocupados por otras especies, supongo que van a atacar sobre todo grandes ciudades, no creo que ataquen la Amazonia. Así que nuestra única posibilidad de sobrevivir sería escondernos en zonas más aisladas de las multitudes.

Cuando terminó su discurso, le apeteció fumarse un cigarro para disfrutar de aquel momento, donde todas las miradas se centraban en él y donde sus palabras empezaban a encajar en la mente de sus amigos, pero desde el nacimiento de su hijo, ya había dejado atrás ese vicio.

- ¿Pero si ellos son una especie tan avanzada por qué iban a comportarse como bárbaros y llevar a cabo una matanza tan grande? - preguntó Anabela a todos, aunque esperaba la respuesta de Gustavo.

- Porque ellos nos ven como a una especie más en este planeta, de igual forma que nosotros vemos a una población de mosquitos o a ratas que se multiplican a nuestro alrededor, y nosotros, los humanos, decidimos deshacernos de ellos.

- ¿Y por qué no hablan con nosotros? - preguntó Leticia con semblante triste.

- Porque nosotros no íbamos a llegar jamás a un acuerdo con ellos. Reducir nuestra población paulatinamente sería un proceso de muchos años y mucha educación. En países como India o China, seguramente sacrificarían a la población de menos recursos económicos - prosiguió Gustavo, que parecía haber meditado mucho sobre el tema. - Seguro que ellos habrán considerado varias posibilidades y han decidido que lo más práctico y "justo" es matar a la gente que más daña el medioambiente, independientemente de su poder económico.

La conversación continuó durante varias horas más. Después de los cafés, siguieron las cervezas. Nadie tenía la certeza de nada, y todos salieron con más dudas de las que llevaban. En un momento dado, Gustavo fue al baño a vaciar su vejiga llena de cerveza y, cuando regresó a la mesa, miró a su grupo de amigos y sintió un nudo en la garganta. Estaba seguro de que sería difícil volver a ver a sus amigos y se preguntó si merecería la pena vivir en un mundo sin amigos como aquellos. Contuvo su llanto y se sentó en la mesa en completo silencio, escuchando y mirando a todos sus amigos. Quería recordar aquel momento para siempre, poder despedirse de ellos con un fuerte abrazo y decir un "hasta mañana", sabiendo ya que la historia entre ellos había acabado allí. Aunque consiguió aguantar las lágrimas, no logró controlar sus emociones. Se mostraba alegre, amable y cariñoso, y sus amigos pensaron que ese comportamiento se debía a los efectos de toda la cerveza ingerida esa noche.

Esa fue su última noche en su tierra natal. No la iba a echar de menos, pero sí a sus amigos.

EL DECLIVE

El sábado por la mañana, se despertó con el alboroto de sus hijos peleando por algún juguete. Se despertó con resaca, la boca seca y un dolor de cabeza profundo. Recordó la noche anterior y pensó que había bebido demasiado, siempre acababa tomando unas copas de más cuando se reunía con Raúl y Mario, dos verdaderos "guerreros del alcohol", así los llamaba.

Había quedado en hacer una barbacoa en casa con sus padres y aprovechar el estupendo día primaveral para descansar en su bonito patio trasero. Pero la realidad era que no tenía ganas de moverse; hubiera preferido quedarse solo en casa, sin ruidos, y ver películas de clase B, de las que solían poner habitualmente los sábados por la tarde en la televisión. Hizo un esfuerzo para vestirse, ducharse, comer cualquier cosa, y todos partieron hacia São João dos Montes.

Después de beber mucha agua para aclarar sus ideas junto a la parrilla, empezó a pensar en cómo informaría a sus padres del plan que había organizado para salir de Lisboa. También se le ocurrió que tendría que hablar con sus socios de Lentiscais sobre la nueva noticia. El mensaje emitido el día anterior podría indicarles que sería necesario cometer el atraco, algo que Gustavo quería evitar por todos los medios, pero sabía que Norton y Zeca estarían encantados de llevarlo a cabo.

Después de comer, tuvo ganas de echarse una siesta, pero debía hablar con sus padres y su esposa sobre el tema. Viendo que sus hijos estaban distraídos dentro de casa, aprovechó la ocasión.

- Bien, quiero comentaros mi plan. Hace una semana hice una lista de cosas que hay que tener en caso de ataque. En ese momento pensé que tal vez estaba exagerando, perdiendo el tiempo y dinero, pero veo que hice bien siendo tan previsor. Compré mucha comida enlatada, medicamentos, semillas, agua potable, dispositivos para generar energía solar, baterías, etc., y lo he llevado todo ya a Lentiscais - sus padres se mostraban desconcertados.
- Sí, creo que nos van a atacar el jueves; si pensáis en lo acontecido con atención: ellos vinieron el sábado, y ayer, viernes, emitieron el mensaje, es

decir, que por lógica, pienso que el próximo jueves se producirá ese ataque. He elegido Lentiscais por algo que me parece obvio, nadie perdería el tiempo atentando contra un pueblo de doscientos habitantes. Puede que esté equivocado, pero opino que tendremos más posibilidades de sobrevivir allí que aquí, por lo que os pido que confiéis en mí y que preparéis todo para irnos hacia allí el martes. Marta ya ha hablado con sus padres y ellos también irán ese mismo día o el miércoles.

- Tal vez tengas razón, no sé qué pasará, pero mi deseo sería morir, si tuviera que ser de esta manera, junto a vosotros. Me parece que Lentiscais será el lugar perfecto para que nos reunamos todos - dijo su padre, que parecía ya haber considerado mucho sobre el asunto y veía pocas posibilidades de supervivencia.

- A mí no me importa morir - dijo Antonia con la voz claramente emocionada. - Ya he vivido bastante tiempo y he tenido una vida hermosa, pero tengo pena por mis nietos que son dos angelitos que aún no han vivido lo suficiente ni han hecho daño a nadie. Me duele pensar también que no volveré a ver a tu hermano Hélder.

Gustavo no se había acordado hasta ese momento de su hermano. Imaginó cómo se habría tomado esos recientes acontecimientos. Seguramente estaría desconectado de todo, trabajando sin parar con sus animales salvajes

- No te preocupes, mamá, hoy mismo le llamaremos a través de Internet, que no se paga nada.

Se levantó y ayudó a recoger la mesa. Después se dirigió a su hamaca, que estaba junto a la barbacoa, y se tumbó en ella balanceándose. Antes de cerrar los ojos, se le acercó su hija, Alice, que quería acostarse con él, y al poco tiempo, los dos se quedaron dormidos abrazados.

Se despertó dos horas después, sintiendo una brisa que le acariciaba. Alice ya no estaba con él, y su padre había bajado al patio a cuidar de las plantas como hacía normalmente. Aún sentía su cuerpo aturdido y flojo por la enorme cantidad de alcohol que había ingerido la noche anterior. Decidió ir al salón y ver un poco la televisión sin preocuparse de nada más. Cambió de canales una y otra vez, buscando alguna película comercial americana para no tener que pensar mucho, pero se detuvo en uno que emitía un espècial informativo que mostraba imágenes de motines que se estaban produciendo en todo el mundo; aquello le pareció más interesante que cualquier película y lo dejó puesto. La noticia informaba de la ansiedad de la población por dirigirse a los supermercados para abastecerse y de que comenzaban a sucederse asaltos a todo tipo de tiendas, pero las más afectadas eran las de electrodomésticos. Estos motines aún eran muy escasos. Los Ángeles, Detroit, Río de Janeiro, los suburbios de París y Johannesburgo eran las ciudades más afectadas.

Gustavo se sentía incómodo. Podría estar frente a una ruptura de la sociedad y eso sería peligroso para su familia. La primera medida que tomó de inmediato fue pedir a sus padres que se quedaran en su casa, al menos hasta esa noche. Pensó que si el mundo se desmoronaba y se producía el caos internacional, tendría que ir antes a Lentiscais. De pronto, se acordó de su pistola escondida dentro de su casa y de todas las armas que tenía Zeca en su poder esperándolo, lo que lo dejó más tranquilo. En ese momento, su madre entró en el salón.

- ¡Ya te has despertado! Mira, ¿puedes llamar ahora a Hélder?

- Por supuesto. ¿Cuándo fue la última vez que hablaste con él, mamá? - preguntó Gustavo mientras encendía el ordenador.

- Todos los fines de semana intento hablar con él, pero desde hace algunos no lo consigo. - Antonia se mostraba un poco incómoda, hablando de ese asunto y Gustavo detectó eso.

- ¿Pero cuándo fue la última vez que lo conseguiste?

- Pues, no lo sé, a lo mejor hace dos semanas.

- ¿Y por qué no lo consigues? - preguntó Gustavo, extrañado por la ausencia de comunicación entre ellos. Seguramente, Hélder estaba tan concentrado en su trabajo que ni se acordaba de que tenía una familia. Gustavo pensó que era una persona con muy poco sentido común y mentalmente frágil.

- Creo que las líneas telefónicas no están bien, parece que Hélder se encuentra en un lugar con muy poca cobertura y, cuando lo logro, a veces, me atiende su novia que solo habla inglés y no nos entendemos - Antonia seguía incómoda e intentaba justificar, de alguna forma, a su hijo. Gustavo no quería discutir ni herir los sentimientos de su madre, así que no le dijo lo que pensaba.

Gustavo conocía una aplicación con la que se podía llamar al extranjero; la había utilizado en alguna ocasión con un amigo suyo que se marchó a otro país. Intentó usarla también con su hermano, pero desde el principio vio que Hélder no estaba interesado en mantener el contacto. Buscó el número del móvil canadiense de su hermano y lo llamó, pero estaba apagado.

- Tiene el móvil apagado, mamá. Vamos a intentarlo con el fijo de su casa.

Pensó en las películas americanas, donde siempre salta un contestador automático que ofrece dejar un mensaje, y eso era lo que Gustavo esperaba encontrar. Sin embargo, después del segundo tono, atendió la novia de su hermano y lo pilló por sorpresa. Al principio, no sabía qué idioma usar; luego intentó recordar su nombre y no lo consiguió. Cuando comenzó a hablar en inglés, se dio cuenta de que lo tenía muy oxidado. La conversación fue fría y breve, especialmente por parte de ella; parecía que no tenía ganas de dialogar y proporcionó la mínima información. Cuando terminó la conversación, Gustavo se quedó callado, tratando de reconstruir todo lo que habían conversado y sacar conclusiones de esa corta charla. Mientras tanto, su madre lo observaba con ansiedad, esperando alguna novedad.

- Mamá, no está en casa, parece que está trabajando. Le he dicho que cuando Hélder llegue, le diga que nos dé un toque y le llamaremos. Bueno, - intentó cambiar de asunto. - vosotros dos podéis quedaros hoy en casa y yo os llevaré mañana por la mañana. ¿Qué te parece?

- Estoy preocupada por Hélder, ¿le habrá pasado algo? Nunca tiene el móvil encendido y siempre es ella la que atiende en casa. Me gustaría tanto hablar con él... tengo miedo de que le haya sucedido algo malo.

- No pienses en eso, sabes que él es un espíritu libre, es su forma de ser. Antes se pasaba semanas en Azores sin dar señales de vida. Si le hubiera ocurrido algo ya nos hubiéramos enterado. - Gustavo hablaba con un tono dulce y pausado para que su madre no se preocupara, pero su cabeza le decía que algo no iba bien, la conversación con aquella mujer le dejó con mal sabor de boca, era posible que su hermano tuviese algún problema.

Sus padres optaron por pernoctar con ellos, las noticias de los motines ayudaron a que tomaran esa decisión, aunque, de momento, no se hablaba nada de disturbios en Portugal. Y esa noche, tal y como Gustavo preveía, no hubo ninguna llamada por parte de Hélder.

EL BUEN DICTADOR I: EL NACIMIENTO DEL IMPERIO

El domingo por la mañana, después del desayuno, Gustavo llevó a sus padres a Cacém. Circulaban pocos coches por la carretera, como era habitual un domingo por la mañana. Gustavo no salió en ningún momento del vehículo, y cuando los dejó en el portal del edificio, solo les recordó que el martes por la mañana estaría allí para llevarles a Lentiscais.

Tanto Antonia como Joaquim tenían carné de conducir, pero por diferentes motivos habían dejado de usarlo. Antonia creía que los lisboetas conducían mal y que siempre andaban con prisa; que las carreteras eran estrechas y, sobre todo, que con su edad tenía menos capacidad y reflejos para moverse en una gran ciudad. Joaquim dejó de conducir por indicación del médico y, principalmente, a petición de su mujer e hijos. Él era el típico individuo que, cuando se ponía detrás del volante, le cambiaba la personalidad; se transformaba en un tipo más agresivo y nervioso, insultaba y tocaba el claxon constantemente, habiendo salido incluso en un par de ocasiones del coche enfrentándose de una forma bastante agresiva a otros conductores.

Mientras se dirigía de nuevo a casa, pensaba en lo que iba a hacer ese domingo. No tenía ningún plan previsto. Le hubiera gustado salir a pedalear un poco y pasar el resto del día en familia, pero pensó que sería mejor ir preparando el equipaje. Y así fue, durante el día se mantuvo muy ocupado haciendo las maletas de sus hijos y las suyas, con la ayuda de Marta en algunos momentos.

A media tarde, recibió una llamada de Norton y, curiosamente, él había pensado en hacer lo mismo.

- ¿Qué tal estás, Norton?

- Todo bien, amigo, como no dices nada tengo siempre que ser yo el que gaste dinero en llamarte - Gustavo soltó una pequeña carcajada y después le preguntó:

- ¿Qué tal están las cosas ahí?

- ¿Aquí, en Lentiscais? - Norton parecía sorprendido por la pregunta. - Paradas como siempre, pero has visto lo que está pasando en el mundo, ¿verdad?

- Sí, la gente está buscando comida, atracando, se está revolucionando.

- Claro, Gus, los suburbios de Lisboa pueden estallar en cualquier momento. ¿Vendrás el martes?

- Sí, el martes llevaré a mis hijos y a mis padres, y el jueves Marta y yo iremos por la mañana bien temprano. Es verdad, aún no hemos hablado del mensaje. ¿Qué te ha parecido?

- Cierto, aún no lo habíamos comentado. ¿No era esto lo que estábamos esperando? Esto confirma que unos cuantos paranoicos como nosotros teníamos razón al hacer todas esas compras, y es una pena que no hayamos obtenido más provisiones, porque veo que a partir de ahora los precios se dispararán. - Norton hizo una pequeña pausa acompañada de una tos forzada. - Pero ya sabes que te estoy llamando por otra situación, ¿verdad?

- El asalto a la farmacia - dijo Gustavo sin rodeos.

- Cuidado, tío, esta conversación puede estar siendo pinchada.

- ¿Por quién? ¿FBI, Interpol, extraterrestres....?

- ¿Cuál es el plan, Gus?

Gustavo se sorprendió de que ni Norton ni Zeca tuvieran un plan bien pensado y estuvieran esperando a que él les diera las órdenes. Fue entonces cuando se dio cuenta de su influencia e importancia en el grupo y se sintió orgulloso

- El martes, por la mañana, llegaré allí. Después, iremos los tres juntos a Castelo Branco. Necesitamos una farmacia que no esté en el centro; es mejor que sea discreta. Vamos a ir con la cara tapada, porque seguramente habrá cámaras y no es conveniente arriesgar mucho. Cuando no haya clientes, entraremos y cerraremos la puerta. Luego robaremos la mayor cantidad de medicamentos posible y, sobre todo, tenemos que pedirle al farmacéutico que nos entregue lo que estemos buscando. Para el tema del camión de gasolina, habla con Zeca; sería excelente tener uno, solo para nosotros.

- Vale, voy a hablar con él y cuando escojamos la farmacia y el lugar donde vamos a robar el camión, te lo digo.

- Perfecto, seguimos en contacto, colega.

Al terminar la conversación, Gustavo se sintió afortunado de tener un amigo tan leal como Norton. Además, se veía fuerte, el líder de un grupo de mafiosos que iban a dar un gran golpe, pero, enseguida, pensó que atracar una farmacia y robar un camión era cosa de ladrones experimentados y que podrían acabar teniendo muchos problemas; o peor aún, terminarían en la cárcel llenos de remordimientos. Esas artimañas no eran para él, un simple funcionario público y vaciló en que sería mejor no cometer ningún crimen.

EL BUEN DICTADOR I: EL NACIMIENTO DEL IMPERIO

Seguía teniendo dudas y concluyó que estaba en una encrucijada, en menos de cinco minutos había dado órdenes de ejecución de un asalto a su amigo y ahora dudaba, creía que estaba jugando en una liga más grande que la suya y que podría caer fácilmente en algún error. Debía encontrar alguna solución sin necesidad de arriesgar todo lo que había conseguido hasta ese momento.

A las veintidós horas estaba programada la llegada de la nave espacial de la NASA (junto con otras agencias espaciales) a la Luna, donde iban a intentar comunicarse con los extraterrestres. Había mucha expectación en la sociedad, y los disturbios se estaban extendiendo a otras ciudades. En muchos países, el ejército ya había tomado las calles. Gustavo temía que, al intentar entrar en contacto esa nave espacial con el objeto no identificado, este podría enfurecerse e iniciar el ataque antes de lo previsto.

En la televisión estaban dando varios reportajes sobre el acontecimiento. La llegada de la nave espacial era una fuente de esperanza para muchos. Había algunos rumores de que transportaba bombas; otros decían que llevaba mensajes de paz y bienvenida. Estos reportajes habían empezado a emitirse después de la hora de comer y repetían la misma información una y otra vez. Todas las cadenas tenían invitados que eran expertos en distintos campos relacionados con la física o la astronomía y hablaban de un suceso histórico que íbamos a ver en directo. Y así fue; media hora después de lo previsto, la nave alunizó. Parecía estar en buen estado, todo salió bien, y ya se iniciaba el segundo paso: salir de la nave y entrar en contacto con el objeto.

Marta y Gustavo habían acostado ya a sus hijos y, en ese momento, estaban en el sofá viendo las imágenes que salían en la televisión. Estas imágenes provenían directamente de la nave espacial posada en la Luna y de las cientos de cámaras extendidas por la Tierra que filmaban el acontecimiento a través de telescopios. Los dos se estaban haciendo muchas preguntas sobre lo que iba a pasar: ¿Y si no hubiera nada ni nadie en la nave?, ¿y si hubiera contacto físico con ellos?, ¿quedará todo resuelto?, ¿y si son ellos los que atacan nuestra nave espacial?, o peor aún, ¿y si después nos atacan a nosotros?

Era ya casi medianoche cuando volvieron a haber movimientos. Gustavo tenía sueño, y Marta estaba medio dormida en el sofá; la ansiedad y el nerviosismo del comienzo se habían convertido en aburrimiento. "Es un proceso lento", decían en la televisión. Entonces, se abrió la nave espacial humana, y de ella salió una especie de vehículo, que parecía contener a un hombre o tal vez a un robot; era difícil de adivinar. El coche avanzaba muy despacio en dirección al objeto verde. Pasaron algunos minutos y el vehículo se acercaba cada vez más a su objetivo. La emoción aumentaba en el reportero, que no dejaba de repetir que se trataba de un suceso histórico relevante. Sin embargo, de pronto, el vehículo se detuvo. Pasaron varios minutos, y el coche no se movía. En la televisión empezaron a hablar de que podría haberse averiado. El vehículo dio marcha atrás e intentó avanzar de nuevo, pero una vez más se detuvo. Volvió a intentarlo, aumentó la velocidad y quiso avanzar una vez más, pero esta vez fue evidente que chocó contra algún obstáculo; existía alguna especie de barrera invisible que no permitía que el coche pasara. Gustavo decidió acostarse, ya que al día siguiente era un día de trabajo normal. Despertó a Marta, que ya estaba totalmente dormida en el sofá. Ella le preguntó cómo había salido todo, pero no fue necesario escuchar la respuesta de su marido, ya que en la televisión mostraban el vehículo retrocediendo, y el reportero indicaba que el primer intento de establecer contacto había sido un completo fracaso.

El lunes por la mañana, Gustavo se despertó malhumorado, con pocas horas de descanso, y a sus hijos les costó levantarse porque estaban acostumbrados a dormir hasta bien tarde en las dos semanas de vacaciones. Salió de casa agobiado, pensando que iba a llegar con retraso a la escuela y al trabajo, y en ese mismo instante, se acordó del proyecto que el concejal le había entregado para hacer. Se había olvidado por completo de eso, y francamente, tampoco le había dado la más mínima importancia.

Mientras se dirigía a Vila Franca, encendió la radio para enterarse de si había alguna novedad. Sus hijos, sentados detrás, se tomaban el desayuno con desgana, y Alice volvió a dormirse sosteniendo un pastelito en la mano. En la radio informaban de que un astronauta había intentado acercarse a pie a la nave, pero había chocado contra una especie de barrera invisible que no permitía la aproximación; de momento, la nave terrestre continuaba estacionada, esperando alguna orden llegada de nuestro planeta. La opinión generalizada era que la operación había sido un auténtico fracaso.

Gustavo miró a su alrededor y todo parecía tranquilo, con tráfico y gente en las calles; las tiendas empezaban a abrir, no había caos alguno y la vida continuaba transcurriendo con normalidad o al menos así lo percibía

EL BUEN DICTADOR I: EL NACIMIENTO DEL IMPERIO

Para llegar desde la plaza de toros hasta la escuela de sus hijos tardó el doble de tiempo que la semana anterior. Alice no quería caminar y tuvo una rabieta en medio de la calle para ir en brazos de su padre. Gustavo, que tenía poco margen de tiempo, cedió y cargó a su hija mientras le pedía a su hijo mayor que caminara más rápido. Al llegar al colegio, todo parecía normal: un montón de niños correteando por las aulas, mientras sus padres se dirigían a los coches estacionados en segunda fila, junto a la entrada de la escuela. Dejó a sus hijos en sus respectivas clases y salió rápidamente en dirección a su lugar de trabajo.

Al entrar en la oficina, notó algunas mesas vacías y, sorprendido, asomó la cabeza en el despacho de su jefe, donde lo vio al teléfono. Viláres, al darse cuenta, hizo un gesto para que entrara. Estaba hablando con el director del departamento sobre las ausencias del día. Gustavo entendió entonces que muchas personas habían decidido no ir a trabajar. Después de colgar la llamada, Viláres se dirigió a Gustavo:

- ¿Has venido a trabajar? Pensé que a lo mejor no vendrías.

- ¿Y por qué ha pensado eso?

- ¿Por qué? - Viláres se levantó. - Porque el mundo se está volviendo loco, la gente cree que vamos a ser atacados y están comprando todo lo que pueden, retirando su dinero de los bancos y refugiándose en casas y refugios.

Gustavo pensó que Viláres era quien estaba loco; el planeta estaba a punto de ser atacado y él seguía aferrado a su vida cotidiana. Sin embargo, lo que salió de su boca fue algo muy diferente:

- Jefe, no vale la pena entrar en histeria, ¿verdad? Y hablando de ausencias, mañana no podré venir. - Pensó en buscar alguna excusa, pero no había preparado nada y se quedó callado.

- Solo mañana. ¿O a partir de mañana no vienes? ¿Recuerdas el programa que el concejal te encargó que hicieras? - Viláres encendió un cigarro.

- No, solamente mañana, tengo que ir al médico con Marta. - fue la primera excusa que se le ocurrió y ni a él mismo le sonó creíble. - Y no me he olvidado del programa, voy a empezar hoy.

Cuando se dirigía a su mesa, un compañero suyo lo llamó:

- ¡Gustavo, ven a ver esto!

Telmo, su compañero, le mostró un video en el que se veía un hipermercado en Lisboa siendo asaltado por personas que robaban todo lo que podían, corriendo y pasando por las cajas sin pagar. El hipermercado cerró poco después. Enseguida, otro compañero le informó que los principales centros comerciales ya habían cerrado sus puertas, y que muchas tiendas, y casi todas las gasolineras, estaban cerrando por miedo a ser saqueadas. El ambiente en la oficina era tenso, y algunos compañeros de Gustavo ya estaban recogiendo sus cosas y empezaban a salir después de ver las imágenes de los disturbios y ataques en Lisboa. Se dio cuenta de que ya no eran solo las mega ciudades del mundo las que estaban cayendo en el caos; ahora, el desorden se había instaurado en todas partes.

Gustavo se sentó tranquilamente en su lugar de trabajo, pensativo. Creía que al día siguiente no habría ninguna tienda abierta, y mucho menos una farmacia. Posiblemente, no iban a lograr ejecutar el asalto. Mientras reflexionaba sobre eso, su móvil comenzó a sonar. Era su padre, bastante alterado y nervioso, advirtiéndole que había oído tiros en Cacém, muy cerca de su edificio, y que lo mejor era salir inmediatamente hacia Lentiscais. Gustavo había visto muy pocas veces a su padre perder el control, aunque fuera una persona tranquila; también era inseguro y miedoso, y ahora estaba al borde de la histeria.

- Hoy no salgan de casa, cierren bien la puerta y no se acerquen a las ventanas. Preparen las maletas y mañana, a las siete de la mañana, estaré ahí para recogerlos, ¿de acuerdo?

- ¿No puede ser antes de las siete? - la voz de su padre era totalmente diferente; Gustavo esperaba que su padre estuviera más centrado, parecía demasiado perdido y desorientado.

- Las siete son una excelente hora para salir, intenten descansar, no va a pasar nada.

En menos de un minuto, su móvil volvió a sonar. Ahora era Norton quien le indicaba que abriera su correo y pinchara en un enlace que él había enviado. Gustavo le preguntó cómo estaba la situación en Castelo Branco. Norton afirmó que todo estaba normal, sin disturbios, y que al día siguiente llevarían a cabo el asalto. Ya había elegido la farmacia, pero el atraco al camión de gasolina había sido cancelado; los suministros a las gasolineras habían sido detenidos y muchas de ellas estaban cerradas en el interior del país.

Gustavo examinó la página que Norton le había enviado. Era un reportaje de la televisión pública que informaba sobre varios disturbios en innumerables países de todo el mundo. En muchos de estos lugares, el ejército ya había tomado las calles para mantener el orden, y en algunos se había impuesto el toque de queda obligatorio. Varios líderes mundiales intentaban tranquilizar a sus conciudadanos, y corría el rumor de que ya habían logrado establecer contacto con seres extraterrestres y que la situación se normalizaría. En Portugal, ante la primera señal de disturbios en Lisboa, el gobierno había ordenado al ejército salir a las calles y colaborar con la policía para controlar el vandalismo y el histerismo colectivo.

Mientras veía el reportaje, su móvil sonó por tercera vez, esta vez era la profesora de Alice, asegurando que muchos de los trabajadores de la escuela habían abandonado sus puestos y que él tendría que ir a recoger a su hija antes de la hora de comer.

Gustavo se apoyó en su silla y pensó que uno de los motivos por los que se consideraba un vencedor en comparación con el resto de las personas era porque él planificaba las situaciones y no dejaba las cosas que tenía que hacer para última hora. Era un planificador nato que se adaptaba rápidamente a diversas realidades, lo que lo hacía más capaz de superar y vencer cualquier circunstancia que los demás. Sintió que tenía la situación bajo control. En ese momento, miró la montaña de papeles que tenía encima de su mesa y vio la carpeta que el concejal necesitaba para ese día. Soltó una carcajada que sorprendió a algunos de sus compañeros.

Decidió salir a buscar a su hija, no sin antes tomarse un café. Mientras se dirigía a la cafetería, notó que algunas tiendas habían comenzado a cerrar, pero el ambiente en la calle parecía relativamente normal. Luego, fue a la escuela a buscar a la niña, que estaba pintando tranquilamente. Estaba feliz de ver a su padre. Gustavo no hizo ninguna pregunta a la profesora, comprendió la situación y se llevó a su hija de la mano.

El resto de la mañana transcurrió sin más sobresaltos. Mientras Alice hacía dibujos y pintaba en una mesa, Gustavo comenzó a reunir manuales que podrían ayudarle en el futuro, desde cómo hacer pan hasta cómo generar energía doméstica. Algunos los imprimía y otros los guardaba en sus dispositivos USB.

Fue a comer con Sergio, quien no se sorprendió al ver que traía a Alice. Obviamente, el tema principal de la conversación durante esa comida giró en torno a que la sociedad estaba al borde de desmoronarse, de los innumerables trabajadores del ayuntamiento que no habían ido a trabajar y de las primeras señales de disturbios en Lisboa.

Durante la tarde, Gustavo continuó haciendo lo mismo, coleccionando manuales de todo tipo, así como almacenando libros clásicos, discos, fotos y cosas que él creía que eran importantes de guardar y, sobre todo, de salvar. Mientras recopilaba todo lo que necesitaba, Gustavo ya se había olvidado totalmente el pedido del concejal hasta el momento en el que le vio entrar a la oficina acompañado de Viláres. Gustavo se quedó bloqueado, sin saber bien qué hacer. Intentó simular que estaba trabajando en algún programa y ambos se acercaron a él..

- ¿Así que esta niña es su hija, Gustavo? - dijo el concejal Eládio Antunes, acariciando el pelo de la muchacha. - Mira qué dibujo más chulo, ¿cuál es tu nombre, pequeñita?

Después de la típica conversación que los adultos suelen tener con una niña de cuatro años, Antunes dirigió su mirada a Gustavo y cambió radicalmente su actitud. Antunes tenía cerca de 60 años y llevaba ocho como concejal en el ayuntamiento; se rumoreaba que podría ocupar el puesto de presidente en las próximas elecciones municipales. Era un hombre delgado y de estatura mediana, que siempre vestía trajes en tonos oscuros y tenía buen gusto para las corbatas. Su rostro denotaba seguridad y confianza en sí mismo, era serio, y llevaba el pelo corto, totalmente blanco y muy peinado.

Gustavo sentía respeto por el concejal y también cierta frustración al dirigirse a él. En numerosas ocasiones, había intentado expresar *algunas verdades*, pero cuando se enfrentaba a Antunes, no tenía el coraje suficiente y terminaba siempre haciendo lo que este le pedía. Sin embargo, ese día la realidad fue diferente.

- ¿Ha terminado el proyecto que le di el viernes, Gustavo? - Antunes fue directo al grano y tomó por sorpresa a Gustavo. Hubo una pausa y luego contestó.

- No, necesito como mínimo una semana para hacer lo que me pide. Si puedo trabajar exclusivamente en este programa, tal vez lo tenga listo para el próximo lunes.

A Antunes no le gustó ni la respuesta ni el tono de voz un tanto desafiante con el que Gustavo le respondió.

- Dígame. ¿Qué es lo que ha hecho?

- Esta mañana he estado trabajando en el proyecto, reflexionando sobre cómo podría ponerlo en marcha.

- ¡Sólo esta mañana! - Antunes estaba a punto de reprochar - Usted tiene la carpeta desde el viernes y es ahora cuando comienza a trabajar en ello; yo dejé claro que este proyecto era de máxima prioridad y que tenía que estar terminado lo antes posible.

Antunes desvió la mirada de Gustavo hacia Viláres, quien evitó el contacto visual. Gustavo observó a la pequeña, que asustada, dejó de dibujar para mirar a su padre y a aquel hombre que le hablaba con un tono de voz agresivo. En otra circunstancia, Gustavo habría sido cordial y prometería al concejal que iba a trabajar intensamente y que estaría terminado en un tiempo récord, pero la realidad era diferente, y la mirada de su hija hizo que Gustavo actuara de manera diferente.

- Señor concejal, - la voz de Gustavo era firme, y clavando su mirada en los ojos de Antunes, dijo: - Recibí esta carpeta cerca de las diecisiete horas de la tarde, curiosamente, a la hora en que salgo de trabajar. Además, era fin de semana, y hoy es lunes. Este proyecto es complejo y lleva su tiempo. Es materialmente imposible terminarlo esta semana.

Antunes entendió que Gustavo estaba dispuesto a discutir, sentía su mirada desafiante hacia él y sabía, también, que lo mejor sería dar la orden de seguir trabajando y retirarse, pero consideró incluso impertinente el comentario de Gustavo y quiso poner fin al enfrentamiento manteniendo su superioridad.

- ¿Sabe usted por qué no es aún jefe de una división, Gustavo? - hizo una pausa, esperando alguna reacción. - Porque usted no se entrega al servicio, hace lo mínimo y tiene poca ambición para dirigir.

- ¿Pero quién le ha dicho a usted que yo quiero dirigir?, ¿o acaso sabe usted cual es mi ambición? - Gustavo dio un pequeño paso adelante y su cara se acercó a la del concejal, Gustavo no demostraba miedo, al revés, ahora mostraba enemistad y desprecio. Antunes sintió el toque y creyó que había ido demasiado lejos. Quería salir de la situación como vencedor, pero ahora se sentía acorralado. Pensó que Gustavo solo hablaba así debido a la situación actual que se vivía en el mundo.

- Señor concejal, usted viene aquí a exigir milagros cuando la mitad de los trabajadores del ayuntamiento están en casa o intentando conseguir comida.

Debería felicitarnos por estar aquí trabajando, dadas las circunstancias de la sociedad en pleno caos. - hizo una pausa y clavó el último golpe. - Esa es la diferencia entre un líder natural y alguien *enchufado* por el partido.

Hubo un silencio gélido en la sala, un silencio que duró unos diez segundos, pero que para quienes estaban allí parecieron varios minutos. Gustavo miraba al concejal, en parte victorioso y al mismo tiempo con aire de repudio, como si aquella persona fuera un gusano asqueroso, mientras que Viláres estaba paralizado, con la boca y los ojos muy abiertos, observando a Gustavo. Antunes era un hombre de política que había enfrentado varios combates peligrosos y espinosos a lo largo de su carrera política, pero estaba acostumbrado a tratar a los funcionarios municipales como presas fáciles, y ahora estaba pálido, rígido, humillado y furioso. Dándole la espalda, se dirigió hacia la puerta, pero antes de salir, se giró hacia Gustavo y le dijo:

- Cuando toda esta confusión termine y las aguas se apacigüen, pondremos cada cosa en su debido lugar.

Y sin dar tiempo a que Gustavo respondiera, salió deprisa por la puerta. Sabía que acababa de entrar en la lista negra municipal y que a partir de entonces, Antunes podría hacerle la vida imposible, pero no quiso pensar en eso. Se sintió orgulloso de sí mismo; en esa ocasión, pudo enfrentarse a aquel político mezquino y no se rebajó como siempre lo hacía. Sus compañeros y su jefe le dieron la enhorabuena por haberse enfrentado a Antunes. Agradeció, dándole poca importancia al asunto, y prosiguió buscando más información relevante mientras ayudaba con los dibujos y juegos a su hija.

A las cinco de la tarde, Gustavo salió con Alice y fue a buscar a Diogo a la escuela. Los tres regresaron juntos a casa en coche. Durante el trayecto, Gustavo les informó que al día siguiente irían a Lentiscais y les pidió que hicieran una maleta con sus juguetes favoritos. Le pasó por la cabeza que esa podría ser la última noche que dormirían en casa y que verían algunos de sus juguetes, lo que le llenó de tristeza. Aunque esperaba que todo fuera solo una broma de mal gusto y que pronto las cosas volvieran a la normalidad, esa idea lo llevó a considerar otra realidad. En ese caso, tendría que enfrentarse al concejal, y sabía que estaba en clara desventaja.

Ayudó a sus hijos a preparar las maletas y luego preparó la cena. Evitó que fueran contaminados por las imágenes sensacionalistas y violentas que aparecían en la televisión, pero los niños no miraban la pantalla cuando no estaban pasando dibujos animados o anuncios.

A las ocho de la noche, comenzaron a cenar con Marta en casa. Ella estaba conmovida por las terribles noticias que se veían de los suburbios de Lisboa y Oporto, y también porque en su trabajo la producción de yogures había disminuido debido a la falta de personal y la falta de concentración de otros. El telediario mostraba coches y contenedores en llamas, tiendas destrozadas, escaparates rotos, el ejército en las calles y políticos tratando de tranquilizar a la población.

Todos se fueron a la cama temprano. Gustavo se organizó para el día siguiente: saldría muy temprano para buscar a sus padres y luego regresaría para llevar a los niños y sus respectivas maletas. Esa noche durmió muy mal; verificó dos veces que todas las puertas y ventanas estaban bien cerradas. Sin que su esposa se enterara, decidió que el arma que Zeca le había dado estaría a su alcance y que la llevaría consigo todo el día al día siguiente. Las pocas horas de sueño que pudo conciliar fueron agitadas, y se despertaba frecuentemente esperando escuchar algún ruido, pensando en un posible atraco a la farmacia o en los peligros que podría enfrentar en el viaje.

A las seis de la mañana, sonó el despertador y Gustavo se levantó de inmediato, consciente de que ese sería uno de los días más importantes de su vida. Después de desayunar y vestirse con ropa cómoda, sacó el coche del garaje y se dirigió a Cacém. Había poco tráfico y no se cruzó con ningún vehículo de la policía ni del ejército. No vio actos de vandalismo en el camino, pero al llegar a Cacém, notó los primeros escaparates rotos y los bancos protegidos con barrotes de madera. También vio a los primeros agentes armados con escopetas automáticas. Sintió miedo de que lo detuvieran, lo revisaran y encontraran un arma ilegal debajo de su abrigo, pero eso no ocurrió.

Poco después de aparcar junto al edificio de sus padres, ellos salieron aliviados, con el aspecto de haber dormido poco. Traían varias maletas, y Gustavo estaba seguro de que no cabrían todas en el coche, ya que faltaban las maletas de sus hijos. Salieron de Cacém, y Gustavo se dio cuenta de que podría ser la última vez que estuviera allí. Recordó a sus amigos e imaginó lo que cada uno estaría haciendo o planeando hacer en los próximos días. Se comprometió a sí mismo llamar a cada uno de ellos antes del jueves, el día en que creía que los extraterrestres podrían atacar.

Cuando regresó a su casa, sus hijos ya estaban despiertos y listos para salir, y las maletas estaban preparadas. Marta se estaba preparando para otro día de trabajo. Eran las ocho de la mañana cuando Gustavo, después de luchar para que todo el equipaje cupiera en el coche, se dirigió hacia Lentiscais junto a sus padres e hijos, mientras Marta se quedaba atrás, despidiéndose con los ojos llenos de lágrimas.

Durante el viaje, sus hijos veían dibujos que Gustavo había seleccionado para ellos, mientras él conversaba con sus padres. Con el paso de los minutos, los veía más relajados.

- La verdad es que todo esto me parece una salvajada, una broma de mal gusto y que ha puesto a la sociedad en pie de guerra. - dijo Joaquim, que iba sentado al lado de su hijo en la parte delantera del coche.

- ¿Cómo? No entiendo.

- Tarde o temprano todo volverá a la normalidad y para nosotros todo habrá quedado en una lección por nuestro mal comportamiento, para que seamos conscientes de lo violentos que somos y atrasados que estamos.

- ¿Entonces, crees que no nos van a atacar?, ¿qué todo esto no pasará de una broma de mal gusto?

- Creo que no nos van a atacar; si existen extraterrestres ellos nos demostrarán que sólo somos una especie desorganizada e histérica.

- Si piensas así, papá, ¿por qué estás yendo a Lentiscais?

- En Lentiscais no habrá motines, estaremos más seguros. ¿Crees realmente que nos van a atacar?

- Por supuesto, si no, ¿por qué iban a enviar una mega nave y un mensaje como aquel? Y la razón por la que voy a Lentiscais es porque creo que será un lugar donde ellos no van a atacar. Creo firmemente que ese 15% de la población que quede será el que esté viviendo en plena naturaleza. Ellos están aquí por razones medioambientales, y el problema no es la superpoblación de seres humanos en el mundo, sino nuestro comportamiento con respecto al planeta; nos creemos dueños de él y lo tratamos sin ningún tipo de respeto.

La conversación fue agradable, y Gustavo ya no se acordaba del asalto a la farmacia ni de la discusión con el concejal. Detrás, Alice y su abuela dormían.

EL BUEN DICTADOR I: EL NACIMIENTO DEL IMPERIO

Parecía un viaje familiar normal. Había pocos coches en la autopista, y hasta ese momento no se habían encontrado con ninguna área de servicio abierta. Aun así, Gustavo tenía el depósito de combustible casi lleno.

- Creo que esas teorías medioambientalistas son una treta. ¿Te parece que el ser humano le ha hecho tanto mal al planeta?

- ¿Me estás tomando el pelo, papá? El ser humano ha hecho barbaridades con él, como la contaminación de aguas, del aire y del suelo, la deforestación, la extinción de numerosas especies de animales y plantas, el calentamiento global, la destrucción de la capa de ozono y un largo etcétera.

- ¿Y por qué ese 15% de la población? ¿Tienes respuesta para eso también? - Joaquim no parecía convencido.

- El problema de la población es simple: vivimos en una sociedad consumista que explota los recursos de una forma desequilibrada. Somos una civilización contaminante y que consume más de lo que necesita. Antes de la revolución industrial, el ser humano tenía una relación mucho más estrecha con la naturaleza, pero a partir de esa revolución se crearon ciudades cada vez más grandes, y la relación de sus habitantes con la naturaleza fue desapareciendo gradualmente hasta hoy, que es casi nula. Antes de la revolución industrial, la población era de un billón; hoy somos siete billones, y en 2025 tal vez seamos diez billones. Pero el problema no es solo el número, sino la actitud de esa cifra hacia el medio ambiente; ese es el problema real.

- Pero, aunque terminen con el 85% de los habitantes, el comportamiento será el mismo. Los que sobrevivan actuarán igual que los que murieron.

- No, nada volvería a ser igual. Con apenas un 15% de la población actual, es decir, un billón de personas, estos tendrían que empezar de cero. Tendrían que volver a la naturaleza para sobrevivir. Sería como un nuevo comienzo.

- Sí, pero después todo volverá a ser igual. Volveremos a vivir en grandes urbes y seguiremos consumiendo más de lo que necesitamos.

- Entonces no habremos aprendido nada. Pero hasta que volvamos a tener las mega ciudades y los *cochazos*, pasarán décadas o siglos. En ese tiempo, la naturaleza ya se habrá recuperado un poco de toda la salvajada que le hemos hecho en los últimos años. Creo que el 15% que sobreviva aprenderá la lección.

- ¿La lección? La lección para mí será que un grupo de asesinos extraterrestres vinieron a la Tierra y casi exterminaron a una especie.

- No, la lección será que ellos salvaron a muchas otras especies de un exterminio casi seguro. Especies que nosotros íbamos a matar o dejar simplemente como muestras en jardines y zoológicos.

Eran las diez de la mañana, y ya estaban cerca de Lentiscais. Gustavo prefirió ir por Retaxo y esperaba que la gasolinera de allí no estuviera cerrada. Al entrar en el pueblo, verificó que todo estaba igual: pocos coches y gente, todos los pequeños comercios y la gasolinera abierta sin ninguna cola, aunque con precios más elevados de lo normal. A Gustavo le hizo gracia la situación y la comparó con Lisboa, donde ese día sería casi imposible encontrar algún establecimiento abierto.

Al llegar a la casa de Lentiscais, Gustavo ayudó a sus padres con las maletas, se despidió de sus hijos y partió. Les había dicho que tenía que volver a trabajar por la tarde y que no quería abusar de la generosidad de su jefe. Para sus padres, el trabajo siempre fue lo más importante y le aconsejaron no faltar más hasta que el jueves fuera de vacaciones con Marta. Lo que no sabían ellos era que Gustavo había discutido con el concejal y que no iba a solicitar más días de vacaciones. Simplemente iba a abandonar su puesto de trabajo y, mucho peor, a continuación, se reuniría con Norton y Zeca para asaltar una farmacia.

Y así fue, llegó a la cocina de la casa de Norton e inmediatamente telefonearon a Zeca; es entonces cuando los tres comenzaron a planear el atraco hasta la hora de la comida; que había sido preparada por Carla, quien parecía estar al corriente de todo. Después del almuerzo, salieron en un coche con matrícula falsa en dirección a Castelo Branco.

La ciudad de Castelo Branco era un remanso de tranquilidad, reflejo del ambiente que se vivía normalmente en la zona, justo lo opuesto a las grandes metrópolis que estaban en llamas. Aquí todo parecía estar como siempre, las calles limpias y tranquilas, con ciudadanos paseando sin temor a nada; no había basura en los contenedores y todas las tiendas parecían estar abiertas.

La farmacia elegida se encontraba en una nueva urbanización que no quedaba muy lejos del centro. Los clientes habituales del establecimiento eran residentes de ese complejo, y su elección se debió al hecho de que era, posiblemente, la farmacia menos concurrida de la ciudad. Estacionaron el coche en las cercanías de la farmacia, no muy cerca, pero lo suficiente como para observar quién entraba y salía del local. Las persianas del pequeño comercio estaban a medio cerrar y desde fuera era imposible averiguar si había alguien dentro.

El silencio que se respiraba en el coche fue interrumpido por el sonido estridente de un móvil. Norton y Gustavo miraron indignados a Zeca, quien pidió perdón mientras colgaba la llamada y apagaba el teléfono.

- ¿Qué te he dicho, Zeca? - le reprendió Gustavo con una mirada desafiante. - Nada de móviles, pueden rastrearnos a través de las señales que emiten.

- No te preocupes, éste no está a mi nombre. - Zeca intentaba disculparse con una sonrisa forzada.

- Así espero. Ahora yo voy a pasar delante de la puerta de la farmacia para ver si hay alguien dentro, y después vamos a entrar. Recapitulando, Norton, tú cierras las persianas de las ventanas y luego ve a recoger todos los medicamentos que puedas y guárdalos en las dos maletas. Mientras tanto, yo me ocuparé de los trabajadores y les daré la lista con los medicamentos que estamos buscando. Zeca, tú cierras la puerta y bajas su persiana, asegurándote de que la calle esté despejada, especialmente a la hora de salir. Está totalmente prohibido el uso de las armas que tenemos. En caso de que nos atrapen, simplemente diremos que nos invadió el pánico del apocalipsis y que necesitábamos medicamentos. ¿Está todo claro?

Gustavo miró a Zeca, ya que estaba seguro de que Norton no sería tan imbécil como para usar la pistola que tenía. Después de recibir el asentimiento de Zeca, prosiguió:

- Si la farmacia tiene cámaras de vigilancia, debemos desactivarlas y eliminar las grabaciones y el CD interno. Al finalizar todo, tendremos que retener a los trabajadores con esposas para retrasar cualquier aviso a la policía, pero sin recurrir a la violencia. Y no debemos usar nombres, nos referiremos a nosotros mismos como G, N y Z. Vamos a llevar a cabo esto de forma rápida y limpia, manteniendo la mente centrada en nuestra tarea.

Gustavo salió del coche, cruzó la calle y simuló pasar casualmente frente a la farmacia. Miró rápidamente hacia adentro y, dándose la vuelta, regresó al punto inicial.

- En el interior hay un cliente y me ha parecido que había dos trabajadores.

Aún no había terminado la frase cuando entró un nuevo cliente. Esperaron a que los dos clientes anteriores se marcharan y, cuando finalmente llegó la hora, los tres ladrones salieron del coche en dirección a la farmacia. Gustavo sintió que sus piernas flaqueaban, tenía las pulsaciones a mil, las manos sudorosas y la boca seca. Dudó si sería capaz de pronunciar una sola palabra. Estaba a pocos segundos de llevar a cabo, posiblemente, la peor acción de su vida. En ese momento, pasaron fugazmente por su mente todas las cosas que podría perder si aquel asalto no saliera bien, y por un instante, vaciló respecto a cancelar la operación. Sin embargo, esa idea desapareció tan rápidamente como surgió, y volvió a concentrarse en lo que estaba haciendo. Él era el líder de esa banda, y sus otros dos cómplices confiaban en su capacidad de liderazgo.

Un poco antes de entrar en la farmacia, los tres criminales se pusieron pasamontañas. Luego, entraron en el establecimiento y Adelino, el dueño del comercio, al ver a tres hombres entrar por la puerta, quedó paralizado. Pensó en su hija, que estaba junto a él, y tuvo miedo de que le hicieran algún daño. Se dio cuenta de que su mujer tenía razón; habría sido mejor ser sensatos y cerrar la farmacia hasta que la situación se calmara. Los ladrones trabajaron de forma rápida; parecía que no era la primera vez que hacían algo así.

- No hemos venido a haceros daño, sólo queremos medicamentos. - dijo Gustavo, mientras pasaba a Adelino la lista de las medicinas seleccionadas con la mano que tenía libre, mientras que en la otra portaba una pistola.

Zeca ya había cerrado la puerta y vigilaba la calle a través de las persianas enrollables. Norton acababa de cerrar las persianas restantes de la tienda y avanzaba con las dos maletas en dirección a los estantes de medicamentos que estaban detrás de Adelino y su hija.

- Buscad estos medicamentos inmediatamente y no hagáis el mínimo ruido. ¿Hay alguien más en la farmacia?

Adelino seguía inmóvil, petrificado, sin ninguna reacción, mientras su hija, una chica guapa de veintitrés años, recibió la lista temblando y con débil voz dijo:

- Sólo estamos los dos y, por favor, no nos hagáis daño, llevaos todo lo que queráis, podéis llevaros también el dinero.

- No te preocupes, busca estos medicamentos y no nos llevaremos el dinero, ni haremos daño a nadie.

Norton llenó las dos maletas con todo tipo de drogas existentes en la farmacia, mientras la hija de Adelino, acompañada por su padre que finalmente había despertado del trance, buscaba los medicamentos que estaban en la lista. Gustavo no apartaba los ojos de ellos y no les daba mucho margen de maniobra. Zeca miraba un poco a la calle, despistado, se distraía observando con mucho interés a la joven farmacéutica, pensaba que la chica era realmente guapa y que con la bata blanca se veía muy atractiva, imaginó su cuerpo joven por debajo de la ropa y pensó en violarla, pero sabía que tanto Gustavo como Norton no le iban a permitir eso.

Cuando los dos farmacéuticos terminaron con la lista, Norton colocó las maletas junto a la puerta para salir, mientras que Gustavo sacaba las esposas del bolsillo trasero y miraba al padre y a la hija. Mostrándose seguro y cada vez más confiado, le ordenó a Norton que rompiera las cámaras de seguridad, los videos y los CDs.

- ¡Ey, G!, podríamos quedarnos con la grabación para tenerlo de recuerdo. - dijo Zeca con una sonrisa muy pícara.

- Concéntrate en tu tarea, Z. - respondió y miró de nuevo a las dos víctimas. - Vosotros, venid conmigo adentro.

- ¡Mierda, la policía está aquí!

Al decir eso, Zeca sacó inmediatamente, como un acto reflejo, la pistola que escondía detrás de sus pantalones. Norton se quedó inmóvil, perplejo, sin saber qué hacer, y miró temerosamente a Gustavo. Éste, al escuchar las palabras de Zeca, sintió un calor que le subía de los pies a la cabeza. Notó que, por primera vez desde que había entrado en la farmacia, estaba perdiendo el control de la situación y de sí mismo. No sabía qué hacer, sus manos temblaban, y pensó que todo había terminado. Iba a ser detenido y juzgado por robo a mano armada, y estaría lejos de sus hijos por una tontería y una paranoia enfermiza. Una voz en su interior le sugería que se calmara y que retomara el liderazgo de la operación.

- ¡Tranquilos todos! ¡N, sigue rompiendo todo! Z, ¿dónde están?

- Están dentro del coche, al otro lado de la calle, avanzan lentamente en dirección a la rotonda.

- De acuerdo, guarda el arma y asegúrate de que no te vean. Se irán pronto; solo es un coche patrulla. El resto, vengan conmigo.

Mientras esperaba alguna noticia de Zeca, Gustavo llevó al padre y a la hija hasta el cuarto de baño que estaba en la parte trasera de la farmacia. Allí les colocó las esposas, atándoles las manos por detrás del lavabo, de la misma manera que había visto en alguna película, de manera que no pudieran salir. Luego, llevándose el dedo índice a los labios, les ordenó que guardaran silencio.

- G, han dado la vuelta a la rotonda y ahora vienen en esta dirección.

Gustavo y Norton se acercaron a Zeca y, al igual que él, miraron el coche de la policía que pasaba frente a la farmacia. Iba a una velocidad reducida y, por un momento, pareció que el vehículo estaba a punto de detenerse. En ese instante, Gustavo sintió nuevamente un calor tan sofocante que parecía estar dentro de un horno. Respiraba con dificultad, y su ropa estaba empapada de tanto sudar. Sin embargo, el coche de la policía no se detuvo y continuó avanzando a su ritmo tranquilo, alejándose de los tres hombres. Gustavo se sintió aliviado, pero aún estaba tenso y ordenó al equipo que esperara un poco. Luego, tomaron las maletas, se quitaron los pasamontañas, salieron a la calle, cerraron la farmacia con llave desde fuera y se dirigieron al coche con un paso acelerado, casi corriendo. Media hora después, estaban en el garaje de Norton, celebrando con champán el éxito de la operación.

A Gustavo le costó separarse de sus dos cómplices antes de partir hacia Vila Franca. Habían estado comentando y regocijándose una y otra vez sobre todos los detalles del atraco con gran euforia. Después de despedirse con abrazos y gritos de alegría, inició el viaje. Se dio cuenta de que posiblemente había bebido demasiado o que simplemente estaba tan eufórico que no podría mantenerse quieto y concentrado al volante. Durante el viaje, recordó una y otra vez el asalto, se complació en su actuación, se sintió satisfecho consigo mismo y se consideró invencible, perfecto, un genio capaz de cualquier cosa. En plena autopista, abrió la ventana y comenzó a aullar como un lobo y a gritar como un auténtico loco. Pronunció varias palabrotas y luego soltó algunas carcajadas un poco forzadas. Finalmente, se tranquilizó y continuó el viaje, que le pareció interminable.

Llegó a casa a las dieciocho horas, pero, a diferencia de Castelo Branco, notó que el ambiente en su barrio estaba muy tenso. No había nadie en la calle, pocos coches circulaban, los contenedores estaban llenos de basura sin recoger y las tiendas y bares estaban cerrados. Al entrar en casa, sintió un agotamiento inmenso y un deseo abrumador de ir directamente a la cama. Toda esa euforia y adrenalina acumulada habían terminado en una gran resaca de cansancio. Aun así, decidió que realizaría algunas tareas antes de acostarse. Quería hacer su maleta y seleccionar las cosas esenciales que llevaría a Lentiscais.

Marta llegó a las diecinueve horas como de costumbre, pero, esta vez, llegaba pálida y claramente desorientada. Se sentó en el sofá y pidió a su marido que le trajera un vaso de agua con azúcar.

- La fábrica va a cerrar, Gustavo. No puedo creer a lo que hemos llegado, el director ha dicho que no hay condiciones para seguir, faltan trabajadores y los proveedores han dejado de traer material. La gente está atemorizada, nadie sabe lo que está por llegar y el caos está generalizado.

Gustavo intentó calmar a su esposa. Le dijo que el jueves, por la mañana, se iban a ir y que sólo volverían si todo se apaciguaba. Marta asintió y se relajó un poco, no obstante, se planteó pedirle a su marido emprender el viaje al día siguiente para estar con sus hijos.

Después de la cena, Gustavo se fue a la cama. Había sido un día muy largo, y estaba demasiado cansado para hacer cualquier cosa. Pocos minutos después de acostarse, cayó profundamente dormido.

Sin embargo, Marta estaba emocionalmente alterada. Tenía mucha ansiedad por partir y estar segura con su familia. Esa noche, ni siquiera los culebrones le brindaron tranquilidad. Se vio a sí misma cambiando de canales sin un objetivo claro, como si se tratara de un tic nervioso. No conseguía detenerse. Al pasar por los programas informativos, Marta vio cómo el mundo parecía dirigirse hacia el abismo: el número de crímenes, robos y agresiones estaba en aumento, y la policía parecía incapaz de detener ese vandalismo. Finalmente, después de la una de la madrugada, Marta decidió tomar alguna pastilla para dormir y se fue a la cama. Sin embargo, ni siquiera la medicación le ayudó a tranquilizarse. Dio muchas vueltas en la cama tratando de encontrar una posición cómoda para dormir, pero le resultó imposible. Era consciente de todos los ruidos que la rodeaban, desde la profunda respiración de su marido hasta el ladrido de un perro en el vecindario, e incluso el paso de un coche a lo lejos. A las cuatro de la madrugada, escuchó un ruido extraño y consideró la posibilidad de despertar a su marido, pero luego pensó que tal vez no fuera nada y decidió tomar un vaso de leche. Comprobó, por tercera vez, que todas las puertas y ventanas de la casa estaban cerradas. Mientras estaba en la cocina, escuchó una discusión a lo lejos, acompañada de lo que parecían ser gritos. Marta volvió a perder el control de la situación y se acostó de nuevo. Sin embargo, esta vez, al entrar en la habitación, despertó a Gustavo, quien le preguntó si todo estaba en orden. Casi llorando, Marta le pidió que se fueran ese mismo día a Lentiscais; no soportaba una noche más allí. Gustavo le prometió que irían al final de la tarde de ese mismo día. Solo entonces fue cuando Marta consiguió dormirse.

Gustavo se despertó de buen humor después de dormir durante diez horas. Siguió su rutina matutina normal y salió de casa para ir a trabajar, pensando que ese podría ser su último día en el ayuntamiento después de más de diez años. En su corto viaje hasta la plaza de toros, era evidente que algo había cambiado: había menos coches, menos gente, más basura en la calle y más espacios disponibles para aparcar el coche.

Cuando llegó al edificio, se dio cuenta de que la puerta estaba cerrada y, solo entonces, notó que había compañeros suyos reunidos en la entrada del edificio. Era la primera vez en la década que llevaba trabajando allí que veía el edificio cerrado a las nueve de la mañana. La recepcionista que normalmente abría la puerta a las ocho no había venido a trabajar, y sus compañeros estaban debatiendo si valía la pena esperar a alguien o seguir el ejemplo de un gran número de empleados municipales y regresar a casa para esperar a que la situación se normalizara. Mientras tanto, alguien ya había llamado a Viláres, quien tenía una copia de las llaves y estaba en camino.

Cuando Viláres llegó, los pocos funcionarios que quedaban entraron al edificio, y Gustavo se dirigió a su puesto de trabajo. El objetivo para ese día era copiar la mayor cantidad de información posible sobre las diferentes áreas, creando una especie de gran biblioteca que sería útil para la nueva sociedad que podría surgir. Descargó manuales, libros, películas, música y fotografías desde Internet, así como todo lo que consideraba relevante para este nuevo mundo que iba a emerger. Toda la mañana la dedicó a esta tarea y lo que le resultó realmente extraño fue que su jefe no saliera de su despacho.

A la hora de comer, Gustavo decidió regresar a casa. Estaba un poco preocupado por Marta y quería darle algunas indicaciones sobre las cosas que debía recoger y preparar para llevar. Además, el comedor municipal estaba cerrado debido a la falta de personal y, sobre todo, a la falta de comida. Marta lo recibió con alegría, y los dos hicieron planes para partir lo antes posible.

La tarde pasó rápidamente, y después de haber terminado de guardar mucha información en sus discos duros, Gustavo decidió hacer una visita rápida a Sergio en el aparcamiento del ayuntamiento para despedirse de él. Gustavo le comunicó que se iba unos días al pueblo, esperando a que las cosas se tranquilizaran, mientras que Sergio le manifestó que no tenía la menor intención de abandonar su puesto de trabajo ni su casa.

Regresó a su lugar de trabajo y recogió todo para marcharse; tenía mucho material que llevar a su casa, además de los discos duros y componentes informáticos del ayuntamiento, por lo que incluso podría ser acusado de robo si lo atrapaban. Antes de salir, fue a despedirse de su jefe, Viláres.

- Anda muy callado, jefe, usted está tramando algo - dijo Gustavo al entrar en su despacho.

Viláres, que estaba concentrado mirando la pantalla del ordenador, sonrió al ver entrar a Gustavo, se acomodó en la silla, se quitó las gafas y encendió un cigarro. Estaba preparado para tener una conversación distendida con Gustavo.

- ¿Qué estás maquinando, Gustavo? De un tiempo a esta parte te veo raro.

Gustavo soltó una pequeña carcajada.

- ¿Raro, yo? ¿O la sociedad?

- Sí, pero sé que tú andas planeando algo, hoy seguramente no has hecho nada de tu trabajo. ¿Qué estás tramando?

- Bueno, jefe, yo solo quiero ser parte de ese 15% del que hablaron, y en estas últimas semanas me he estado preparando para ello.

- Eres un programador por naturaleza, programas tu vida como si fuera un programa informático. - ambos rieron. - ¿Sabes?, creo que el lunes estarás de vuelta aquí trabajando. Para mí, esto no pasará de ser una enorme payasada.

- Tal vez tenga razón, y será para mí un placer venir el lunes y darle la razón, pero en mi opinión es posible que esta sea la última vez que nos veamos.

Gustavo se levantó y extendió su brazo derecho para darle un apretón de manos a su jefe, quien dejó el cigarro casi terminado en el cenicero y se dirigió a Gustavo, fundiéndose ambos en un abrazo.

- Si esta es nuestra despedida, entonces quiero que sepas que ha sido un placer trabajar contigo, chaval.

- Para mí también, jefe. He aprendido mucho de usted. Gracias por todo.

Gustavo salió un poco emocionado del despacho de Viláres, con un nudo en la garganta. Esto no solo era debido a la despedida, sino también a dejar atrás una década de vida, un capítulo de su existencia que podría estar al borde de pasar a la historia. Mientras se dirigía hacia el lugar donde tenía estacionado su coche, recordó los buenos momentos que había vivido allí, sus compañeros y su contribución al municipio. Pensó que era una lástima que todo eso llegara a su fin, que quizás era una farsa y que la próxima semana todo volvería a la normalidad. Sin embargo, al recordar el atraco a la farmacia, el poder y la adrenalina que había sentido, supo que había llegado el momento de empezar a escribir un nuevo capítulo. Quería volver a sentirse poderoso, y no sería en el ayuntamiento donde lo lograría nuevamente.

Al llegar a casa, encontró a Marta terminando los preparativos para la partida. Gustavo comenzó a cargar las maletas en el coche. Una hora después, todo estaba listo y estaban preparados para partir. Cerró la puerta principal de su casa, guardó la llave en el bolsillo y, antes de subir al vehículo, le invadió de nuevo el pensamiento de que esa podría ser la última vez que vería su hogar. Imágenes de sus hijos correteando por todas partes, sus risas llenando cada rincón y algunos de los buenos momentos que habían compartido inundaron su mente. Sintió un nudo en la garganta y tuvo que respirar hondo y controlarse para no dejarse llevar por la emoción. Luego, se sentó en el coche, y se dirigieron a Lentiscais.

LA ESPERA

El viaje transcurrió sin problemas, y en poco menos de dos horas llegaron a su destino. Durante el trayecto, Gustavo notaba que Marta seguía alterada, nerviosa y con mucha ansiedad por reunirse con sus hijos. A lo largo del viaje, en más de una ocasión, llamó a sus padres que estaban en Barrancos para confirmarles que al día siguiente irían a Lentiscais y que no se olvidaran de llevar nada importante.

Llegaron de noche y el pueblo parecía que ya estaba descansando. No había nadie en la calle, pocas eran las luces que brillaban dentro de las casas y sólo en el centro social del pueblo se percibía algo de movimiento.

La localidad de Lentiscais tenía, en esa época, poco más de doscientos habitantes, la mayoría de los cuales eran personas de avanzada edad. El pueblo era antiguo, según consta, fundado por un grupo de pastores provenientes de la Serra da Estrela, que descendían de las montañas para encontrar pastos más adecuados para su ganado durante los duros inviernos. Poco a poco, se establecieron en el pueblo, que comenzó a aumentar gradualmente su población. De esos tiempos apenas quedaban dos vestigios: la patrona de la aldea, Nuestra Señora de la Estrella, y el apellido Serrano, que muchos de los habitantes y sus descendientes llevaban. A principios del siglo XX, la población del lugar superaba los mil habitantes, y todas las tierras circundantes estaban cultivadas. Sin embargo, con la llegada de las décadas de los 50 y 60, comenzó el éxodo rural y la emigración de gran parte de los jóvenes, que abandonaron el pueblo en busca de una mejor calidad de vida. A partir de entonces, la población fue disminuyendo y la escuela primaria, así como los bares, fueron cerrando. Solo sobrevivió el bar de la Casa del Pueblo, que también servía como centro social y centro de día para los ancianos. Ni siquiera había supermercados, y los habitantes tenían que ir hasta Castelo Branco, que estaba a unos veinte kilómetros de distancia, para hacer sus compras o esperar a los vendedores ambulantes que pasaban por allí a diario. La localidad dependía en gran medida de la ciudad más cercana, Castelo Branco, que era el único lugar con el que había una conexión de transporte público mediante autobuses. Apenas circulaban dos autobuses al día, uno temprano a las siete de la mañana y otro por la tarde a las diecinueve horas.

En los últimos años, se ha observado un aumento de la población durante los fines de semana, principalmente por parte de personas que viven en alguna ciudad, pero que escapan al pueblo los fines de semana en busca de descanso, pesca, caza o simplemente para disfrutar de la naturaleza. Esto ha llevado a un aumento en el número de segundas viviendas o casas de campo. El núcleo urbano era pequeño y se encontraba principalmente a lo largo de la carretera principal que lo atravesaba. La mayoría de estas casas eran antiguas y habían pasado de generación en generación, mientras que las que estaban alejadas de la carretera principal eran más recientes, y algunas incluso contaban con piscinas.

Cuando llegaron a casa, tanto los niños como los padres de Gustavo aún estaban despiertos. Todos estaban felices de estar juntos, y desde el exterior se oían sus voces alegres, risas y gritos de diversión de los niños. Esa noche se les permitió quedarse hasta bastante tarde en compañía de los adultos.

Al día siguiente, jueves, Gustavo tenía la idea de que podría producirse el ataque. Calculó esto porque "aquellos" habían tomado tierra el sábado y habían amenazado el viernes, por lo que el ataque tendría que ocurrir ese día. Marta estaba muy relajada y ayudaba a Antonia con la comida, mientras que Gustavo y Joaquim preparaban la habitación para los futuros inquilinos. Estaba previsto que sus suegros llegaran a la hora de comer.

El inmueble que Joaquim heredó de su padre había sufrido numerosas reformas. Originalmente, la casa se distribuía en dos pisos: en la planta baja se guardaba el ganado, y en la planta superior había unas cinco pequeñas habitaciones. La cocina y el cuarto de baño estaban separados de la casa principal. Cuando Joaquim la heredó, reformó por completo la planta baja, construyó un garaje para su coche, una sala de estar que raramente se usaba y un cuarto de baño con una bañera grande. En la planta superior, las cinco habitaciones se redujeron a tres, convirtiéndose en estancias más amplias y todas con ventanas que daban al exterior. La cocina seguía estando fuera de la zona principal, pero ahora era una cocina moderna y tenía un pequeño cuarto de baño adjunto. Entre la casa principal y la cocina, había un pequeño espacio de 30 m2 que albergaba una barbacoa, una pequeña piscina de plástico para que los nietos jugaran en verano y una hamaca donde Joaquim disfrutaba de sus placenteras siestas estivales. En la parte trasera había un patio de cincuenta metros de largo por quince de ancho que estaba medio abandonado. En el pasado, el abuelo de Gustavo lo usaba como huerto frutal, y aún quedaban algunos árboles que Joaquim regaba religiosamente. En el patio también se encontraba una pocilga y un gallinero que se habían deteriorado con el tiempo y la falta de uso, pero Joaquim se resistía a deshacerse de ellos.

Un poco antes de la una del mediodía, llegaron los padres de Marta. Habían venido, sobre todo, debido a la insistencia de su hija y porque María también quería hacer una escapada y salir de Barrancos. Pensaban que la sociedad estaba demasiado alterada y que no iba a pasar nada, por lo que llevaron pocas cosas, apenas un poco de ropa para el fin de semana y algo de carne de cerdo de la última matanza. La relación entre los consuegros era buena; eran de edades similares, y a las mujeres les gustaba cocinar, conversar sobre temas domésticos y sobre los nietos, mientras que los hombres, más callados, preferían principalmente beber vino y hablar sobre agricultura.

Esa tarde la pasaron entre la cocina y el único bar del pueblo, la Casa del Pueblo. Gustavo sacó tiempo para estar con Norton y hablaron sobre el inminente ataque, pero el resto del día fue tranquilo y no ocurrió nada. Por la noche, las tres parejas ocuparon sus respectivas habitaciones, y Alice y Diogo durmieron con sus padres en el mismo cuarto, en un viejo sofá cama que había en la casa.

El viernes por la mañana, Antonia volvió a pedirle a Gustavo que llamara a su hermano, ya que ella cada vez estaba más preocupada por su hijo y Hélder no daba señales de vida. Tenía mucho miedo de que le hubiera pasado algo. Gustavo le prometió que lo intentaría de nuevo esa misma tarde.

- ¿No podríamos hacerlo ahora? La cuestión es que hemos quedado con tus suegros para dar un paseo por algunos pueblos de aquí cerca...

- ¿En serio? ¿Cuándo?

- Después de comer. ¿No quieres unirte?

- Hemos venido aquí para estar a salvo de los peligros y de un inminente ataque. ¿Y me estás diciendo que quieres ir a dar un paseo?

- No nos vamos a meter en medio del jaleo, iremos a pequeños pueblos como Lentiscais, por salir un poco, Gustavo. Además, tus suegros creen que no va a pasar nada y empiezo a pensar que tienen razón.

- Ojalá que sea así, mamá, pero mis suegros viven en un mundo paralelo, donde en la Tierra nunca hubo dinosaurios, donde el hombre no proviene del mono y donde en la Luna no ha aterrizado ninguna nave - Gustavo bajó el tono de voz con cuidado para que sus suegros no lo oyeran.

- Vamos, déjate de prejuicios y haz la llamada de una vez por todas...

- Ahora mismo es madrugada en Ontario, cuando vengáis del paseo lo haré.

Antes de la hora de comer, Gustavo tenía algo importante que contarles. Había comprado varias gallinas y un cerdo, y era hora de llevarlos al patio. Sabía que a su padre no le iba a gustar la noticia, pero no podía ocultarlo por más tiempo. Finalmente, lo encontró solo en el patio, regando los árboles, y no perdió la oportunidad.

- Papá, he comprado unas cosas por si nos quedamos aislados que nos vendrían muy bien. - Gustavo habló con tono decidido, aunque por dentro temía la reacción de su padre. – He comprado unas cuantas gallinas y un pequeño cochinillo.

- ¡Qué! ¿Hablas en serio? - Joaquim dejó lo que estaba haciendo y miró sorprendido y disgustado a su hijo. - ¿Pero estás loco? ¿Qué harás con esos bichos? ¿Dejarlos aquí? Estás tirando el dinero por la ventana.

- Calma. ¿Cuál es el problema? El dinero es mío y los animales nos vendrán muy bien si finalmente ocurre el ataque, y si no, se los venderé a Norton, ya lo tengo todo apalabrado con él. - Gustavo trataba de defenderse y mentía con respecto a lo de Norton; sabía que si tuviera que deshacerse de ellos, iba a tener que dárselos a alguien del pueblo.

- Te estás tomando las cosas demasiado a la tremenda, Gustavo. Primero la comida enlatada y los aparatos solares, después los medicamentos y ahora los animales ¿No crees que estás perdiendo el control?

- ¿Perdiendo el control? La mitad de Lisboa y del mundo está en caos, hay una nave en la Luna que amenaza con destruir todo y vosotros estáis planeando dar paseos y, ¡yo soy el que está loco! Ojalá que el chalado sea yo y que no pase nada y el lunes todos podamos regresar a nuestras vidas, pero en el caso de que eso no ocurra, yo estaré preparado para un nuevo comienzo.

Se hizo el silencio, los dos concluyeron que se habían exaltado demasiado y Gustavo esperaba alguna palabra de su padre, quien se tomó un poco más de tiempo y después le dijo muy sereno:

EL BUEN DICTADOR I: EL NACIMIENTO DEL IMPERIO

- Deja aquí los animales, pero tranquílizate, estás llevando esto muy lejos. Estás un poco paranoico.

Cuando se fueron a comer, Gustavo percibió, por la expresión en el rostro de su madre, que ella ya sabía lo de los animales y su mirada denotaba desaprobación. Después de la comida, todos, excepto Gustavo, quien iba a acondicionar el gallinero y la pocilga para que los animales pudieran entrar, salieron a dar ese paseo. Intentó convencer a su esposa para que dejara a los niños con él, tenía miedo de que el ataque pudiera ocurrir en cualquier momento, pero Marta no le hizo caso y decidió llevarse a los niños consigo.

Poco a poco, Gustavo sentía que iba perdiendo credibilidad ante su familia; cuanto más tiempo pasaba y no se vislumbraba ningún ataque, ellos lo trataban como a un loco paranoico. Esta situación había empeorado con la llegada de sus suegros, quienes se burlaban de la ansiedad generalizada que se respiraba en la población.

Vio partir a su familia con dolor, esperando que nada ocurriera, ya que nunca se perdonaría haberles permitido salir, y sobre todo, no soportaría vivir sin sus hijos.

Toda la tarde estuvo con Norton; los dos prepararon el gallinero y la pocilga, y después trasladaron los animales desde el almacén hasta el patio de Gustavo. Era muy extraño volver a ver gallinas y cerdos en aquel corral después de tantos años. Mientras trabajaban, Gustavo expresó su preocupación a Norton.

- Empiezo a pensar que el ataque podría producirse dentro de unas semanas, o quizás en un mes o a lo mejor ni ocurra, Norton.

- No tiene ningún sentido lo que estás diciendo. Ellos informaron en su mensaje que iban a dar tiempo para que las familias se despidieran, y ya han pasado una semana. Pienso que es suficiente.

- Tú piensas que sí, pero son ellos los que mandan. Espero que todo este trabajo sirva para algo. ¿Has oído hablar sobre nuestro asalto en las noticias locales?

- Sí, cierto, me olvidé comentártelo. Salió una breve noticia en el Cronista de Castelo Branco, donde informaron que han ocurrido varios asaltos en estos últimos días, incluido uno en la farmacia, pero sin víctimas y con pocos daños materiales. La policía está tras ellos y buscando pistas.

- ¿Crees que podrán dar con nosotros?

- Lo veo difícil, el plan salió a la perfección. Si alguien nos vio salir, podríamos tener algún problema, pero faltan las pruebas. Además, fue un pequeño e insignificante crimen en medio de toda esta actual situación catastrófica.

Después de terminar el trabajo, los dos fueron hasta la Casa del Pueblo a tomar unas cervezas y a ver quién estaba por allí. La Casa del Pueblo era un edificio de dos pisos, bastante grande, que había sido construido a principios de los años 80. La planta baja estaba ocupada por el bar, pero tenía numerosas y diversas utilidades, como la celebración de comidas y cenas especiales para los socios o residentes, reuniones, fiestas, pequeños conciertos e incluso se impartían clases de gimnasia para las personas mayores. En la planta de arriba se encontraban las oficinas, tanto de la Comisión de Apoyo a Lentiscais como del Centro de Día.

La Comisión de Apoyo a Lentiscais era una asociación de habitantes y socios cuyo objetivo era mejorar la calidad de vida en el pueblo y representar a la población ante el Ayuntamiento de Castelo Branco. Sus representantes eran elegidos mediante votación.

En la parte trasera, había un pequeño terreno con algunos olivos y otro edificio, el Centro de Día. Este era más pequeño y estaba principalmente destinado a brindar apoyo a la población de mayor edad en sus problemas diarios.

Después de haber saludado a las personas que estaban en el bar, Norton y Gustavo se sentaron en una mesa junto con otros hombres que se encontraban en el local. Había algunos clientes más, y se notaba, por el ir y venir de los vehículos, que más gente estaba llegando al pueblo. A pesar de que los fines de semana solían aumentar el número de turistas, era una incógnita si en este en particular se daría la afluencia habitual, ya que la mayoría de las gasolineras estaban cerradas, lo que dificultaba el desplazamiento de los vehículos. Sin embargo, la posibilidad de escapar de lo que estaba ocurriendo en las ciudades y trasladarse a un lugar como Lentiscais resultaba muy atractiva. En el bar, las conversaciones solían ser las mismas: caza, pesca, agricultura y fútbol eran los temas favoritos de los lugareños, pero ahora también se sumaban los aumentos de asaltos, la inseguridad ciudadana y la posible dificultad de abastecimiento que podría surgir si no se volvía a la normalidad.

EL BUEN DICTADOR I: EL NACIMIENTO DEL IMPERIO

No hubo ningún ataque, y Gustavo volvió a casa cabizbajo y un poco ebrio, pensando en la posibilidad de que sus suegros quizás tenían razón: nada iba a pasar, que la gente estaba paranoica y que la culpa era de Internet y del exceso de información que solo servía para alarmar a la gente. Al llegar a casa, se encontró a toda la familia preparándose para cenar; venían animados del paseo, y sus hijos estaban felices y maravillados por ver un cerdo y gallinas en el patio. Su madre le pidió que hiciera la llamada a Hélder, y Gustavo asintió y fue en busca del ordenador.

Este esperaba encontrarse de nuevo a su antipática cuñada al otro lado de la línea dándole respuestas evasivas o directamente que no le contestara, pero para sorpresa de todos, su hermano atendió rápidamente el teléfono.

- ¿Hélder, eres tú?

- Sí, Gus. ¿Cómo estás? ¡Cuánto tiempo!

Gustavo estaba sorprendido, no sólo por conseguir contactar con su hermano, sino también por parecerle que estaba de buen humor y radiante.

- Bien, hermano, ya echaba de menos hablar contigo. ¿Cómo estás?

- Estoy bien, aquí todo está un poco revolucionado, con motines en las principales ciudades, pero yo vivo en una pequeña localidad y de momento estamos seguros.

Luego le tocó el turno a su madre, quien no logró ocultar la emoción de poder hablar con su hijo, y Gustavo se quedó aún más sorprendido cuando Hélder les pidió que quería conversar también con Joaquim y su sobrino Diogo. Al terminar la llamada, todos estaban desconcertados por el comportamiento de Hélder. A pesar de que podía pasar meses sin dar noticias, de pronto demostraba una alegría inmensa al comunicarse con su familia. Era evidente que el ambiente en esa casa estaba lleno de alegría y satisfacción, de relajación y amistad. El único individuo discordante era Gustavo, quien veía pasar otro día más sin ningún ataque, y en las noticias comentaban que poco a poco la sociedad se iba tranquilizando. No estaba feliz, estaba preocupado porque no sucediera, o peor aún, que el ataque ocurriera mucho más adelante. La presencia de sus suegros tampoco ayudaba; no le gustaban, los consideraba demasiado simples e ignorantes, y las constantes burlas con las que lo ridiculizaban por sus compras lo estaban llevando al borde de un ataque de nervios.

Gustavo durmió muy mal por la noche, y cuando se despertó por la mañana, todo seguía igual; la única diferencia era la lluvia que caía. Durante todo el día miraba al cielo esperando que algo ocurriera, pero del cielo apenas caían unas gotas que hacían que el olor proveniente de la tierra fuera distinto. La televisión informaba de que las tiendas, los centros comerciales e hipermercados estaban empezando a abrir en Lisboa, y en el resto del mundo la situación se estaba calmando. Marta habló por teléfono con su jefe, y este le dijo que el lunes iban a retomar la producción. Así, Marta anunció a su marido que al día siguiente tendrían que volver a casa. Sus suegros ya empezaron a hacer las maletas; ellos también se irían el domingo por la mañana a Barrancos. Solo les quedaba ir a visitar a una prima de María en Castelo Branco, y después partirían hacia su hogar. Gustavo se sentía derrotado, no podía hacer nada para que su familia siguiera allí, y además estaba decepcionado con los extraterrestres por haber lanzado una amenaza y no cumplir con ella. Al mismo tiempo, ya no soportaba las bromas de sus suegros sobre los animales que criaba en el patio.

- Ahora ya puedes llevarte el cochinillo a tu casa en Lisboa y hacer un corral en tu jardín. ¡Seguro que tus vecinos nunca han visto un cerdo vivo!

- En el jardín no, ¡en la bañera queda mejor! - decía su suegro sin conseguir terminar la frase, tronchándose de risa.

Fue un día largo y triste para Gustavo, pero al final consiguió convencer a Marta para salir de Lentiscais el lunes temprano en lugar del domingo. Esa noche nuevamente durmió muy mal; la idea de volver a trabajar el lunes le producía insomnio. Intentó encontrar alguna lógica posible para la demora del ataque y concluyó que posiblemente la noción del tiempo cambia de especie a especie, de planeta a planeta, y que si tenía que ocurrir ese ataque, sería imposible predecir el momento.

El domingo por la mañana, casi todos se dedicaron a hacer las maletas para retomar sus vidas cotidianas. Sus suegros iban a visitar a una prima de Maria por la mañana y después volverían para la hora de comer, y entonces partirían de nuevo a Barrancos. Gustavo y Marta también aprovecharon para empezar a recoger la ropa y los juguetes de los niños.

Marta se fue en coche con sus padres a visitar a su pariente en Castelo Branco, mientras Gustavo daba el desayuno a sus hijos. Después de encargarse de sus nuevos animales domésticos y alimentarlos, pensaba en encontrar una solución para ellos en los próximos días. Decidió que les daría a Norton o a Zeca. Salió del patio y se dirigió a sus tierras, que estaban a poco más de diez minutos a pie. Allí, se sentó entre sus alcornoques, posiblemente su lugar preferido, y en silencio escuchó, como siempre, el agua corriendo por el Río Ponsul y los pájaros cantando a su alrededor. Miró sus alcornoques y confirmó lo bonitos y saludables que estaban, que la lluvia que había caído el día anterior había sido beneficiosa para ellos. Pero por mucho que intentase contemplar y disfrutar de esa naturaleza, su mente automáticamente regresaba a lo que pensaba que iba a suceder. Iba a regresar al ayuntamiento de Vila Franca, a su rutina; tendría que enfrentarse al concejal, y esta vez él estaría en total desventaja. Regresaría a su vida de penoso funcionario y a su matrimonio fracasado. La creación de la lista le había inyectado un poco de adrenalina, esperanza en algo nuevo, un cambio, y ahora, estaba allí, en uno de sus lugares favoritos, para confirmar que había fallado. Que la poca emoción que le habían provocado sus suposiciones lo había llevado a la exageración, a malgastar demasiado dinero, a poner en riesgo su puesto de trabajo y, peor aún, a arriesgar su libertad después de un atraco innecesario.

Mientras estaba inmerso en estos pensamientos, vio que su padre abrió la vieja verja de la propiedad y se acercó a él. Gustavo suspiró y pensó que era el momento de tener que escuchar a su viejo padre darle una lección sobre la vida, sobre aceptar los errores y no entrar en paranoias ni excesos, y no le apetecía nada. Había ido hasta ese lugar para estar solo y ahora tenía que escucharlo, dándole un sermón sobre el sentido común.

Joaquim se acercó a él, y cuando estaba a poco más de cinco metros de Gustavo, se escuchó una explosión a lo lejos. Sintieron vibrar la superficie como si fuera un terremoto. Ambos miraron en dirección a Castelo Branco y vieron una enorme nube de polvo emergiendo del suelo y, en lo alto, sobrevolando, una diminuta nave. Los estruendos se sucedieron de forma vertiginosa y la nave desapareció entre la escoria que cubría toda la extensión de la ciudad de Castelo Branco, elevándose cada vez más alto. Sorprendentemente, había un avión que intentaba alejarse de la nube de polvo, pero fue alcanzado por una especie de rayo y perdió el control, precipitándose muy lejos del lugar donde ambos se encontraban. Gustavo recordó su sueño y en ese momento sintió un *déjà vu*. Todo ocurrió tan rápido que no tuvieron tiempo de reaccionar, y solo cuando sintieron que la situación se calmaba, los dos empezaron a correr en dirección a casa.

EL BUEN DICTADOR I: EL NACIMIENTO DEL IMPERIO

VOLVER A EMPEZAR

EN LAS CALLES, LOS ciudadanos parecían incrédulos ante lo que estaba sucediendo. Tenían todo tipo de reacciones, desde aquellos que lloraban y gritaban de horror, hasta los que se mantenían callados y observaban la enorme nube que cubría la ciudad de Castelo Branco en el horizonte. Gustavo corría a gran velocidad en dirección a su casa, seguido mucho más atrás por su padre. Se sintió aliviado al ver que su hijo estaba bien; montaba en bicicleta acompañado de otro amigo, mientras miraban en dirección a la nube de polvo. En el patio, Alice jugaba con las flores y pequeñas piedras, sin dar la menor importancia a lo que estaba sucediendo, mientras Antonia rezaba y lloraba desconsolada, agarrando fuertemente un crucifijo en su mano. Gustavo pensó en Marta, se inquietó al recordar que ella podría estar en Castelo Branco, y rápidamente, en un reflejo automático, cogió su móvil e intentó llamarle. Pocos segundos después, se percató de que no tenía cobertura, posiblemente no volvería a tener cobertura y probablemente tampoco habría electricidad.

Pasaron unos minutos y Gustavo continuaba en el patio, tratando de asimilar todo lo que le rodeaba, pero su mente iba lenta, no reaccionaba, no sabía qué hacer, hasta que Norton apareció en el coche que habían utilizado días atrás para robar en la farmacia.

- ¿Quieres venir a Castelo Branco y ver esto más de cerca? - le preguntó Norton desde el interior del coche, acompañado por Zeca en los asientos traseros.

- Vale, ¡vamos!

Gustavo se despidió de sus padres e hijos prometiendo volver pronto, indicando que iba a buscar a Marta y a sus suegros. Éstos, muy trastornados emocionalmente, le pidieron que anduviera con mucho cuidado.

Durante el viaje, Zeca no podía ocultar su alegría por el suceso; hablaba muy alto y eufórico sobre lo que habían preparado, porque sabía que con ello iban a tener más posibilidades de sobrevivir. Gustavo percibió que Norton estaba triste y preocupado, puesto que no compartía la misma alegría de Zeca. Seguramente en Castelo Branco viviría alguien muy importante para él, y lo más probable es que estaría angustiado por sus padres, que estaban en París y habían declinado la idea de ir a Lentiscais.

- Zeca, mi mujer estaba en Castelo Branco cuando todo esto pasó, es posible que yo ahora me haya convertido en un hombre viudo. Quizás, todos nosotros hayamos perdido familiares, amigos y conocidos.

Fue entonces cuando Zeca se dio cuenta de que sus dos compañeros no estaban tan eufóricos como él. Pensó un poco en las palabras de Gustavo y no consiguió recordar a nadie a quien fuera a echar de menos. La carretera hasta Castelo Branco estaba desierta; habitualmente no circulaban muchos vehículos, pero, en ese momento, parecía que ellos eran los únicos en ella. A mitad del camino hicieron una parada, observaron el Río Ponsul y notaron algo extraño en él. Normalmente, el río era ancho y tenía un caudal grande, y corría lentamente, pero en ese momento, estaba más estrecho y bajo, como si fuera un río con rápidos.

- ¿Qué ha pasado aquí? - preguntó Zeca.

- Seguro que han destruido la presa de Monte Fidalgo - contestó Norton.

Reanudaron el viaje con la incertidumbre de lo que se encontrarían. De camino a Castelo Branco se cruzaron con dos vehículos, sus ocupantes hicieron señales con las manos y gritaban para alertarles de que no fueran en dirección a la ciudad. Se palpaba la tensión dentro del coche que iba aumentando según se aproximaban a Castelo Branco.

Al dar una curva, Norton detuvo el automóvil. Frente a ellos, encontraron los límites de la ciudad, pero esa ciudad ya no existía; en su lugar, había una enorme polvareda, una especie de niebla que no permitía ver absolutamente nada. Esa niebla no se movía, estaba inerte, como una barrera blanca que iba desde el suelo hasta las nubes. Era impresionante y a la vez estremecedor. Después de varios minutos mirando eso, Gustavo decidió avanzar muy despacio; los otros dos se quedaron detrás paralizados, suplicándole que tuviera mucho cuidado. Cuando intentó avanzar por la polvareda blanca, le llegó un olor nauseabundo, y repentinamente, sus ojos empezaron a arder y dejó de respirar oxígeno. Involuntariamente comenzó a toser, y sus dos compañeros fueron a socorrerlo. Lo sentaron en una piedra que estaba detrás de ese lugar para que pudiera recuperarse, y juntos, se quedaron mirando aquel fenómeno blanco como si fuera un espectáculo terrible.

EL BUEN DICTADOR I: EL NACIMIENTO DEL IMPERIO

En ese instante, Gustavo se dio cuenta de que el mundo que él conocía había desaparecido; acababa de presenciar la mayor matanza de toda la historia. Centenares de miles de ciudades estarían cubiertas por ese humo blanco. Nada volvería a ser igual; el planeta Tierra había sido atacado. Se acordó de Marta y una lágrima le rodó por el rostro, más por la madre de sus hijos que por su esposa. A partir de ese momento, sus hijos crecerían sin madre. Le brotaron más lágrimas por sus amigos de Cacém, por sus compañeros de Vila Franca, por Eva y por su hermano. Poco a poco, se fue recomponiendo y más tarde se acordó de que también sus suegros estarían muertos. Pensó en la posibilidad de que ellos, quizás en sus últimos momentos, se hubieran acordado de él y le habrían dado la razón en haber comprado todo aquello. Imaginó que ese tal vez habría sido el último pensamiento de aquellos dos seres: 'Gustavo tenía razón'. Se acordó también del concejal Antunes y soltó una pequeña carcajada. Su humor empezó a cambiar; aquello ya formaba parte del pasado y a partir de ese momento, había que construir un nuevo futuro. Iba a planear el mejor posible, sobre todo por sus hijos. Era momento de ponerse manos a la obra para sobrevivir.

De regreso a Lentiscais, su mente estaba inmersa en las tareas que tenía por delante. Al llegar a casa, constató que ya no había agua saliendo de los grifos y tampoco había corriente eléctrica. Comenzó a instalar sus aparatos de energía renovable en la vivienda y el patio. Esa tarde, estaba decidido a crear un vivero en el patio para germinar semillas y comenzar a producir alimentos. Su determinación y dedicación llamaron la atención de sus padres en un momento dado.

- Para un poco, haz un poco de luto por tu mujer. ¡Parece que estés contento de que esto haya sucedido!

Estas dos frases de sus padres hicieron que Gustavo se sintiera en posición de responder a todas esas humillaciones y acusaciones de negligencia que le habían hecho durante ese fin de semana.

- Mis queridos padres - empezó Gustavo con tono cínico - Lo primero que ustedes tendrían que hacer es agradecerme por estar vivos. Yo los traje aquí, yo me tomé el trabajo de hacer una lista y comprar todos los alimentos que seguramente vayamos a consumir en los próximos días. Yo compré estas gallinas y el cerdo para nosotros, yo compré los métodos para crear energía, gasolina, agua, medicamentos, etc. Lo que han hecho durante todo este tiempo es tomarme el pelo, reírse con los chistes de mis suegros por las cosas que yo compré y que ahora valen oro. Yo no me he ido de paseo por ahí a ver puebluchos, yo he estado preparándome para esto. Soy vuestra única posibilidad para sobrevivir y, por supuesto, yo no quería que esto pasara, pero no podía hacer nada más de lo que hice, proteger a los míos. Y, por favor, madre, no me hables de luto, porque lo que hay que hacer es empezar a trabajar para tener comida en la mesa y no andar llorando por las esquinas, sobre todo por Marta y sus padres. Ellos fueron avisados por mí de los peligros que corrían, pero claro, yo era el loco, el obsesionado, el paranoico... La solución ahora está en la organización y lo que espero de vosotros es apoyo

Después de ese discurso, sus padres se quedaron paralizados intentando asimilar todo lo que su hijo les había dicho. Tuvieron un cierto recelo de la forma en que él estaba manejando la situación, parecía feliz por el ataque, pero creyeron que él posiblemente tenía razón; con él aumentaban claramente las posibilidades de supervivencia.

Los días iban pasando en el pueblo, y la población residente sabía que la solución para la subsistencia de cada uno estaba en la agricultura, en la caza y en la pesca. Las tierras que habían sido abandonadas tiempos atrás o dedicadas a la producción forestal estaban siendo ahora explotadas por los habitantes que intentaban sacar cualquier provecho de ellas. Las noticias que llegaban apuntaban a que las principales ciudades del país ya no existían. Solo los pequeños pueblos como Lentiscais habían sobrevivido.

Gustavo organizó todo conforme a sus ideas y reglas. Antonia se quedaría a cargo de la casa, de los nietos y alimentaría a los animales. Gustavo y Joaquim trabajarían en el campo, intentarían cultivar sus tierras con batata, trigo, avena, centeno, habas, calabaza, entre otras cosas, y en el vivero tendrían especies como pepinos, lechuga, fresas, guisantes, etc. Además, junto con Norton y Zeca, estaban intentando instalar paneles solares en los tejados de sus respectivas casas para obtener electricidad; y lo consiguieron poco tiempo después

Obviamente, la obtención de electricidad, así como un vivero bien cuidado con innumerables semillas, llevó a mucha gente del pueblo a acercarse a la casa de Gustavo en busca de algo a cambio. Gustavo empezó a comercializar las semillas, y con la ayuda de la electricidad, la producción subió vertiginosamente. Esa riqueza de producción también trajo envidias por parte de algunos, pero Gustavo, desde el principio, intentó ser justo con todos y proporcionaba sus productos y servicios a cambio de cualquier cosa, desde pan, huevos, vino, fruta, verduras, quesos, etc. Muy raramente aceptaba dinero; prefería bienes de consumo. Poco a poco, su patio se convirtió en un centro de negocios, una especie de pequeño mercado, donde el dinero tenía cada vez menos valor.

Norton y Zeca, que también tenían paneles solares en el tejado y como consecuencia disponían de energía, vivían mucho mejor que el resto de los habitantes. Los tres amigos guardaban dos paneles solares que les habían sobrado, pero Gustavo les hizo prometer que no iban a revelar a nadie su existencia, él tenía un plan trazado para cada uno de ellos

El pueblo tenía varios problemas básicos; por ejemplo, el depósito de agua existente había dejado de distribuir agua debido a la falta de electricidad, y la gente había ido a buscarla a las antiguas fuentes que anteriormente habían servido de abastecimiento para la población. Solo a finales de los años 80 del siglo pasado fue cuando el pueblo cambió las fuentes por agua canalizada. El problema era que después de tantos años de haber sido abandonadas, en ese momento estaban secas y sucias de lodo, y era necesaria la ayuda de todos para volver a obtener agua de esas fuentes. Otra dificultad añadida era la falta de combustible, lo que conducía a que cada vez más tractores quedaran aparcados en cualquier rincón. Además, disponían de pocos burros y carretas para transportar los materiales. Por otra parte, apenas había ganado bovino en el pueblo, por esa razón toda la leche que se obtenía era de cabra. Para agudizar más los problemas, muchas casas y tierras estaban siendo ocupadas sin reglas ni normas; como el dueño no se encontraba en la localidad, había una especie de ley del más rápido y más fuerte. Por todas estas razones, la Comisión de Apoyo a Lentiscais, por orden de su presidente Jorge Proença, emitió una nota para convocar una reunión extraordinaria para todos los residentes que estuvieran interesados.

Jorge Proença era un hombre que ya habría cumplido los setenta años y había sido el fundador de la comisión hace veinte años, además de su presidente desde entonces, elegido por los socios cada cuatro años. Conocía a todos los vecinos del pueblo y todos lo conocían a él. Durante toda su vida, había trabajado en el ayuntamiento de Castelo Branco; comenzó como barrendero de calles, pero como persona ambiciosa e inteligente, estudió y fue ascendiendo de categoría hasta convertirse en inspector de obras. Se aprovechó de su cargo para cobrar ilegalmente algún dinerillo extra de los contribuyentes, además de obtener favores, según se murmuraba. Se casó con una mujer también originaria de Lentiscais, y siempre vivieron en el pueblo en una villa sencilla y cómoda, donde criaron cuatro hijos. La creación de la comisión fue, para él, un proyecto con dos objetivos fundamentales: el primero de ellos, ayudar al desarrollo de la localidad, y el segundo, relacionarse con la clase política de Castelo Branco y ganar autoridad dentro del Partido Social Demócrata, del cual era militante. Como presidente de la comisión, Proença era el centro de numerosas críticas por parte de la población, sobre todo por su pasividad y personalidad turbia; se comentaba que algunos fondos que recibía del ayuntamiento eran destinados para uso particular. Sin embargo, nunca se presentó nadie como oponente contra él en las urnas. Hace diez años quedó viudo, y en la actualidad convivía con una hija soltera que se había quedado a vivir allí con él. Los demás hijos se mudaron o bien a Lisboa o a Castelo Branco, por lo que todos habrían muerto en el ataque. La muerte de sus descendientes sumió a Proença en un estado de tristeza profunda, estaba hundido y deprimido. Todo su patrimonio, conseguido con gran esfuerzo, sería entregado a su única hija soltera, la cual nunca había mostrado gran interés en las propiedades de su padre. Con el paso del tiempo, Proença pensó que era hora de que la comisión se pusiera manos a la obra y asumiera un papel importante para establecer orden en la situación actual del pueblo. Creyó que esta sería la mayor y tal vez la última contribución a su tierra natal y decidió solicitar una reunión extraordinaria donde él mismo sería la figura del líder sabio que llevaría la tranquilidad y el sentido común a la población. Además, pondría fecha a las nuevas elecciones para la dirección, donde él estaría dispuesto a no volver a presentarse como candidato en el caso de que hubiera alguien más joven y que él viera con la capacidad de liderar suficiente, todo ello con la condición de que él se quedara en un segundo plano, dando sus sabios consejos como persona muy vivida y con mucha experiencia.

Cuando Gustavo supo de la futura reunión, se mostró bastante interesado en su realización. Quiso saber los detalles de la misma y leyó varias veces las normas internas de la comisión. Según la nota que Proença había dejado, pidió que colaboraran con ideas y propuestas para mejorar la relación y comunicación entre todos. Eso hizo que Gustavo, poco a poco, empezara a diseñar un discurso con sus ideas. Primero las escribió y con el paso de los días fue incluyendo frases y mejorándolo. Después, se obligó a memorizarlo de forma que pareciera que todo aquel discurso era natural y fruto de la espontaneidad.

Aunque Gustavo compartiera muchas de las dificultades de sus vecinos, su vida era claramente más fácil. El hecho de tener electricidad cambiaba radicalmente su situación, además de contar con abundantes alimentos enlatados y una buena reserva de agua potable. Sin embargo, él también tenía problemas: no tenía ni tractor, ni burro, ni buey, lo que implicaba que le resultaba difícil cultivar la tierra y transportar el material agrícola. Fueron estos obstáculos los que le hicieron pensar en entrar en contacto con Afonso Serrano

Afonso Serrano era un ganadero de bovinos de un pueblo vecino de Lentiscais llamado Alfrivida. Era dueño de una explotación pequeña, pero le servía para producir y vender leche y carne en el mercado de Castelo Branco. Tanto él como su hijo vivían del negocio y, obviamente, en ese momento, como todos, intentaban adaptarse a los nuevos tiempos. Al conocer la existencia de esta explotación, Gustavo decidió hacer una visita a Afonso, acompañado por Norton, en un corto viaje de siete kilómetros. Gustavo, que le quedaba poca gasolina, tenía esperanzas de obtener grandes resultados con este contacto. Alfrivida era un lugar un poco más pequeño que Lentiscais, con apenas ciento cincuenta habitantes, y la gente vivía con los mismos inconvenientes, con la excepción de que en ese pueblo había una mayor concentración de ganado bovino

Cuando Gustavo y Norton llegaron a la explotación, Afonso estaba en compañía de su hijo Pedro en la puerta y se sorprendieron al ver a alguien circulando en coche. El asombro no tardó en convertirse en desconfianza al ver que los dos salían del vehículo y se dirigían hacia ellos. Solo cuando estaban a menos de cinco metros, Pedro reconoció a Norton y de la desconfianza volvieron a pasar de nuevo al asombro.

- ¿Qué haces aquí, Norton? - y le extendió la mano para saludarlo.

- Vengo a presentarte a un amigo y a haceros una propuesta.

Antes de entrar a hablar de negocios los cuatro se quejaron de la situación que estaban viviendo, de la humanidad, de los incontables peligros que les acechaban y de la falta de bienes de primera necesidad.

- Tanto Norton como yo disponemos de electricidad en nuestro hogar. Sé que puede parecer mentira, pero es la más pura de las verdades y para demostrarlo sería todo un placer llevaros hasta Lentiscais y lo vierais con vuestros propios ojos. Allí podríamos tomarnos una deliciosa cerveza fresca

- ¿Y por qué habéis venido aquí? - preguntó Pedro, que era un hombre de la misma edad que Gustavo y muy perspicaz para los negocios.

- Nosotros tenemos un panel solar lo suficientemente grande como para proporcionar electricidad a vuestra casa, y lo que os pediríamos a cambio sería un poco de vuestro ganado.

Gustavo fue directo al grano y, en poco tiempo, Pedro y él se entendieron perfectamente. Su complicidad era tal que parecían conocerse de antes. Pedro Serrano era el tipo de persona que no encajaba en aquel pueblo. Con una carrera de Ingeniería Agrícola, divorciado y con un hijo viviendo con él, tenía una banda de rock con la que tocaba los fines de semana en bares y festivales de poca monta. Vestía casi siempre de negro, llevaba la cabeza rapada y poseía una cultura muy superior a la media de cualquier portugués. Esa propuesta, la consideró Pedro, no solo como una oportunidad de negocio, sino también como la ocasión de salir de su momentánea vida banal. Subieron al coche y fueron a confirmar todo lo que les habían contado. Para Pedro, que apareciera Gustavo de la nada, fue como una brisa marítima en pleno verano sofocante. Harto de estar siempre con la misma gente, vio en él a una persona de su misma especie.

Cuando llegaron a la casa de Gustavo, tanto Afonso como su hijo no consiguieron ocultar su admiración por la cómoda forma en la que vivía su familia. Disponían de luz en toda la casa, con capacidad para alimentar ordenadores, un frigorífico, un congelador, un microondas, una lavadora y todas las comodidades que ellos habían tenido anteriormente, además de un vivero que funcionaba con la ayuda de la electricidad. Después de haber obtenido la reacción que esperaba de sus visitantes, Gustavo puso las cartas sobre la mesa.

EL BUEN DICTADOR I: EL NACIMIENTO DEL IMPERIO

- Yo os ofrezco un panel solar con la misma capacidad que el mío, y seré yo personalmente quien os lo instale y a cambio quiero dos vacas y dos bueyes.

- ¡Tanto las vacas como los bueyes valen más que ese panel! - habló Pedro.

- Antes del ataque sin duda lo valían, pero ahora ya no. Mirad, yo tengo algo valioso, distinto y preciado en estos tiempos y vosotros tenéis ganado bovino que puedo conseguir en cualquier otro pueblo.

Pedro sabía que no podía dejar escapar la oportunidad de hacer negocio con Gustavo, sabía que éste tenía razón y no quería entrar en una negociación muy compleja. Así que, en poco tiempo, llegaron a un acuerdo. Además de las dos vacas y dos bueyes que Gustavo pidió a cambio, consiguió también un arado y una carreta. A cambio, le dio algunos medicamentos que no utilizaba y una escopeta del inmenso arsenal preparado por Zeca. Pero lo más importante de aquel encuentro fue la amistad y la confianza que creció de una forma muy natural entre Gustavo y Pedro. Los dos hablaron de crear una unión entre los dos pueblos, en forma de cooperativismo, para que saliesen del aislamiento en el que estaban confinados. Gustavo invitó a Pedro a la reunión de la comisión, de manera que pudiera escuchar algunas ideas que él y sus camaradas tenían en mente.

Con el intercambio realizado, Gustavo disponía ya de un conjunto de bueyes que podían sustituir a los tractores en su labor. Sabía que sería cuestión de tiempo que la gasolina se terminara y a partir de ahí iba a sacar provecho de esos animales. Trataban a las vacas como si estuvieran en alguna localidad de la India, eran sagradas. Bien temprano, por las mañanas, Joaquim las ordeñaba, proceso que Gustavo intentaba aprender. Más tarde, aparecían varias personas del pueblo para hacer algún trueque. Gustavo nunca decía que no a nadie. Él mismo daba leche gratuitamente a familias, sobre todo si tenían niños. Tanto para el negocio de la venta de la leche como para el alquiler de los bueyes, Gustavo no era un buen negociante y no tenía ganancias, pero su objetivo era bien distinto. Tenía en mente una especie de favores por interés, o sea, en ese momento sufría pérdidas en el intercambio, pero cuando él lo necesitase, iba a querer ese favor retribuido y de vuelta. Siempre le decía lo mismo a la gente: "cuando necesite de ti, no me fallarás, ¿verdad?" o "hoy por ti, mañana por mí".

A quien no le gustaban mucho esas negociaciones era a Zeca, su socio junto con Norton. Para Zeca, ellos estaban siendo ingenuos y pensaba que podían ganar más dinero o bienes materiales con aquellos animales, pero Gustavo lo convencía siempre diciéndole que iban a recibir todo con intereses y que ese momento estaba muy cerca.

Gustavo, que siempre había pasado inadvertido en el pueblo, era ahora posiblemente el hombre más influyente de él. Cuando entraba en la Casa del Pueblo, siempre había alguien que deseaba hablar con él sobre algún trueque, hacerle algún encargo o pedirle algún consejo. Se sentía a gusto en esa posición y aspiraba aún a más, tenía en su mente un plan bien estructurado para su futuro y para el del pueblo. Poco a poco fue conociendo y ganándose la confianza de las personas más importantes de la localidad. Sentía que todo iba sobre ruedas y el gran golpe iba a ser dado en la próxima reunión de la Comisión de Apoyo a Lentiscais.

Su día a día era duro y laborioso. Cada mañana, muy temprano, ayudaba a su padre con las vacas y realizaba intercambios con personas que buscaban leche o productos del vivero. Luego, se dirigía a sus terrenos y trabajaba con los bueyes, o si estos habían sido alquilados a terceros, se ocupaba del cultivo de nuevos vegetales o semillas, arrancaba malas hierbas o regaba los cultivos, ya que era verano y hasta el momento estaba siendo bastante seco y caluroso, como era habitual en esa zona. Después de regresar a casa y darse un buen baño con el agua de la fuente, intentaba enseñar a sus hijos algunas lecciones escolares usando sus libros, sobre todo al mayor, Diogo. Por las noches, después de cenar, solía ir a la Casa del Pueblo, donde se reunía con la gente local, y generalmente terminaba hablando hasta bien tarde sobre sus planes de futuro con Norton.

Sus padres se sentían orgullosos del comportamiento de su hijo y de la atención que les prestaba. Con el aumento del volumen del negocio, tanto Antónia como Joaquim se quedaban en casa cuidando de los animales, del vivero y, obviamente, de sus nietos. Ocasionalmente, Joaquim también ayudaba a Gustavo con los trabajos agrícolas. Sin embargo, tenían una duda que los consumía: Gustavo guardaba una enorme cantidad de medicamentos que era imposible que hubiera conseguido de manera legal. Un día, cuando vieron que estaba de buen humor y hablador, le preguntaron sobre el origen de esos medicamentos, y Gustavo les dio una respuesta sin mucho sentido y cambió rápidamente de tema. Fue entonces cuando sus padres confirmaron sus sospechas; había algo oscuro en la adquisición de esos medicamentos, y decidieron no importunarle más con preguntas. De cualquier manera, estaban agradecidos por tanta dedicación a la familia, ya que él había logrado tanto.

Además de Alfrivida, había otros dos lugares cercanos a Lentiscais que habían sobrevivido al ataque: Malpica do Tejo y Monforte da Beira. El primero se encontraba a doce kilómetros al sureste de Lentiscais y era el pueblo más grande de los vecinos, con quinientos habitantes. Era el único que tenía ayuntamiento y un pequeño puesto de la Guardia Nacional Republicana (GNR). Contaba con una mina de hierro que había sido desactivada hacía poco tiempo. Tanto el alcalde como el comandante del puesto de GNR se encargaban de su administración, y habían logrado mantener la paz en el lugar mientras intentaban adaptarse de la mejor manera posible a los nuevos tiempos. Su principal problema era la escasez de bienes básicos como alimentos y medicamentos. También sufrían abusos por parte de los militares de la GNR, con la complicidad del alcalde. Ambos se habían adueñado de las tierras, reservando las mejores parcelas para ellos y sus familias.

El otro pueblo, Monforte da Beira, enfrentaba problemas aún más graves. Estaba ubicado a dieciocho kilómetros al noreste de Lentiscais y a trece kilómetros al norte de Malpica, con una población de cuatrocientos habitantes, completamente dividida. Por un lado, se encontraba la comunidad gitana, que se había establecido allí varios años atrás y su número seguía creciendo. Tras el ataque, un grupo de gitanos que vivía cerca de Castelo Branco y que había sobrevivido se unió a la comunidad gitana de Monforte, llegando a representar el 35% de la población. Se quejaban de que las mejores tierras estaban en manos de los no gitanos y que la distribución de tierras se había hecho de manera injusta y racista, lo que aumentó la tensión entre los dos grupos. Los no gitanos acusaban a los gitanos de robar animales y alimentos durante la noche, mientras que los gitanos argumentaban que todo esto era un complot para difamar su imagen. Durante el día, la tensión entre los dos grupos era palpable y estaba llevando al pueblo al borde de una posible guerra civil.

LA REUNIÓN

PASÓ UN MES Y LA SITUACIÓN de Gustavo en Lentiscais no cambió. Todos intentaban adaptarse lo mejor posible a la nueva realidad y buscar alimentos para sobrevivir. La fecha de la reunión programada por Proença, que Gustavo había esperado con ansias, finalmente se acercaba, y él ya tenía su discurso preparado. Lo había practicado en numerosas ocasiones: mientras realizaba sus tareas agrícolas, cuando iba a buscar agua a la fuente o cuando se miraba en el espejo en casa.

Curiosamente, en vísperas de la reunión, el pueblo sufrió un robo durante la noche. Algunos ladrones entraron en la villa a altas horas de la madrugada y se llevaron gallinas y productos de los cultivos hortícolas, especialmente en las zonas más alejadas del centro. Los prejuicios todavía eran evidentes y dejaron a los habitantes furiosos por semejante acto de cobardía. Nadie sabía nada y no había pruebas claras, pero casi todos culpaban a los gitanos de Monforte. Según parecía, algunos agricultores los habían visto rondando por sus tierras y preguntando si había trabajo para ellos. Para Gustavo, que había salido ileso de este robo, esta noticia fortalecería el mensaje de su discurso y añadió algunas frases adicionales sobre este incidente a su discurso original.

La reunión iba a tener lugar en la Casa del Pueblo, en el recinto principal. El salón estaba preparado; había algunas mesas unidas, y detrás de ellas, cinco sillas que pertenecían a la actual dirección de la comisión. Frente a estas mesas, se encontraban numerosos asientos y bancos para que los interesados pudieran escuchar y participar en el acto. Gustavo ya había acordado con Zeca, Norton y Pedro el lugar exacto que debían ocupar. Deberían estar separados entre sí, y en cada pequeña pausa de su discurso, animar a los demás a aplaudir y a decir algunas palabras o frases previamente acordadas.

El salón se llenó rápidamente de asistentes, y en poco tiempo, todos los asientos estaban ocupados. La gente se agrupaba en el fondo e incluso muchos permanecían afuera del edificio, tratando de escuchar lo que sucedía a través de las ventanas y las puertas abiertas. Se generó un gran tumulto entre los presentes, y casi todas las conversaciones giraban en torno al robo.

EL BUEN DICTADOR I: EL NACIMIENTO DEL IMPERIO

Gustavo estaba nervioso; había dormido poco la noche anterior debido a la ansiedad que le causaba esta reunión. Vaciló en asistir, en no hablar y pasar desapercibido, pero una vez más, recordó que estaba harto de que otros decidieran su futuro. Había llegado su momento y daría un gran discurso que había ensayado y trabajado durante muchos días, y lo peor que podría suceder sería que generara indiferencia entre la gente, y eso tampoco le preocupaba. Estaba preparado para jugar sus cartas; hacía mucho tiempo que había planeado esta estrategia.

Debido al intento de la comisión de encontrar más espacio para los asistentes, la reunión comenzó media hora más tarde de lo previsto. El ambiente empezó a calentarse y había un notable olor a sudor en el aire. Finalmente, Proença dio inicio a la reunión. Se levantó y lamentó no tener un micrófono para no tener que alzar tanto la voz, así como el hecho de no haber preparado excesivamente los puntos sobre los que iba a hablar, ya que no esperaba tanta afluencia de gente.

- A ver, pido un poco de silencio a todos para comenzar esta sesión de la comisión de apoyo. El objetivo de esta junta es simple: queremos conocer su opinión sobre cómo podemos mejorar nuestro pueblo. También quiero informarles que esta comisión está llegando al final de su mandato, y dentro de un mes se celebrarán nuevas elecciones para elegir al nuevo cuerpo directivo. Estamos decididos a modificar nuestros estatutos para que, en lugar de que solo puedan votar los socios de la comisión, la próxima junta directiva sea elegida por todos los ciudadanos mayores de dieciocho años de Lentiscais. Dicho esto, estamos abiertos a cualquier sugerencia, crítica o idea que deseen compartir.

Proença se sentó y tomó un sorbo del agua que tenía delante. Nunca antes había dado un discurso ante tantos oyentes, estaba nervioso y tenía la impresión de que se había olvidado de la mitad de lo que había planeado decir.

Gustavo tenía el corazón acelerado, recordó lo que le sucedió unos meses atrás cuando asaltó la farmacia, pero ahora no iba a cometer ningún acto criminal. Estaba a punto de hablar frente a mucha gente, una situación a la que no estaba mínimamente acostumbrado. Se levantó y pidió la palabra, alzando su mano. Había llegado el momento que tanto ansiaba y había soñado.

- En primer lugar, me gustaría dirigir algunas palabras a todos los asistentes y expresar mi agradecimiento a la comisión por la organización de esta reunión, que considero fundamental. En segundo lugar, quiero destacar la colaboración de la población aquí presente, lo cual demuestra que están muy preocupados por su futuro. Hay varios puntos importantes que debemos discutir aquí. El primero de ellos es que estamos solos en esto; no contamos con el respaldo del Estado ni de la policía para ayudarnos. Por lo tanto, somos nosotros quienes debemos crear instituciones o colaboraciones para establecer un poco de orden en nuestra sociedad.

Primera breve pausa y primeros tímidos aplausos.

– En el caso de que no nos organicemos rápidamente, lo que ocurrió ayer podría suceder con más frecuencia. Ayer, unos individuos de otra comunidad vinieron a robar lo que es nuestro, lo que tanto nos ha costado producir, lo que nos ha dado tanto trabajo. ¿Y qué pasó con ellos? Nada. Nos robaron y se marcharon. Naturalmente, volverán, robarán más, y si están organizados y nosotros no, vendrán a plena luz del día y no se llevarán solo unas cuantas gallinas y batatas, sino que también se llevarán a nuestros hijos y mujeres. Por lo tanto, creo que es urgente que nos organicemos muy bien.

Hubo una pausa seguida de una gran ovación que animó a Gustavo a subirse a una silla con aún más valentía.

- Esta estructura no solo nos servirá para protegernos contra unos cuantos ladrones, sino que también trabajará para crear mejores condiciones que nos permitan disfrutar de una mayor calidad de vida. Para lograrlo, es necesario que todos estemos dispuestos a colaborar en nuestra comunidad de alguna forma. Aquí presente tenemos personas que podrían ayudar a nuestro pueblo de muchas maneras. Por ejemplo, el doctor Grilo y mi madre, que es enfermera; ambos están jubilados y podrían abordar la mayoría de los problemas de salud. También contamos con mecánicos, pescadores, cazadores, dentistas, profesores, e incluso informáticos como yo. Hay electricistas, policías y bomberos. Todos nosotros debemos aportar algo a esta sociedad.

Hubo más aplausos, y Gustavo pidió amablemente que se detuvieran, ya que quería continuar.

- Para que todos aportemos algo nuevo, es necesario que dejemos de pensar solo en nosotros mismos y que seamos conscientes de que vivimos en una sociedad nueva, una sociedad que puede ser mejor que la que conocíamos y que ahora podemos reconstruir. Debemos adoptar una actitud colaborativa en lugar de egoísta y aprovechada. Personalmente, nunca me he negado a compartir leche con nadie ni me he aprovechado de ninguna persona que haya buscado productos en mi vivero. Tampoco he utilizado la electricidad de mi casa para enriquecerme más que nadie. Lo que busco es ofrecer a mis hijos un mundo mejor en el que vivir. Como ejemplo de un gesto altruista, sin esperar nada a cambio, quiero donar el último panel fotovoltaico que tengo a la Casa del Pueblo y permitir que cualquier persona pueda tener acceso a energía.

Enorme aplauso que duró cerca de dos minutos y donde se oyeron vítores hacia Gustavo.

- Además de eso, voy a dejar aquí un ordenador con mucha información y manuales sobre cualquier tema que puedan imaginar. Desde cómo hacer miel, pan, galletas y chocolate, hasta cómo preparar medicamentos, utilizar hierbas medicinales, cultivar diferentes tipos de plantas y recetas de cocina, entre otros. Para aquellos que no sean aficionados a los ordenadores, tengo una gran cantidad de material en formato físico que también pondré a su disposición. Es importante que seamos justos entre nosotros. Aquí no vale la ley del más fuerte. Ha habido muchas casas y tierras ocupadas ilegalmente, y eso debe cambiar. Todos nosotros tenemos derecho a tener tierras y viviendas de calidad en el pueblo, pero no a través de la ley del más fuerte, sino de manera equitativa, de modo que todos, sin excepción, salgamos beneficiados.

Fuertes aplausos que Gustavo agradeció y pidió que pararan de nuevo.

- Para terminar, quisiera destacar que es esencial que no nos quedemos aislados. Hay otros pueblos vecinos que viven en paz y armonía, al igual que nosotros, como es el caso de Alfrivida, que hoy está representado por Pedro Serrano - se produjo una pequeña ovación. - Además, estamos solicitando voluntarios para un proyecto en el que algunos de nosotros estamos trabajando. Anteriormente, existía un parque eólico en Oleiros que, según tengo entendido, no fue destruido. Estoy seguro de que podríamos traer energía de ese parque hasta aquí, lo que mejoraría significativamente nuestras vidas. No será fácil, pero es completamente posible.

Al terminar el discurso, Gustavo bajó de la silla y estalló una ovación de aplausos y gritos de alegría. Las personas que estaban a su alrededor le mostraban amplias sonrisas y no dejaban de felicitarlo. Gustavo estaba eufórico y se sentía como el hombre más importante del mundo; se consideraba un auténtico genio. No prestó atención al resto de la reunión, estaba completamente centrado en su discurso, en lo que había dicho y en las caras y reacciones de las personas presentes.

Después de la intervención de Gustavo, varias personas tomaron la palabra y hablaron sobre diversos temas, pero el asunto principal seguía siendo el miedo generalizado causado por la posible amenaza gitana y la necesidad de unirse para hacer frente a este problema. Una hora y media después de haber comenzado, Proença dio por concluida la reunión, posponiendo las elecciones para dentro de un mes e informando que las listas de candidatos tenían diez días para presentar sus propuestas.

Cuando todo terminó, los presentes se levantaron y salieron al exterior para escapar del calor sofocante de la Casa del Pueblo. Todos hablaban animadamente sobre los argumentos debatidos minutos antes, opinaban en un ambiente ruidoso y entre ellos, por supuesto, se encontraba Gustavo. Estaba rodeado de personas que lo felicitaban por el magnífico discurso y lo animaban a presentar una lista para liderar la comisión. Gustavo agradecía amablemente a todos, pero sus ojos buscaban a dos personas: Ramiro y Gisela. Hacía algún tiempo que había decidido que estas dos personas serían perfectas para unirse a su grupo, que, por supuesto, lideraría él. De esta manera, junto con Norton y Zeca, la lista quedaría completa.

En medio de una multitud de personas, por encima del bullicio, Gustavo logró ver a Ramiro y con dificultad se abrió paso entre la multitud para colocarse a su lado.

- Ramiro, ¿cómo estás?

- Muy bien. Muchas felicidades por el discurso. Me ha encantado lo que has dicho, y estoy completamente de acuerdo contigo en todo. Ya sabes que puedes contar conmigo para ir al parque eólico, de hecho, te lo exijo, compañero...

Dijo eso riéndose, y Gustavo, con una amplia sonrisa, le puso la mano en el hombro y le comentó:

-Ya contaba contigo, Ramiro, sé que eres un buen mecánico. Además, quería pedirte una cosa más, y no acepto un no por respuesta - La conversación entre ellos era fluida y agradable; ambos estaban de buen humor y ya se conocían desde hacía bastante tiempo.

- Voy a presentar una lista para liderar la comisión, y he pensado en ti para formar parte del equipo.

Ramiro no esperaba esa oferta, por lo que su reacción fue de auténtica sorpresa. Antes, mientras Gustavo daba el discurso, había pensado que él podría ser un buen candidato para liderar y organizar el pueblo, pero jamás imaginó que le invitarían a participar en su lista. Si le hubieran propuesto esto dos horas antes, habría pedido unas veinticuatro horas para pensárselo, pero, en ese momento, después de la intervención, estaba convencido de aceptar, sin ninguna duda.

- Acepto encantado, Gustavo. Gracias de verdad por la invitación, será un gran placer ayudar de cualquier forma. ¿Quiénes serán los demás miembros?

- Norton, Zeca, nosotros dos y Gisela, que aún no lo sabe.

Ramiro tenía una sonrisa perfecta, como sacada de un anuncio. Estiró la mano hacia Gustavo, quien también con una expresión de satisfacción, alargó la suya. Así, sellando el compromiso, dijo:

- Excelente grupo. Estoy seguro de que Gisela no se negará.

La elección de Ramiro había sido cuidadosamente planeada por Gustavo y Norton. Ramiro era lisboeta, pero sus padres eran originarios de Lentiscais y habían emigrado a Lisboa cuando eran jóvenes. A Ramiro siempre le había encantado Lentiscais; de niño, pasaba las vacaciones en el pueblo y continuó con esta tradición hasta el momento. Durante sus tres meses de vacaciones de estudiante, se quedaba en casa de sus abuelos y era conocido por todos en el pueblo. Todos admiraban su personalidad extrovertida y su carácter divertido. Durante la adolescencia tuvo algunos amores de verano en el pueblo y en los alrededores. Cuando se desplazaba allí para asistir a las típicas fiestas estivales, tenía facilidad para despertar el interés en el sexo opuesto, no sólo por su personalidad encantadora; sus características físicas también hacían furor entre las chicas. Ramiro tenía la piel morena y cabello negro azabache y lacio. Sus ojos eran grandes y casi negros, con unos labios carnosos y dientes blancos, perfectos y relucientes. Medía un poco más de 1,80 metros de altura y, en ese momento, estaba empezando a ganar algo de peso, pero aún se podía notar su cuerpo bien trabajado de años de gimnasio y natación. Ramiro se había casado con una chica que tenía familia procedente de

Lentiscais. Los dos vivían en los suburbios de Lisboa, y todos los fines de semana se desplazaban allí para disfrutar de la tranquilidad con sus dos hijas de corta edad. Era evidente que Ramiro era uno de los individuos más populares del lugar; se unía a los cazadores cuando era época de caza, pescaba en el Ponsul siempre que tenía compañía para pasar el día, disfrutaba del vino y picotear, y era invitado con frecuencia a catar los vinos de los diferentes viticultores del pueblo. Por todas estas razones, la elección de Ramiro fue fácil.

- ¡Gisela, espera un momento! - gritó Ramiro al verla pasar a escasos metros. - Gustavo quiere comentarte algo.

Gisela se detuvo y les dirigió una sonrisa a los dos. Esperaba que le hiciesen algún encargo de bollería o tortas, que eran su especialidad.

- Vamos a crear una lista para la dirección de la comisión y nos gustaría contar contigo.

- ¿De verdad? ¿Yo? ¿Por qué?

- Porque eres una persona muy trabajadora y que conoce muy bien la situación de las personas mayores del pueblo.

- Y porque nos gustas - añadió Ramiro, mostrando su sonrisa irresistible.

- Creemos que podrías ayudarnos a mejorar la vida de este pueblo.

- Contad conmigo. Muchas gracias a los dos.

Gisela les obsequió con un beso en la mejilla a ambos y partió en dirección a su casa, que estaba a escasos metros de allí. Gustavo y Ramiro se despidieron y se mezclaron entre la multitud.

La elección de Gisela creó un rápido consenso entre Gustavo y Norton. Para formar parte de la dirección era necesario contar con una lista de cinco personas; el nombre de Ramiro surgió rápidamente y luego solo quedaba una plaza. Pensaron que debería ser una mujer, para dar una imagen de pluralismo e igualdad. Si fuera posible, debería ser una residente de la localidad, para que la mayoría de los miembros resultaran cercanos y accesibles en lugar de ser visitantes de fin de semana. Así que el nombre de Gisela también surgió inmediatamente.

Gisela, una mujer de cuarenta y cinco años, tenía una estatura baja y piel morena, tostada por el sol y unos cuantos kilos de más acumulados, especialmente en la zona del vientre y las caderas. Siempre había vivido en el pueblo. Se casó muy joven y junto a su esposo abrió un bar en el centro, en una época en que había más población. Sin embargo, el negocio comenzó a decaer y ambos, cansados de lidiar con sus viejos y cascarrabias clientes, decidieron cerrar el bar. Gisela atendía a los ancianos que le pedían ayuda para limpiar sus casas o realizar las tareas domésticas que, debido a la edad, les resultaban difíciles. Su esposo, por su parte, comenzó a trabajar como albañil en Castelo Branco, pero no duró mucho debido a su problema con la bebida. En poco tiempo, Gisela se convirtió en la única fuente de ingresos de la familia, que ya había crecido con el nacimiento de sus gemelos. Con la creación del Centro de Día en el pueblo, Gisela fue contratada, y la familia experimentó un respiro gracias a su salario estable y mensual. Mientras su esposo hacía trabajos ocasionales aquí y allá, su problema con el alcoholismo empeoraba. Ella era muy querida por la población de edad avanzada, y por eso, fue una elección lógica e inteligente para la lista, que de esta manera quedaba completada.

Cuando Gustavo se reunió con Zeca, Norton y Pedro sus rostros mostraban grandes sonrisas, todo había salido tal y como lo habían planeado.

- Has estado impecable, Gustavo, ya los tenemos comiendo de nuestras manos - dijo Zeca, dándole una palmada en la espalda.

- ¿Has hablado con Gisela y Ramiro? - preguntó Norton.

- Sí, y han aceptado.

Todos contentos, comenzaron a hablar sobre varios detalles que habían percibido desde su perspectiva, saboreaban el gusto de la victoria y tenían la certeza de que iban a iniciar algo grande, algo importante.

- Buenas tardes, muchachos, ya veo que estáis de buen humor.

Proença apareció por detrás de Gustavo y apoyó la mano sobre su hombro izquierdo, iba vestido de negro, como siempre. Su camisa estaba empapada en sudor, el olor molestó a Gustavo, quien hizo que se apartara un poco de él.

- Muy buen discurso, Gustavo. ¿Podría hablar contigo en privado?

- Claro que sí.

Mientras los dos se alejaban, Norton y Zeca los miraban con curiosidad y rabia por no poder oír lo que el viejo zorro de Proença quería decirle a Gustavo. Cuando estuvieron lo suficientemente apartados de la multitud, Proença comenzó a hablar:

- ¿Sabes, Gustavo? Hace cerca de veinte años que creé esta comisión y jamás pensé que un día llegaríamos a esto, ni que la comisión tuviese un trabajo tan importante por delante. A partir de ahora, esta tendrá que organizar el pueblo, dirigir y abarcar los nuevos y difíciles desafíos que se acercan. Yo ya soy mayor, tengo setenta años y ya no puedo seguir liderando este proyecto. Me alegra que sea una persona como tú, joven, dinámica, inteligente y con ideas innovadoras, la que pueda estar al frente de esta comisión. Quiero pasar a ser vicepresidente y querría que tú fueras el presidente. Yo estaría a tu lado, dándote consejos e indicaciones que he adquirido a lo largo de todos estos años de experiencia, y tú llevarías adelante todos los proyectos que has mencionado hace unos minutos.

Proença sonreía abiertamente, sintiéndose como si acabara de dar un regalo maravilloso a un niño desafortunado que nunca había recibido ninguno. A Gustavo le daba asco la figura de Proença; mientras hablaba, le salía saliva de la boca y manchaba su camisa. Su aliento era pestilente. Además, le molestaba ese tic de Proença de tocar o agarrar constantemente el brazo mientras hablaba con alguien.

- Gracias por su apoyo, señor Proença, es realmente un gesto amable, pero temo que no podré aceptarlo. Tengo la intención de postularme como presidente de la comisión, y ya he decidido el equipo de personas con las que trabajaré. De todos modos, sería un placer poder consultarle y pedirle consejos e información en cuestiones que requieran su experiencia. Muchas gracias de verdad, y con su permiso, voy a volver con mis amigos.

Gustavo se alejó con la duda de haber herido los sentimientos del viejo Proença, pero sintió un gran alivio al dejar atrás a esa persona que tanto repudiaba. Por su parte, Proença se quedó petrificado durante algunos minutos y perplejo ante las palabras de Gustavo. Antes de la reunión, tenía la intención de ceder el paso a los jóvenes, de entregar su cargo a alguien más joven y de su confianza. En ningún momento se le había pasado por la cabeza que alguien quisiera y pudiera postularse para la comisión como presidente; él había representado al pueblo durante veinte años. Y ahora, un joven, un urbanita recién llegado, tenía la intención de destituirlo de su puesto sin siquiera pedir permiso o autorización. De la perplejidad pasó a la indignación y luego a la humillación. Decidió que no iba a salir así, por la puerta de atrás. Su obra y su legado merecían el reconocimiento de sus conciudadanos.

Se dirigió a casa, pensando en una forma de superar la frustración a la que Gustavo lo había sometido y estaba decidido a seguir siendo el presidente, aunque para ello tuviera que convencer o incluso obligar a todos a votar a su favor.

UNA AVENTURA ELECTORAL

Al día siguiente, Gustavo y Norton pasaron trabajando en la Casa del Pueblo con el claro objetivo de proporcionar electricidad ese mismo día. Esta ya era la quinta casa en la que instalaban paneles solares. El proceso, después de colocarlos, consistía en conectarlos al generador y al acumulador de energía, y finalmente conectarlos también a la red eléctrica. Ambos estaban adquiriendo experiencia en este campo, pero aún así, resultaba un proceso complejo debido a la falta de material adecuado y, sobre todo, a sus conocimientos limitados sobre el tema. No obstante, al final del día, la Casa del Pueblo tenía electricidad gratuita, lo que causó una inmensa alegría en la población. Esta agradeció incesantemente a los dos trabajadores por la obra que acababan de llevar a cabo.

Esa noche, bajo la luz que emitían los fluorescentes del edificio, Norton, Ramiro y Gustavo decidieron ponerse manos a la obra con los preparativos del viaje al parque eólico. Los puntos principales fueron: la selección de las personas que los acompañarían y, sobre todo, la logística que conllevaría una expedición que, según sus cálculos, duraría cinco días.

Las siguientes jornadas las dedicaron a preparar la operación. Informaron sobre quiénes serían los miembros del equipo seleccionado y llevaron a cabo una reunión en la que se discutieron todos los detalles minuciosos. También eligieron una fecha para iniciar lo que algunos llamaron "la gran aventura en busca de luz". Gustavo se sentía feliz con todo el bullicio de la organización del viaje y también por su candidatura a la presidencia de la comisión. Dejó órdenes precisas a sus padres e hijos sobre qué hacer en su ausencia. Empezaba a ver su vida anterior como algo aburrido y sentía que en ese tiempo no había aportado nada a la humanidad. Había pasado de ser un funcionario gris y deprimido a ser alguien que podría dejar una huella importante, estaba sentando las bases para un mundo mejor. Antes de partir, entregó su candidatura a un miembro de la comisión y, en ese momento, se enteró de que Proença ya había presentado la suya también. Se quedó sorprendido al recibir la noticia, esperaba que posiblemente se presentara más gente para optar a la presidencia, pero en ningún caso esperaba que Proença lo hiciera. Deduje que Proença no quería quedarse fuera de la comisión y, al ver que Gustavo no contaba con él, decidió tomar la iniciativa y presentar su propia candidatura.

Esto lo cambiaba todo para Gustavo. Iba a hacer un viaje, como mínimo de cinco días, con algunos de sus hombres de confianza y dejaba el pueblo prácticamente en manos de la campaña electoral de Proença. Sintió rabia de su rival y agradeció no haber sido a él que entregaba su candidatura para no encontrarse con el chasco y que Proença disfrutara de su cara de estupefacción. Supo, en aquel momento, que el resultado de su expedición sería de vital importancia para su posible victoria.

El grupo estaba compuesto por seis hombres. Además de Gustavo, Norton y Ramiro, los tres restantes fueron seleccionados por sus habilidades en temas eléctricos. Zeca, muy a disgusto, se quedó en Lentiscais, según Gustavo, para ayudar a Gisela con la campaña y enfrentar a los partidarios de Proença. Pero la realidad era que Zeca había sido excluido debido a su personalidad conflictiva y su falta de conocimientos en temas de electricidad. Los seis individuos viajaron a caballo, que los habitantes locales habían cedido amablemente, y también llevaron una carreta con herramientas, munición y comida. No sabían lo que podrían encontrarse en el camino, por lo que llevaban un buen arsenal de armas y esperaban cazar para obtener alimento, ya que las provisiones eran escasas.

Partieron en una calurosa mañana de agosto, y algunas personas del pueblo los acompañaron en la despedida, brindándoles consejos y apoyo. Los seis salieron emocionados, pero también con algo de miedo e incertidumbre ante lo desconocido. La noche anterior, Gustavo se despidió de sus hijos con un abrazo fuerte y contempló la posibilidad de no volver a verlos si el viaje salía mal. En los primeros kilómetros, mientras cabalgaba en su caballo y se alejaba de su entorno, se sintió como un personaje de las típicas películas de aventuras o colonos que van en busca de un tesoro y atraviesan numerosas peripecias, sorpresas y encuentros fortuitos. Esperaba que el trayecto durara unos cinco días, pero la realidad fue que estarían fuera de Lentiscais durante más tiempo del previsto.

El primer día del viaje transcurrió en completo silencio, con los hombres vigilando el camino, atentos a cualquier señal de alerta y, sobre todo, esperando encontrarse con algún animal salvaje para cazar y poder alimentarse. Paraban cada tres horas para estirar un poco las piernas y permitir que los caballos pastaran. En las horas más calurosas del día, descansaban por turnos debajo de algún árbol que proporcionara buena sombra, mientras otros continuaban vigilando para protegerse de los peligros. Al atardecer, encendían una hoguera, cocinaban lo que habían cazado y dormían cerca de ella, mientras alguno de ellos permanecía despierto para continuar vigilando.

Por el camino, se detenían en algunos pueblos que parecían estar abandonados. Observaban cómo las carreteras asfaltadas estaban destruidas por la fuerza de la naturaleza, que empezaba a reclamar su lugar. Sentían como si hubieran viajado en una máquina del tiempo y se encontraran en una época anterior en la que el Homo sapiens no dominaba el planeta. Al pasar por Castelo Branco, confirmaron que la nube de humo ya había desaparecido por completo y que no quedaba rastro de lo que había sido la capital de la región; en su lugar, ahora crecía una extensa vegetación con especies autóctonas.

Ramiro le contó a Gustavo que en el momento en que se produjo el ataque, intentaron dirigirse a Lisboa para encontrar a los padres de su esposa, pero pronto se dieron cuenta de que todas las ciudades estaban envueltas en aquel humo infernal. A unos treinta kilómetros de Lisboa, se enfrentaron a la realidad: les resultaba imposible llegar a la capital y, lamentablemente, tuvieron que dar marcha atrás. La mayoría del viaje lo hicieron juntos, compartiendo ideas sobre los proyectos que podrían llevar a cabo en Lentiscais y reflexionando sobre cómo crear una sociedad más justa que la que habían conocido.

Tal como habían previsto, en dos días llegaron al parque eólico de Oleiros, muy cansados de tanto montar a caballo, del insoportable calor, la escasez de agua y la falta de un lugar cómodo donde descansar y recuperarse. El lugar estaba intacto; no habían sido atacados los aerogeneradores, y las hélices de sus enormes torres continuaban girando al ritmo del poco viento que se sentía ese día. Gustavo se sintió aliviado al ver que esa primera parte de la misión fue un auténtico éxito; contemplaba las torres en lo alto de la sierra y en su mente ya visualizaba cómo llevar la energía producida hasta Lentiscais. En los últimos días se había informado ampliamente sobre cómo funcionaban los parques eólicos y el transporte de energía, y sentía que ya dominaba la teoría, pero sabía que en la práctica las cosas cambiaban y confiaba en que los otros miembros del equipo pudieran ayudarlo en esa nueva tarea.

Cuando se posicionaron debajo de las torres, Gustavo ofreció una breve charla sobre cómo funcionaban esas enormes estructuras de hierro y el proceso para dirigir toda la energía producida allí hasta Lentiscais a través del sistema eléctrico. Todos aportaron sus ideas, tratando de demostrar también su profesionalismo y conocimientos. Estaban entusiasmados y muy contentos, pues sentían que podían superar ese desafío. Comenzaron visitando cada torre para observar su funcionamiento y reparar cualquier problema o desperfecto que pudieran encontrar. Despejaron el matorral que ya había comenzado a crecer a los lados de los molinos y comprobaron que el transformador de energía cumplía perfectamente con su tarea. Lamentablemente, el sistema estaba dañado en su recorrido, por lo que se dieron cuenta de que tendrían que trabajar en ese punto para solucionar sus problemas. Decidieron pasar la noche allí, en la sierra, bajo las hélices que giraban lentamente, aprovechando la brisa fresca que emanaba de ellas y deleitándose con un cielo infinito salpicado de estrellas. Era el espectáculo más maravilloso que habían visto jamás.

Mientras disfrutaban de ese momento, ya estaban tumbados y descansando, un recuerdo vino a la mente de Norton, un recuerdo que cambiaría los planes del equipo:

- Me acabo de acordar de una cosa, aquí cerca, a unos pocos kilómetros, hay un campo de golf, creo que es el único de la región y queda muy próximo de Proença-a-Nova, a 30 kilómetros de aquí. Estuve allí, en una ocasión, y recuerdo que fue muy criticado por los activistas medioambientales. Éstos requieren de mucha agua para mantenerse perfectos y según ellos, esa necesidad caprichosa dañaría el medioambiente. Lo que hicieron los propietarios del campo de golf, fue intentar agradar a griegos y a troyanos instalando paneles solares en todos los edificios y almacenar el agua de la lluvia en un tanque gigante que construyeron, para regarlo así de una forma sostenible.

- Sí, yo también recuerdo eso - dijo uno de los hombres - y también que en el campo tenían carritos de golf eléctricos para el desplazamiento de los jugadores.

A Gustavo le pareció buena la idea de acercarse a las instalaciones y ver lo que podrían aprovechar de allí, pero pronto se dio cuenta de que eso retrasaría notablemente la expedición y llegaría tarde a las elecciones que tanto le importaban, lo que podría regalarle la victoria a Proença. Mientras meditaba sobre los pros y los contras de esa idea, los otros integrantes del equipo ya estaban convencidos de que merecería la pena el desplazamiento a ese lugar, y Gustavo no tuvo más remedio que aceptar la decisión de la mayoría.

Con los primeros rayos de sol, el grupo partió hacia Proença-a-Nova. Gustavo deseaba que fuera un viaje corto y sin contratiempos; quería que esa nueva propuesta no arruinara sus planes y, en privado, recriminó a Norton por no haber tenido en cuenta la importancia de las futuras elecciones.

Gustavo encabezaba al grupo a un ritmo más rápido de lo habitual, estaba abrumado y contrariado, aunque intentaba ocultar sus sentimientos. Norton, que lo conocía muy bien, notaba cuán ansioso estaba por llegar al campo de golf y regresar sin demora. Sin embargo, cuando llegaron al lugar alrededor del mediodía, su opinión sobre esa decisión cambió radicalmente. Más tarde, reconoció que había sido una elección completamente acertada.

Lo que en el pasado había sido un campo de golf, con el césped bien cuidado, los árboles podados y los caminos en buen estado, ahora era simplemente un recuerdo de un pasado próspero. El césped había sido invadido por la maleza, los árboles estaban descuidados y lo que antes parecía un camino estaba cubierto de hierbas que habían reclamado su terreno. El edificio principal era bastante grande, con dos amplios pisos: el piso superior estaba destinado a oficinas y en el piso inferior había un amplio salón donde se impartían clases de golf y una zona de entrenamiento para el primer golpe. A pocos metros de allí, se encontraba un cobertizo donde se guardaba el material para el mantenimiento del lugar. Los seis hombres se dividieron en tres grupos, y cada uno tenía como objetivo explorar una zona. Gustavo y Ramiro se dirigieron al cobertizo, y su hallazgo hizo que sus miradas brillaran de emoción. Encontraron cinco carritos de golf eléctricos, que eran los vehículos típicamente utilizados por los jugadores para moverse por el campo. Estaban en muy buen estado y, curiosamente, estaban cargados de energía. Además de esto, había muchas herramientas apiladas, productos químicos útiles, fertilizantes para las plantas e incluso agua potable. En la parte trasera del cobertizo se encontraba el enorme tanque acumulador de aguas pluviales, en el cual, debido a su abandono, había una gran cantidad de ranas, sapos y algunas especies acuáticas que no sabían cómo habían llegado allí. Este tanque se utilizaba para regar el campo de golf.

Pero el hallazgo más importante para esos dos hombres fue verificar que el tanque tenía efectivamente dos paneles solares instalados en la parte superior. Estos paneles proporcionaban energía para que las hélices del tanque movieran el agua y evitaran que se estancara, bombeándola hacia las tuberías que recorrían el subsuelo y abastecían de riego a todo el campo.

Poco tiempo después, los tres grupos se reunieron nuevamente, y cada uno compartió lo que había encontrado en su zona para decidir qué material llevarían. Había muchas limitaciones para el transporte, como el hecho de que la carreta era demasiado pequeña para llevar todos los paneles solares que habían descubierto en el edificio principal. También había una gran cantidad de ordenadores y material informático interesante, pero los caballos no podrían cargar con tanto peso. Por supuesto, los carritos de golf eran una joya que no podían dejar atrás, pero eran frágiles y no podían llevar todo ese peso. Además, había el problema de que no tendrían autonomía suficiente para realizar un viaje de regreso de casi tres días sin ser recargados. Aun así, se llevaron los cinco vehículos, cargados con la mayor cantidad de material posible. Unieron los cinco caballos a la carreta para que pudieran soportar el enorme peso de los paneles, generadores y otros objetos. Todo este trabajo hizo que el equipo decidiera pasar esa noche en las instalaciones del campo. Por primera vez en esa expedición, durmieron bajo techo y cenaron alrededor de una mesa. En ese momento, Gustavo estaba de mejor humor y lo único que quería era que todos se despertaran temprano al día siguiente para salir de allí, ya que les esperaba un largo viaje y, sobre todo, mucho trabajo por delante. Al partir del pueblo, parecía una utopía conseguir que llegara electricidad hasta Lentiscais, pero ahora sentía que podría convertirse en una realidad.

A la mañana siguiente, muy temprano, la caravana partió en una imagen al menos extravagante. Cinco caballos tiraban de una carreta llena de paneles fotovoltaicos y material informático, y detrás de ellos iban cinco carritos eléctricos, también con una carga importante. Debido a todo esto, la caravana avanzaba muy lentamente y lograron llegar al parque eólico sin haber preparado comida, ya entrada la primera hora de la tarde. Tuvieron que dividirse nuevamente en grupos para salir en busca de alimentos y poder saciar su hambre, pero apenas lograron cazar un ciervo a última hora de la tarde. Pasaron la noche allí y aprovecharon también para recargar los vehículos con el generador de la central eléctrica.

Con los cálculos de Gustavo, a ese ritmo, llegarían a Lentiscais en cuatro días, lo que significaría llegar quince días antes de las votaciones. En ese momento, pensaba que Proença estaría en ventaja si supiera jugar bien sus cartas, porque tanto Zeca como Gisela eran los individuos más débiles de su equipo y no sabrían cómo enfrentarse al experimentado Proença. Zeca pecaba en perder la educación en el insulto fácil, y Gisela seguramente estaría más preocupada por su futuro y sus gemelos que por quién ganaría esas elecciones. De cualquier forma, él no tenía manera de saber lo que estaba sucediendo en el pueblo, a pesar de estar a solo cuarenta kilómetros de distancia, lo que le dibujó una sonrisa en el rostro, ya que hace menos de un año era impensable. Al instante se podía saber lo que ocurría en cualquier parte del mundo y, en ese momento, todo parecía demasiado grande y lejano.

Los cálculos que Gustavo había realizado resultaron ser incorrectos; llevar la energía desde allí hasta Lentiscais iba a ser más complicado de lo que había imaginado. El trayecto de regreso sería diferente al que habían tomado para llegar al parque; ahora tendrían que seguir el camino de las torres eléctricas de alta tensión que transportaban la energía. Además, el trabajo en las torres era muy complejo y peligroso, adecuado para personas con una gran formación en el área, no para un mecánico y dos simples informáticos. Por eso mismo, el resto de los hombres habían sido elegidos por ser buenos electricistas y expertos en esa materia. Uno de ellos, el mayor del grupo, había trabajado durante más de veinte años en una empresa de suministro eléctrico y, según él, había colaborado en la instalación de numerosas torres de alta tensión y centrales acumuladoras de energía. Era, entre todos, el más calificado, y toda la operación giraba ahora en torno a lo que dominaba.

Los cuatro días que Gustavo había planeado pasaron rápidamente, pero el objetivo de regresar al pueblo seguía lejos. Hubo varios inconvenientes que retrasaron la caravana, siendo el principal la dificultad para llevar la electricidad al lugar deseado. Se encontraron con postes y cables dañados, falta de conocimiento y materiales para realizar un trabajo rápido, eficiente y seguro. Otro gran problema era el peso y la movilidad de la caravana; los cochecitos eléctricos no podían avanzar en la maleza y tenían que rodearla para llegar a los lugares acordados. Además, los caballos, exhaustos por cargar tanto peso, se detenían con frecuencia para descansar. A todo esto se sumaba el agotamiento de los hombres, quienes en momentos querían darse por vencidos ante la misión. Discutían constantemente y amenazaban con abandonar la expedición. Gustavo intentaba calmar estas situaciones con un discurso de unidad y optimismo, pero ya no surtía efecto; a sus oídos sonaba como un disco rayado sin solución práctica ni esperanza.

Pasaron doce días desde que partieron hacia el parque eólico y estaban a solo seis días de las elecciones cuando los hombres llegaron a la pequeña central eléctrica que abastecía a los pueblos de Lentiscais y Alfrivida. Esta se encontraba en medio de las dos localidades, junto a la carretera asfaltada que conectaba ambas poblaciones. Sentían que estaban muy cerca de su objetivo final y que solo un milagro había permitido que llegaran tan lejos. Habían enfrentado tantas dificultades para llevar la energía hasta allí que en aquel momento parecía más que un sueño. Estaban emocionados, a menos de tres kilómetros de sus hogares, de sus familias y a pocas horas de brindarles una nueva vida, con electricidad gratuita para todos. A diferencia de los últimos días, tenían la moral muy alta. Gustavo, radiante, y a solo seis días de las elecciones, les traía a la población una promesa importantísima cumplida, algo que Proença jamás podría ofrecerles. En sus veinte años de presidencia, nunca pudo llevar a cabo semejante proeza. Sin embargo, en su interior albergaba dudas: ¿Cuál sería la situación actual del pueblo?, ¿habría logrado Proença, con la ayuda de sus contactos y conocimientos, convencer a la población de que él sería la persona más fiable para liderar esta nueva era?, ¿se habrían cometido nuevos robos?, ¿cómo estarían sus hijos y padres? Quería llegar ya al pueblo, estaba ansioso por conocer la respuesta, pero tenían que dar el último paso y finalizar la expedición con éxito

EL BUEN DICTADOR I: EL NACIMIENTO DEL IMPERIO

Cuando finalmente dieron por concluido el trabajo, caminaron los tres kilómetros que los separaban del pueblo sintiéndose como salvadores, en completo éxtasis. Hubo vítores, gritos de alegría, abrazos y besos; todo era válido en ese momento, habían logrado su cometido y esperaban ser recibidos como auténticos héroes. Y así fue. Apenas habían llegado a la Rua de los Pajares, la primera calle que encontraron al llegar desde Alfrivida, la población se dio cuenta de que regresaban. Otros se enteraron al ver que, después de meses sin electricidad, la luz había vuelto a sus hogares. Cuando llegaron al centro del pueblo, en la plaza de la iglesia, un pequeño grupo los esperaba para agradecerles y felicitarlos por esa hazaña.

Esa misma noche hubo una fiesta improvisada en honor de los seis hombres que habían logrado devolver la electricidad a Lentiscais. Todo el pueblo cantaba y bailaba al ritmo de la música que salía de un equipo de sonido. El vino y la cerveza fría saciaban la sed de todos hasta altas horas de la madrugada. A mitad de la noche, las calles estaban completamente iluminadas, y la gente disfrutaba de la celebración.

Todos estaban alegres y sentían que sus vidas mejorarían con este avance. Estaban contentos, excepto Proença, quien estaba sentado en su salón en completa oscuridad, perdido en sus pensamientos. Era consciente de que el logro de Gustavo iba a reducir drásticamente sus posibilidades de ganar las elecciones de la comisión. Despreciaba a Gustavo y al resto de los hombres de la expedición por haber conseguido lo que parecía imposible. Esperaba que regresaran con las manos vacías o que pudieran enfrentar algún ataque por parte de otro pueblo o grupo, pero eso no sucedió. Habían logrado el milagro y su situación era lamentable.

Desde el momento en que la expedición partió, Proença había estado llevando a cabo una campaña cuidadosamente planificada, tratando de presentar su lista como moderada, humilde y profesional. Sabía que la gente estaba cansada de su liderazgo después de veinte años al frente de la comisión, pero aún así, había sentido que ganaba terreno día a día. Además, contaba con el apoyo de su gran amigo el cura Xavier, quien había mencionado y elogiado su candidatura el último domingo durante la misa: 'Es mejor votar por la experiencia y la sabiduría que por la juventud inexperta que tiene más corazón que razón, especialmente en estos tiempos'.

Sin embargo, antes de que los seis hombres regresaran de la expedición, Proença estaba convencido de que tenía cierta ventaja, pero ahora eso era cosa del pasado; daba por perdido el resultado electoral.

En cambio, Gustavo bebía y cantaba junto a sus hijos y padres. Agradecía la cálida acogida de la población local y abrazaba a sus compañeros de viaje. Se sentía el hombre más feliz de la tierra, había logrado algo que parecía sacado de una película de ciencia ficción. Cuando miraba a los ojos de sus seres más queridos en el mundo, sus hijos y sus padres, veía el orgullo en sus miradas. Pensó también que las elecciones estaban ganadas y tuvo un momento de flaqueza y tristeza por no tener a ninguna mujer a su lado con la que terminar la noche, haciendo el amor. De pronto, un grupo de personas pidió a Gustavo que pronunciara un discurso. Al principio se negó rotundamente, pues estaba cansado, ebrio y, sobre todo, no había preparado nada. Él sabía, mejor que nadie, que no era bueno improvisando. Se desenvolvía mejor cuando todo estaba calculado y planificado. Sin embargo, no pudo resistirse a la insistencia popular, así que se subió a la carreta que funcionaba como un improvisado palco y comenzó a decir:

- Lentisqueros y Lentisqueras, estimados amigos y compañeros, permítanme decirles que estos últimos veinte días han sido los más duros de mi vida. En muchas ocasiones sentí que esta misión estaba condenada al fracaso, pero siempre mantuvimos la esperanza de que la superaríamos. Esta luz no pertenece ni a mí, ni a Ramiro, ni a Norton; es de todos nosotros. Es y seguirá siendo gratuita; no habrá hombres de traje cobrándonos nada ni cortándonos el suministro de electricidad. Nadie tendrá que pagar absolutamente nada al Estado. ¡Es nuestra, es nuestra, es nuestra! - Terminó con un grito, lo que llevó a los presentes a un completo éxtasis y euforia colectiva, alzando sus voces

Cuando finalmente se sintió agotado por el alcohol y la liberación de adrenalina, decidió irse a casa. Zeca se acercó a él y le entregó una carpeta.

- ¿Qué es esto, Zeca?

- Un informe detallado con todo lo que ha pasado en tu ausencia.

Gustavo, perplejo, miró el conjunto de hojas que Zeca le había entregado y comprendió que aquello se trataba de un trabajo de espionaje muy interesante. Cada hoja tenía información sobre una persona, incluyendo lo que opinaba sobre la expedición, la comisión, a quién votaría y frases que había dicho. El trabajo era excelente y Gustavo se mostró sorprendido por la precisión y astucia de Zeca. Se dio cuenta de que lo había juzgado erróneamente. Hubo una persona que le llamó particularmente la atención, el cura Xavier, un hombre del que se había olvidado completamente y que, con el informe de Zeca, había caído en la cuenta de que aparte de la comisión había otro poder muy importante en el pueblo.

- ¿El cura pronunció estas palabras?

- Sí y las pronunció cuando la iglesia estaba abarrotada de gente.

Gustavo, pensativo, se dijo que sería de vital importancia, después de su victoria, tener una conversación con el cura para aclarar las competencias de cada uno, pero eso tendría que aplazarlo para más adelante. Era momento de finalmente dormir en su confortable cama y en su hogar, en compañía de sus seres más queridos.

En los pocos días que restaron hasta las elecciones, Gustavo estuvo junto a su familia, trabajando en la tierra, en el vivero, atendiendo a sus pequeños hijos y pasando el máximo tiempo que podía con ellos. Sin embargo, inconscientemente, no paraba de pensar en su oponente. Sentía que ya no podía hacer nada más para salir victorioso; las cartas estaban jugadas. La obtención de electricidad para el pueblo era, sin duda, su mejor baza en la campaña. Toda la población le expresaba su apoyo y le prometía su voto en la calle y en el bar, pero Gustavo desconfiaba de que hicieran lo mismo con Proença. Además, no confiaba mucho en la opinión local, pues tenía la idea de que muchos de ellos eran personas con poca formación, poco cultas y, sobre todo, los mayores adoraban hacer juicios de valor sobre la vida privada de la gente. Más de un vecino lo abordó preguntándole por qué no asistía a la misa dominical, lo que le irritaba notablemente. Delante de la gente, intentaba disimular la mala imagen que tenía de la iglesia católica, pero a raíz del informe de Zeca, esa imagen se agravó aún más y fortaleció la idea de que la figura del cura representaba todo aquello que abominaba de la institución. Una organización estancada en el pasado que restringía a las mentes más brillantes en nombre de un Dios castigador, sin piedad y sin escrúpulos.

A las siete y media, Gustavo se despertó con la luz que se filtraba a través de las ventanas de su habitación. Antes de levantarse, sintió el aire caliente que entraba en la estancia y dedujo que sería otro típico día veraniego y caluroso. No obstante, su mente rápidamente se distrajo con lo que tanto ansiaba. Era el día de las elecciones. Tuvo una mala noche, agitada, con sueños sin sentido, y se despertó varias veces deseando que la oscuridad de la noche se convirtiera en luz del día. Pensó en la posibilidad de perder y ese pensamiento lo dejó temblando; fue entonces cuando se dio cuenta de que estaba demasiado nervioso, ansioso y necesitaba saber de inmediato quién sería el vencedor. Además, no estaba preparado para perder; la derrota sería una enorme humillación. Llegó a plantearse que, en caso de que el resultado no fuera de su agrado, no lo aceptaría, pero hizo un esfuerzo y todos esos pensamientos se desvanecieron de su mente. Norton estaría en la mesa electoral ese día, y habían quedado para desayunar juntos.

Condujo uno de los cochecitos eléctricos y llegó rápidamente a la casa de Norton. Éste ya estaba despierto y preparándose para sentarse en la mesa.

- ¿Nervioso, Gustavo?

- Un poco. ¿Por?

- Te veo un poco pálido. ¿Tienes dudas de nuestra victoria?

Gustavo empezó a llenar el vaso con leche fría y miraba el pan, dudando si tostarlo o no.

- Tengo algunas dudas. ¿Y si no ganamos? ¿Qué pasará?

- ¿Si no ganamos? ¡Estás loco! La victoria está más que asegurada. Lo único que falta por saber es por cuánto.

- No estoy tan seguro. Proença tiene gran influencia y el cura Xavier lo apoya. Además, por pocas que sean, hay probabilidad de que podamos perder estas elecciones. ¿Qué haremos si esto sucede?

Norton comía a gran velocidad y hablaba con la boca llena, sin preocuparse por las cuestiones de educación ni de protocolo.

- En primer lugar, Gustavo, la gente está cansada de Proença. Ha estado veinte años en la comisión y solo le sirvieron para aumentar su soberbia. En segundo lugar, el cura es un tipo ortodoxo que juzga y piensa que estamos en la Edad Media. La población lo conoce y no lo toma en serio. Si perdemos estas elecciones, cosa que yo dudo mucho, tenemos dos opciones: o aceptamos y cada uno toma su lugar, o no aceptamos y comenzamos una guerra civil. ¿Qué te parece?

- Me parece que lo mejor es que ganemos, porque si no, se comenzará una guerra civil.

EL BUEN DICTADOR I: EL NACIMIENTO DEL IMPERIO

A las nueve horas abrieron las urnas. Norton junto con otro individuo del equipo de Proença y otro tercer sujeto neutral se sentaron en la mesa electoral. La población acudió en gran mayoría a votar a primera hora para asistir así a las diez horas a la misa. A esa hora la participación bajó, pero al finalizar ésta el número fue *in crescendo* hasta llegar la hora de comer, momento en el que volvió a bajar en picado y ya se retomó al final de la tarde, cuando el calor ya no era tan intenso.

Gustavo pasó toda la jornada en casa de Zeca, que se situaba entre la Casa de Pueblo y la iglesia, y desde entre las persianas, observaba el movimiento de la calle. Zeca le iba informando de todo, desde el número de votantes hasta los comentarios escuchados por las calles y el sermón del cura, que le fue transmitido casi íntegramente. Gustavo como buen calculador que era, pensó en lo que iba a hacer dependiendo del resultado obtenido. Si perdía, no tenía intención de iniciar una guerra civil como le había dicho a Norton, pero estaría dispuesto a preparar un plan para debilitar el poder desde la oposición y derribarlo. Tendría que saludar al vencedor y posiblemente preferiría quedarse a solas, lejos de todo, pero en el caso de que ganara, sería muy conveniente tener preparado un buen discurso. Intentó hacer un borrador con algunas palabras, pero se dio cuenta de que estaba demasiado emocionalmente alterado para escribir algo que tuviera sentido. Si ganaba, tendría que improvisar y sabía que ese no era su punto fuerte. Sin embargo, si lo conseguía, lo que menos importancia iba a tener sería el discurso.

A las ocho cerraron las urnas y se dio inicio al escrutinio. Mientras los tres individuos contaban los votos, la parte de fuera de la Casa del Pueblo se llenó de habitantes curiosos y expectantes por conocer de primera mano los resultados, entre ellos Proença y Gustavo. El primero había votado después de la misa, a la que como de costumbre había asistido, y el segundo fue a media tarde, acompañado por sus familiares. A las ocho y veinte minutos, las puertas de la Casa del Pueblo se abrieron y la población fue invitada a entrar para escuchar los resultados. Gustavo fue de los primeros en acceder al recinto e inmediatamente observó la expresión en el rostro de Norton, que miraba un papel sin prestar atención a la multitud que entraba. Gustavo, muy vulnerable y con las pulsaciones casi descontroladas, interpretó en la reacción de Norton una derrota anunciada. Sintió una especie de mareo y náuseas. "¿Cómo puede ser que la población sea tan estúpida y no vote por quien les trajo la luz?", pensó mientras intentaba controlar su malestar. El presidente de la mesa pidió silencio a todos los asistentes y, después de unos instantes de espera para que hubiera absoluto silencio, comenzó:

- De los 310 electores mayores de 18 años habilitados para votar, ha habido una abstención de apenas el 15%, y los resultados de esta participación han sido los siguientes: Lista A, liderada por Jorge Proença, obtuvo el 17%. Lista B, liderada por Gustavo Correia, logró el 82%, y hubo un 1% de votos nulos o en blanco.

Gustavo no se lo podía creer, un 82% era mejor de lo que había imaginado en sus previsiones más optimistas. Después del anuncio de su victoria, se desató un gran bullicio en el salón, y Gustavo se encontró rodeado por una multitud de personas que intentaban acercarse a él para saludarlo y felicitarlo. Tuvo ganas de llorar, tanta era la felicidad y emoción que sentía, y quería compartirla con Norton, Zeca, Ramiro y también con sus padres, pero la multitud parecía no parar de crecer. En dado momento, tuvo que subirse a una silla para que los asistentes pudieran verlo. Agitado, recibió una gran ovación. En lo alto, delante de todas esas miradas, Gustavo no pudo contener su alegría, y sus ojos azules brillaban con la posibilidad de derramar un océano de lágrimas que no podía detener. Desde lo alto, pudo ver a su padre y al resto de los miembros de su equipo, a quienes apuntó con el dedo índice y agradeció aplaudiendo. Cuando la multitud dejó de aclamar, la calma volvió al salón, y Gustavo pronunció un discurso de victoria que no había preparado:

- Muchas gracias a todos. Estoy muy emocionado, y es muy difícil para mí hablar en este momento. De verdad que no esperaba estos resultados y estoy profundamente conmovido al ver el gran apoyo que hemos recibido. Quiero agradecer a Norton, a Zeca, a Ramiro y a Gisela por todo el trabajo que han realizado en estos días. Les voy a pedir que a partir de ahora continúen con el mismo empeño y, si es posible, con una mayor implicación para no defraudar a todos los que han confiado en nosotros y nos han dado su voto. No quiero prometer nada aún, pero me gustaría mencionar aquí, en este momento, que tenemos tres objetivos cercanos: establecer reglas justas en nuestro pueblo, basadas en la cooperación y la colaboración; garantizar la seguridad de las personas y sus propiedades, ya que tener electricidad nos convierte en objeto de envidia para nuestros vecinos y puede atraer a ladrones y criminales; y finalmente, implementar un proyecto de captación y distribución de agua potable. Para concluir, quiero expresar mi profunda satisfacción por el apoyo que todos ustedes nos han brindado.

En medio del discurso, Proença salió por la puerta de salida de emergencia, procurando no llamar la atención e intentando ocultar su profunda desilusión por los resultados. Decidió evitar pasar por la calle principal, que era más transitada, por miedo a encontrarse con alguien que le hiciera alguna pregunta o comentario incómodo. Tuvo que dar una vuelta más larga por las calles normalmente desiertas para llegar a su domicilio y quedarse solo, pensando en la tormenta desagradable que acababa de pasar. Al llegar a casa, se encerró en el salón a cal y canto con la única compañía de una botella antigua de whisky, un regalo de su hijo mayor en su 60º aniversario. No conseguía quitarse de la cabeza el número diecisiete; solo un 17% de la población lo había apoyado, es decir, de los poco más de trescientos habitantes con derecho a voto, apenas votaron por él unos cincuenta y pocos. El resultado fue un auténtico fiasco, una pesadilla. Mientras que Gustavo estuvo fuera, él y los suyos hicieron una campaña bien pensada y seria, contaron también con la ayuda del cura Xavier y pensaron que podrían ganar las elecciones, pero con la llegada de Gustavo y con éste, la electricidad, la posibilidad de vencer se hizo más complicada. No obstante jamás hubiera esperado tan gigantesca humillación. Todo aquello que él construyó e hizo por el pueblo no merecía un mísero diecisiete por ciento. Por primera vez en su vida, agradeció que ni su mujer ni sus hijos estuviesen vivos para asistir a esa decepción, deseó también estar él mismo muerto. Después de haberse bebido media botella de whisky, ideó alguna forma de matarse, pero como viejo y sabio que era, le vino el pensamiento de que las cosas cambian rápidamente y que aquello que hoy es de una forma, mañana es de otra, y tal vez él aún tendría muchas cosas que decir.

En medio de toda la agitación que estaba viviendo Gustavo con la reciente victoria y con casi todos los presentes deseando felicitarlo, Norton lo llevó a un rincón del salón.

- Quiero que escuches lo que este hombre quiere decirte - Norton señaló en dirección a un hombre anciano que Gustavo apenas conocía.

- Buenas noches, enhorabuena por la victoria, ya era hora de mandar a casa a ese embustero de Proença. - Gustavo agradeció y no entendió por qué

Norton le pedía que escuchara a aquel hombre. - Tal como le he comentado a Norton, a mi nieto Cesar siempre le han gustado los ordenadores y las radios, y en mi casa, en el ático, tengo mucho material guardado que utilizaba cuando vivía aquí antes de morir. Pueden ir a ver el material y, si están interesados, pueden llevarse todo.

- Muchas gracias, cualquier día nos pasaremos por allí para ver lo que hay.

- No, no cualquier día, vayamos hoy. - dijo Norton, quien asistía desde la distancia a la conversación mientras se acercaba. - ¿Qué opinas, Gus, vamos ahora?

Gustavo no entendía el entusiasmo de Norton. Probablemente, ese anciano hablaba de aparatos viejos sin ningún interés, y su amigo quería ir allí, en ese preciso momento, justo el día en que habían sido proclamados vencedores con más del 80% de los votos. Aun así, miró a Norton con dudas y le preguntó en voz baja:

- ¿Me estoy perdiendo algo?

- Ven con nosotros y por el camino te contaré eso que espero encontrar, te va a encantar.

La respuesta le puso los dientes largos a Gustavo y con dificultad los tres atravesaron el salón hasta llegar a la puerta. Desde la Casa del Pueblo hasta el domicilio del abuelo de Cesar, eran unos cinco minutos andando a paso lento, tiempo suficiente para que Norton le contara la historia sin que el viejo se diera cuenta.

- No sé si te acuerdas de Cesar, pero era un tipo de mi edad que vivía en Lisboa, pasaba los fines de semana y sus vacaciones aquí e incluso llegó a vivir una temporada. Murió hace siete u ocho años atrás por un cáncer. Era un colega radioaficionado muy majo, un buen amigo al que le encantaba fumar hachís. Cuando reventaron las radios piratas en los años 80, él y yo hicimos una jugarreta aquí en Lentiscais, montando una radio ilegal que en el momento tuvo cierto éxito. - Norton echó una pequeña carcajada después de una breve pausa, como si estuviera reviviendo aquellos momentos. Gustavo, en cambio, no tenía noción de ese tal Cesar y tampoco recordaba ninguna radio pirata en Lentiscais. - Bueno, lo que podríamos encontrar en ese ático podría ser muy interesante. Él era un radioaficionado. ¿Te imaginas si encontramos una radio con transmisor y antena? ¿Y si nosotros empezamos a gestionar una radio?

EL BUEN DICTADOR I: EL NACIMIENTO DEL IMPERIO

Fue entonces cuando Gustavo entendió todo el interés e ilusión de Norton. La creación de una radio era casi tan importante como la obtención de electricidad. Sería el comienzo de una nueva era en los medios de comunicación. Cuando llegaron a la vieja casa, el dueño los condujo al ático, un espacio oscuro, grande, lleno de trastos viejos y con inmensas telarañas. El techo no tenía ninguna protección, y se podían ver las tejas a través de él. Hacía mucho calor, y la iluminación era tenue. Gustavo seguía pensando que sería difícil encontrar algún objeto de valor en medio de aquel desorden. Sin embargo, Norton se dirigió rápidamente a un lugar donde parecía haber una especie de reproductor de CD grande. Cuando Gustavo logró acercarse a Norton, este ya había examinado todos los aparatos que se encontraban allí.

- ¿Qué te parece, Norton?

Norton lo miró y, haciéndose pasar por un experto en la materia, le respondió:

- Hoy estamos de suerte, ante ti hay una radio de 200 MW con procesador y una pequeña antena capaz de retransmitir en FM en un radio de unos ochenta o cien kilómetros.

- ¿De verdad? ¿Cómo lo sabes?

- Cesar y yo éramos muy amigos.

Por primera vez en esa jornada tan especial, Gustavo notó en el rostro de Norton, quien estaba mirando distraído el transmisor, un aire de profunda tristeza. Sin querer perturbar a su amigo, Gustavo comenzó a pensar en lo que siempre había soñado: trabajar en la radio y poner su música preferida. Se imaginó teniendo un programa de una hora o dos, donde pincharía música *country* o *indie*. Sin embargo, fríamente calculó que esta sería también una excelente forma de transmitir noticias y entretenimiento a la población. Sería otra contribución más por su parte a esta nueva sociedad.

En los días siguientes, Gustavo y los miembros de su lista estuvieron muy ocupados. Además de cumplir con sus responsabilidades personales, se reunían diariamente para abordar temas de la comisión. Además, Gustavo y Norton intentaban poner en marcha la radio, que, en ese momento, se encontraba en el ático de la casa de Norton. Éste le dedicaba muchas horas para avanzar y poder emitir algo, pero no tenía éxito en la tarea.

La nueva dirección se percató rápidamente, en las reuniones diarias que tenían en la Casa del Pueblo, de que sus poderes en la comisión eran escasos y muy limitados, y que no podrían dictar leyes sin que estas se ajustaran a los estatutos de la propia comisión. Esto llevó a Gustavo y Ramiro a proponer la creación de nuevos estatutos. Estos estatutos otorgarían poder legislativo a la comisión para la creación de leyes, poder ejecutivo para asegurar que estas fueran implementadas y poder jurídico para establecer un órgano independiente que conectara los tres poderes. Llegaron a la conclusión de que, para obtener esa facultad, necesitarían el respaldo del pueblo y sería necesario realizar una consulta; esto otorgaría a la comisión la potestad y la autoridad que la convertiría en una especie de Estado.

A los pocos días, los cinco redactaron un documento en el que proponían transformar la Comisión de Apoyo a Lentiscais en un órgano gubernamental con poder para establecer normas, reglas y leyes, y asegurarse de que se cumplieran, incluso si eso implicaba crear una nueva fuerza policial y un tribunal. Los estatutos serían sometidos a referéndum por parte de la población en quince días. La propuesta de los estatutos no generó muchas discusiones entre los habitantes; la gran mayoría la consideraba necesaria e imprescindible. Uno de los pocos que la cuestionaba era el cura Xavier, quien en numerosas ocasiones, tanto en público como en la misa, expresaba preocupaciones sobre el excesivo poder que tendrían los miembros de la comisión y advertía que era necesario mantener una sociedad dirigida por el único Salvador, Jesucristo, y la Santa Iglesia.

Los cinco miembros de la comisión crearon otro estatuto que afectaría a los pueblos vecinos que deseasen obtener electricidad o protección por parte de Lentiscais. Este estatuto regularía que las poblaciones vecinas estarían obligadas a elegir democráticamente un presidente y su respectiva dirección, con la obligación de adoptar el estatuto interno existente en Lentiscais, sus leyes respectivas, y estarían sujetos a la comisión representada por Gustavo.

- Gustavo, lo que estamos haciendo es establecer nuestras leyes para aquellos que vengan a solicitar electricidad.

- ¿No te parece correcto? ¿Prefieres proporcionar electricidad a cualquier persona que venga a pedirla? Las leyes que estamos creando, y que más adelante continuaremos creando con la aprobación de los estatutos, serán leyes justas y otros pueblos también podrán adoptarlas.

EL BUEN DICTADOR I: EL NACIMIENTO DEL IMPERIO

- Sí, pero automáticamente seremos nosotros quienes ejerzan el gobierno sobre ellos, y eso me parece colonización, es decir, la imposición de nuestras leyes. Y si no están de acuerdo, les cortaríamos el suministro eléctrico.

Ramiro sabía que esa era una discusión perdida. Gustavo y Norton eran quienes lideraban el grupo, y Zeca siempre estaba al lado de sus dos amigos. En cambio, Gisela odiaba los conflictos y las discusiones, y siempre intentaba apaciguar estas disputas votando a favor de la mayoría, en este caso, de Gustavo. Aun así, Ramiro creía que era importante dar su opinión, ya que, según él, aportaba un punto de vista completamente diferente y muy interesante.

- Ten en cuenta, Ramiro, que en los estatutos dirigidos a los pueblos vecinos tendremos que indicar que ellos tienen que votar la aceptación de estos y, en cualquier momento, podrían retractarse y no cumplirlos, con ciertas consecuencias por sus acciones. Además, a mi parecer, si hay más de cuatro pueblos que los aceptan, deberíamos considerar la creación de una especie de comisión intermunicipal o, de otro modo, un gobierno general.

- Me parece que lo tienes todo muy planeado, Gustavo, a veces me asustas.

Ramiro dijo la frase sonriendo y en tono bromista, pero la realidad era que Gustavo le asustaba. Cuanto más tiempo pasaba con él discutiendo asuntos relacionados con la comisión, más consciente era de que Gustavo tenía un camino bien trazado y planificado, con muy poco margen para nuevas ideas. Aunque aún creía que Gustavo era la persona indicada para liderar estos nuevos tiempos, su ambición desmedida le imponía respeto

La suerte seguía acompañando a Gustavo y, una vez más, sintió la brisa de la fortuna antes del referéndum de los estatutos. A su vez y después de mucho esfuerzo, horas y dedicación, Norton había conseguido poner en marcha la radio. Dos días antes de las votaciones, había logrado emitir una señal desde su casa en frecuencia FM en un diámetro de más de cien kilómetros.

La noticia se extendió rápidamente por el pueblo, que añadió rápidamente un nuevo logro al historial del equipo. La radio se convirtió en una agradable compañía en todos los hogares, y este éxito llevó a Gustavo y Norton a elaborar un plan para aprovechar al máximo la situación. Lo bautizaron con el nombre de Radio Serrano en memoria del antiguo propietario de la radio, Cesar Serrano, pero también porque Serrano era un apellido muy común en la región. Decidieron que sería principalmente musical e incluirían un breve noticiario cada hora. Tenían recursos limitados, pero la idea era mejorar continuamente en cuanto a contenidos y utilizarla con fines promocionales y de propaganda para sus ideas. Sin embargo, eran conscientes de que, a pesar de emitir a cien kilómetros a la redonda, otros pueblos no tenían acceso a electricidad y las pilas alcalinas y baterías se habían agotado desde hacía mucho tiempo. Por el momento, su público era exclusivamente de Lentiscais.

Tal y como habían previsto, la participación para la votación de los estatutos fue elevada y aprobada por el 90% de ellos. No hubo ninguna sorpresa en los resultados a pesar de los arduos intentos, vistos como ridículos por los vecinos, del cura para frenar esa victoria anunciada. Gustavo y su equipo llevaron orden, unión, pero sobre todo, electricidad y comunicación a través de la radio al pueblo. Éste nuevo logro fue anunciado por este medio con gran alegría y con temas musicales dignos de verbenas de las fiestas típicas de verano. Por parte de la población, había una confianza ciega en la comisión y todos esperaban de ellos grandes descubrimientos e innovación para la localidad. Cabe decir que no todos estaban satisfechos, Proença seguía al margen de todos estos acontecimientos, había sido de los pocos en votar en contra de los estatutos, aunque no lo asumiera en público. Xavier, el cura, era otro de los individuos que había votado en contra en ese referéndum.

Xavier Dias era el sacerdote de esta localidad desde hacía poco más de diez años. Además de la iglesia de Lentiscais, también dirigía la parroquia de Alfrivida. Nació en Fafe, al norte del país, hace sesenta y dos años, y sus padres eran personas pobres y devotas. Tuvieron cinco hermanos y cuatro hermanas, y Xavier fue el quinto en nacer. Desde joven, ayudaba en las tareas domésticas y agrícolas. Sus padres, incapaces de mantener a todos los hijos, dejaron a Xavier en manos de un convento de frailes cuando él tenía tan solo diez años. Dieciocho años después de su ingreso en la institución católica, Xavier obtuvo el título de cura y, en consecuencia, se dedicó a sus tareas religiosas en su primera parroquia en un pequeño pueblo transmontano. Su trayectoria en la iglesia católica hasta llegar a Lentiscais fue discreta. Era conocido por ser una persona ortodoxa, totalmente en contra de cualquier innovación y modernización de la iglesia, del aborto y de cualquier método anticonceptivo. No casaba a nadie que no estuviera bautizado, estaba a favor de una mayor inclusión de la iglesia en el poder y defendía la Inquisición de la Edad Media como un mal necesario. Era un sacerdote del ala más estricta de la iglesia, tal vez por ese motivo nunca fue muy popular en las parroquias por las que pasó. Con el paso de los años, se fue cansando de las grandes aglomeraciones y cuando supo que dos pequeñas localidades del interior necesitaban un líder espiritual en su comunidad, decidió ocupar ese lugar. Vivía en una casa sencilla en la Calle de los Pajares, que fue nombrada así por ser antiguamente un lugar de descanso para el ganado y hoy en día se habían convertido en pequeñas casas. El hombre tenía una estatura de 1,86 metros, aunque parecía más pequeño debido a una joroba que le sobresalía. Siempre llevaba el pelo muy corto, completamente canoso pero sin entradas, y tenía una nariz aguileña. Era muy delgado y vestía siempre de negro riguroso, lo que hacía que pareciera aún más delgado. Habitualmente llevaba un sombrero largo y oscuro, ya fuera invierno o verano, y raramente se le veía fuera de su iglesia o su hogar. Esa fue la razón por la que sorprendió a todos a plena luz del día cuando, con paso firme, se dirigía a la vivienda de Gustavo.

Gustavo estaba terminando de comer con su familia y había pensado en echarse una siesta. Había estado trabajando duramente toda la mañana en sus tierras, y parte de la tarde la iba a dedicar a las tareas gubernamentales junto con su equipo. Cuando escuchó el timbre, sintió el riesgo de quedarse sin su placentero descanso, pero jamás se hubiera imaginado quién estaba al otro lado de la puerta.

- ¡Padre Xavier, qué sorpresa!

- Buenas tardes, hijo, ya que Mahoma no va a la montaña, la montaña tendrá que ir a Mahoma. ¿Me invita a entrar?

- Por supuesto, Padre, haga el favor de entrar. ¿Ha comido ya?

- Sí, gracias, es usted muy amable.

Xabier entró en una pequeña habitación que disponía de un sofá, que seguía en dirección a una televisión que hacía tiempo no funcionaba, lugar en el que Gustavo y sus padres acostumbraban a recibir las visitas. La habitación lucía desordenada, llena de juguetes de sus hijos, por lo cual Gustavo pidió disculpas. Ambos se sentaron a apenas un metro de distancia entre ellos.

- Sé que no es un hombre muy católico, Gustavo..." - una pequeña pausa. - "...pero he venido aquí para intentar cambiar esa realidad. Sé también que sus padres son católicos practicantes. Usted fue bautizado en este mismo pueblo por mi antecesor, pero ahora no asiste a misa. ¿Le importaría decirme por qué?

El cura hablaba siempre muy despacio, como si estuviera pensando detenidamente cada palabra que salía de su boca.

- No tengo ningún problema, Padre, simplemente yo no soy católico.

- No se preocupe, Gustavo, no tengo la más mínima intención en intentar convertirlo, no soy testigo de Jehová.

Xavier se tomó una pausa y se acomodó en el viejo sofá. Había cambiado de actitud, uno de sus refranes preferidos era: "Si no puedes con tu enemigo, únete a él". Venía con una actitud abierta, como enterrando el hacha de guerra.

- Usted, como muchos jóvenes de hoy en día, no es practicante y ha perdido la fe en la iglesia. Hoy en día, la iglesia es vista como una institución caduca y medieval, y yo entiendo ese desencanto por parte de la juventud. Pero ahora estamos en una nueva era; las viejas instituciones han caído, y solo aquellas que se sostienen con fuertes pilares van a tener continuidad. Veo con tristeza que los feligreses que vienen a rezar son personas de edad avanzada, lo que me hace reflexionar sobre cómo atraer a gente joven a la congregación. Principalmente por esa razón, me encuentro hoy aquí.

Gustavo estaba asombrado con el discurso del cura y tuvo incluso miedo de por dónde iba a continuar. Permaneció en silencio.

- Creo que la religión tiene un papel importantísimo en la vida de la gente, una labor espiritual y que no debería intervenir en política, dejando esos temas en manos de quien esté gobernando. Estamos viviendo algo muy importante y me gustaría, en nombre de nuestra congregación, mostrarle mi gratitud a usted, señor presidente, por aquello que ha hecho hasta ahora en el pueblo y le pido ayuda para que junto a mí, podamos renovar y captar a las nuevas generaciones para que la iglesia sea un pilar fundamental en su régimen.

La perfecta jugada del sacerdote Xabier dejó a Gustavo sin reacción; interpretó con sus palabras que el cura le ofrecía apoyo con la condición de que él le ayudara a acercar a sus seguidores más jóvenes a la iglesia.

EL BUEN DICTADOR I: EL NACIMIENTO DEL IMPERIO

- Padre, no sé qué decirle. La renovación de su institución es importante y necesaria en este momento, pero dudo que yo pueda serle útil en este respecto.

- Se equivoca, mi estimado presidente. Sus ideas y contribuciones pueden ser de gran valor para la nueva imagen que quiero crear. No sólo sería de gran ayuda para mí, que vería una iglesia más actualizada, sino para usted también, porque tendría un aliado espiritual fiel protegiendo su causa. Sería importante para el bien común que, en el conjunto de leyes que van a salir a la luz en breve, esté escrito que la religión oficial es la de la Iglesia Católica Apostólica Romana.

Gustavo, perplejo con la proposición del cura, pensó que lo mejor sería no entrar en discusión con él, porque era, sin duda, un viejo zorro experimentado que jugaba fuerte. Le estaba ofreciendo el completo apoyo de la iglesia, y como contrapartida, pedía a Gustavo la oficialidad de la religión en su "nuevo Estado".

- Señor cura, déjeme que consulte con los demás miembros de la comisión y le informaré en cuanto lo discutamos.

- Por supuesto, señor presidente, tómese el tiempo que le haga falta, pero antes me gustaría que valore otra petición, si me lo permite. La radio está ya en marcha y quisiera saber si podrían permitirme que la misa de los domingos sea emitida en directo para los discapacitados y enfermos que están en cama y no pueden desplazarse a la iglesia.

- Consultaré también esa proposición, señor cura, no se preocupe.

Cuando el sacerdote Xavier salió de casa, Gustavo se quedó paralizado por un momento, repasando aquella extraña e inesperada conversación. Vio que el cura era más inteligente de lo que pensaba y le había hecho una oferta muy interesante. Pero aquello iba en contra de sus ideales y de lo que él opinaba que era mejor para el pueblo: una sociedad donde cada cual puede elegir libremente su religión. Por otro lado, era sin duda muy tentador; el hecho de tener el apoyo de una iglesia poderosa le daría más autoridad y, en estos tiempos de inseguridad e inestabilidad, esa ayuda podría ser más que provechosa.

LOS VECINOS

En las siguientes jornadas, Gustavo y el resto de los miembros de la comisión aprobaron nuevas leyes para esta nueva sociedad. Estas eran difundidas y mostradas en un tablero de corcho situado en una de las paredes de la Casa del Pueblo, y también eran anunciadas por la radio durante todo el día a la cual acudían los diferentes cargos de la comisión que defendían el sentido de cada ley. Cada miembro llevaba una cartera: Zeca la de Seguridad, Defensa e Interior; Norton la de Economía y Justicia; Ramiro la de Educación, Agricultura y Medio Ambiente; y Gisela la de Sanidad. Los cuatro trabajaban codo con codo, y todas las leyes tenían que pasar el filtro de Gustavo, quien tenía siempre la última palabra y también llevaba las Relaciones y Asuntos Exteriores. Esta última era una cartera con poco contenido, ya que las relaciones exteriores eran prácticamente nulas en ese momento. Sin embargo, Gustavo tenía la certeza de que sería así por poco tiempo, ya que el tener electricidad era un reclamo lo suficientemente interesante y sabía que en breve iba a recibir visitas.

La primera visita vino de Alfrivida, un pueblo vecino con el que Lentiscais tenía muy buenas relaciones, sobre todo a raíz de la amistad creada entre Gustavo y Pedro cuando realizaron el trueque entre los paneles solares y los animales de carga.

Cuando la población de Alfrivida tuvo conocimiento de que en Lentiscais disponían de electricidad, insistieron a Pedro y a su padre para que fueran y hablaran con Gustavo con el objetivo de que pudieran disfrutar de ese lujo. Pedro les prometió a todos que en breve iría a Lentiscais para dialogar con el presidente de la comisión después del referéndum de los estatutos. Y así sucedió, dos semanas después de dicho referéndum, Pedro escogió a su mejor caballo y decidió emprender ese viaje para encontrarse con Gustavo, sabiendo perfectamente que tendría que ofrecerle algo a cambio para conseguir ese bien tan solicitado. También era consciente de que, en caso de que no llegaran a ningún preacuerdo, el futuro de Alfrivida estaría en riesgo, ya que algunas personas ya se estaban planteando mudarse a Lentiscais.

A mitad de camino, se detuvo frente a la central eléctrica que suministraba energía, por el momento, a un solo pueblo, y se sorprendió al ver que había dos hombres protegiéndola, ambos armados con escopetas. Reconoció a uno de los individuos, que era de Lentiscais; al otro, en cambio, no lo había visto en su vida y pensó que podría ser algún inmigrante recién llegado al pueblo, ya que se rumoreaba que desde la llegada de la electricidad a Lentiscais, su población estaba en aumento. Cuando llegó al pueblo, notó claramente que había más actividad que en el suyo, con sonidos eléctricos de fondo. En una calle cercana a la Casa del Pueblo, estaban reconstruyendo una vivienda, y al acercarse a la entrada de la Casa del Pueblo, fue invadido por un olor familiar, un aroma que hacía mucho tiempo que no sentía: el olor a café. Por un instante, incluso se olvidó de que había habido un ataque.

Mientras esperaba ser atendido por Gustavo, se entretuvo hablando con la gente local presente, quienes le informaban de las novedades. Pedro aprovechó también para tomar un café y, en ese momento, vaciló en pedir asilo en Lentiscais. No quería regresar a su casa; deseaba ser parte de ese desarrollo. Cuando finalmente llegó su turno para reunirse con su amigo, se sintió muy inseguro, no tenía nada que ofrecerle en un trueque, iba a suplicar. Por su parte, Gustavo pedía reunirse a solas con los representantes de los pueblos vecinos, ya que tenía planes muy concretos para cada uno de ellos.

- Bienvenido, Pedro. ¿Qué tal estás?
- Bien, pero no tan bien como tú, ¿o debo llamarte señor presidente?
- Déjate de tonterías, tutéame, por favor.
- Vale, Gustavo. Veo que tu pueblo se está desarrollando a gran velocidad.
- Sin lugar a dudas, amigo. Tenemos mucho por desarrollar y mucho trabajo por delante. Además del suministro eléctrico, tenemos una radio, hemos creado algunas empresas dedicadas a la construcción, la alimentación y el textil. También disponemos de un pequeño consultorio médico y hemos abierto otro bar... Como ves, sí, estamos avanzando.
- Impresionante, sin duda. Bien, ya imaginarás por qué motivo me encuentro aquí.
- Me hago una pequeña idea, pero prefiero que seas tú el quien me lo cuente.

- ¿Cómo podría llevar electricidad a Alfrivida?

- Vas directo al grano, ¡eh! ¿Cómo? ¿Qué nos ofrecéis a cambio?

Pedro había sido siempre un buen negociante; había aprendido todo lo que sabía de su padre. Sin embargo, ahora se encontraba en clara desventaja, ya que no tenía casi nada que pudiera ofrecer. Gustavo se levantó de su silla y se dirigió a la pequeña ventana de su despacho que daba a la calle principal. Una vez allí, dijo:

- No te preocupes, Pedro, no quiero nada a cambio y será para mí un placer compartir la electricidad con tu pueblo de forma gratuita. Pero, para eso, vosotros tendréis que aceptar los estatutos creados por nosotros dirigidos a las poblaciones vecinas.

Gustavo le entregó una carpeta donde estaban detallados los estatutos. Pedro, receloso, aceptó tomar el dosier, no sin antes hacerle una petición.

- ¿Podrías hacerme un resumen de estos estatutos?

- Por supuesto, Pedro. Deberán ser aprobados por la mayoría de tu población en una consulta democrática, donde también deberá elegirse una comisión con su respectivo presidente. Esta comisión tendrá la obligación de aplicar las normas creadas por nuestra comisión. ¿Te parece confuso?

- Un poco, la verdad. Permíteme ver si te he entendido. ¿Tu comisión y tú van a gobernar en Alfrivida? Y la comisión que saliera vencedora de esas elecciones tendría que dirigir en función de vuestras políticas.

- No es totalmente así, mira Pedro. Estoy dispuesto a compartir la energía eléctrica con vosotros o con cualquier otro pueblo que lo solicite, pero exijo que, a cambio, esa sociedad esté preparada para recibirla. Es decir, no voy a entregarla a aquellos que estén inmersos en el caos, desigualdades o bajo el control de señores feudales. Para recibir este bien tan preciado, tendrán que cumplir una serie de reglas básicas de buena convivencia democrática. Para eso, pretendo que haya elecciones en todos los pueblos para que elijan a sus representantes. Si después de eso, el pueblo está interesado en recibir nuestra corriente eléctrica, también tendrán que aceptar cumplir con las leyes que se rigen desde aquí. Esto no excluye, de ninguna forma, que algún pueblo, a través de sus delegados, pueda solicitar la aprobación de algunas leyes o, en su caso, alguna modificación de las mismas.

- En definitiva y en pocas palabras, en el caso de que aceptáramos los estatutos, tú serías el líder de Alfrivida.

- Si lo quieres decir así, sí. - Gustavo, sintiéndose mucho más cómodo que Pedro en ese momento, hizo una breve pausa y se volvió a sentar en su silla. - Sin embargo, hay un punto muy importante que quisiera destacar. Cuando haya más de cuatro pueblos con los estatutos aprobados, debe crearse un gobierno suprarregional elegido por los presidentes de las comisiones de cada uno de ellos. Cuando llegue ese día, y créeme que está muy cerca, tú podrías tener un papel muy importante en ese Gobierno.

Pedro hojeó por encima los documentos sin estar muy concentrado en la lectura. Sabía que no habría otra alternativa para su gente; lo más fácil y sensato sería aliarse con Lentiscais. El camino contrario sería el suicidio, pero el precio a pagar por esa unión era alto. Tendrían que dejar el futuro de Alfrivida en manos de personas ajenas al pueblo. Le venía una y otra vez a la mente la idea de poder ser él mismo el presidente de la comisión de Alfrivida y, en un futuro, ser parte de ese supragobierno. Aquello que Gustavo le ofrecía era bastante tentador, y viendo que no había ninguna otra alternativa que pudiera satisfacer a ambas partes, decidió aceptar la propuesta y regresar a su pueblo para informar a sus conciudadanos.

Un mes después, los Estatutos para las Poblaciones fueron aprobados con la votación a favor de la mayoría de la población, que a su vez no veía con buenos ojos ser gobernados por la localidad vecina, pero poder disponer de corriente en sus hogares era una oportunidad que no querían perder. Pedro se convirtió en el representante del pueblo, sin tener a nadie en la oposición, y se enorgulleció de haber sido él quien, a través de sus dotes innatas para los negocios, llevó la luz hasta Alfrivida. En su discurso de victoria, prometió que construirían una línea de tren para conectar los dos pueblos, idea que había aportado Gustavo anteriormente porque veían que en Lentiscais se producía demasiado y era necesario darle salida. Como agradecimiento, Gustavo les regaló uno de los cochecitos de golf y promovió la creación de un mercado semanal entre las dos localidades para fomentar la unión entre ambas.

Gustavo no tuvo que esperar mucho tiempo para que otra persona importante de un pueblo vecino se acercara a solicitar electricidad. Estaban a principios del otoño, y los ciudadanos demandaban mayor seguridad, ya que habían sufrido ataques y un robo durante la noche, y en esta ocasión, ocurrieron casi en el mismo centro del pueblo. No pudieron capturar a nadie, y como de costumbre, los sospechosos eran los gitanos de Monforte da Beira.

Sin embargo, en esta ocasión, varios ciudadanos habían visto a gitanos cruzando el pueblo. Debido a todos estos incidentes, Gustavo y su equipo aprobaron un conjunto de leyes para combatir el crimen.

La primera medida que tomaron fue crear un puesto de guardia en las dos entradas principales del pueblo, con patrullas de dos hombres bien armados, que trabajarían a turnos las veinticuatro horas. La segunda medida fue instalar cámaras en el centro del pueblo y en los alrededores, especialmente en las áreas adyacentes y en los caminos que conducían a esas tierras. La tercera fue la creación de una torre de control desde donde se podrían vigilar todas las cámaras y reaccionar ante cualquier ataque inminente. La cuarta y última medida fue profesionalizar o semiprofesionalizar a un equipo de personas bien entrenadas que actuarían como policías, y sus salarios serían financiados por el Estado, lo que implicaría que todos los ciudadanos tendrían que pagar un pequeño impuesto. Esta primera y nueva tasa sería pagada por los ciudadanos con bienes materiales. Pronto, la comisión pondría en circulación una nueva moneda de cambio.

A Gustavo no le sorprendió cuando Anselmo le pidió reunirse con él. Anselmo Carneiro era posiblemente la persona más conocida y respetada en Monforte da Beira, un hombre de sesenta y ocho años que había permanecido siempre en su pueblo. Primero, como productor de tabaco, dueño de una enorme plantación, y más tarde, cuando el negocio empezó a decaer, se convirtió en propietario de un molino de aceite y creó su propia marca. Era un hombre alto, delgado, con el pelo blanco, lo que contrastaba con su tez morena curtida por tantas horas al sol. Era una persona con principios y bastante moderada que, a pesar de haber tenido éxito en los negocios en los que se aventuró, siempre trató con respeto a sus trabajadores.

Se reunieron en el despacho de Gustavo. Después de los protocolarios saludos y presentaciones, Anselmo tomó la palabra:

- Es increíble lo que están creando aquí. Desgraciadamente, en Monforte en lugar de avanzar, estamos retrocediendo.

- ¿Cuál es la situación actual allí?

- Estamos al borde de una guerra civil, si se le puede llamar así, cuando se trata de un pueblo de poco más de quinientos habitantes. Por un lado están los gitanos, que son un grupo numeroso, mayoritariamente joven, y exigen una distribución más equitativa de las tierras. Por otro lado, están los nativos, que viven sus días llenos de miedo, durmiendo con pistolas y cuchillos bajo sus almohadas.

- Dicen que la distribución de las tierras se hizo sin tener en cuenta a los gitanos.

- Sí, es cierto - Anselmo era un hombre que no mentía y reconocía humildemente sus propios errores. - Cometimos un error en ese momento, pero después intentamos corregirlo y sentarnos con ellos para llegar a un acuerdo, y no fue posible.

- ¿Y cómo podría ayudar?

- Tal vez usted podría actuar como intermediario entre las dos partes. Ya lo intentamos con el excomisario de la policía de Malpica, pero los gitanos no confían en él, y como a usted todavía no lo conocen, tal vez pueda dar resultado. Si esta situación sigue empeorando, más gente huirá de Monforte y terminará aquí, lo que supongo sería una situación complicada de gestionar.

- Aquí sólo entra quién nosotros autoricemos, por eso estamos cerrando y controlando los accesos al pueblo. ¿Cree usted que sería posible que los gitanos vivan en completa armonía con el resto de habitantes?

- Por supuesto que sí. Dentro de esa comunidad hay gente honesta y muy trabajadora, y desean tanto como yo encontrar una solución pacífica y justa.

A Gustavo no le estaba gustando cómo se estaba desarrollando la conversación. Él prefería que alguien hubiera llegado para pedirle ayuda en la lucha contra los gitanos, a quienes veía como sucios y ladrones. Sin embargo, Anselmo expresaba una opinión completamente opuesta, siendo un hombre que en medio de la confusión lograba razonar y mantener la calma en todo momento. Sentía admiración por él y le sorprendía que un hombre tan sincero y honesto hubiera llegado tan lejos en el mundo de los negocios. No obstante, Gustavo tenía planes para Monforte que no parecían ser soluciones pacíficas ni justas en absoluto.

- ¿Y cuál sería mi papel como intermediario?

- Bien, creo que lo mejor sería escuchar a las dos partes y decidir qué es lo más razonable.

- ¿Y si una de las partes no está de acuerdo?

- Si es justo para ambas, es muy probable que acepten.

La conversación terminó poco después, con Gustavo prometiendo reflexionar sobre el asunto y considerar alguna acción inminente. Cuando

EL BUEN DICTADOR I: EL NACIMIENTO DEL IMPERIO

Anselmo se fue, Gustavo se quedó solo durante más de una hora, pensando en cómo podría actuar en Monforte y preguntándose cuánto tiempo tardaría en llegar algún representante de Malpica, el pueblo más grande de los cuatro, que hasta ese momento no había mostrado interés en la corriente eléctrica.

El excomisario del puesto de la Guardia Nacional Republicana (GNR) en Malpica do Tejo era el hombre más conocido de su pueblo. Durante más de treinta años estuvo en ese puesto y cuando le faltaban apenas dos meses para jubilarse, ocurrió el ataque que le dejó sin jubilación ni sueldo alguno. A pesar de eso, seguía siendo respetado y tratado como si continuara siendo el comisario de la GNR. A sus espaldas, la gente le llamaba "El Gordo" debido a que medía 1,70m y pesaba más de ciento diez kilos, pero, curiosamente, toda esa grasa estaba acumulada en su enorme barriga. Su rostro era redondo y llevaba un bigote grande y descuidado que sobresalía de su semblante, ofreciéndole una estampa un tanto cómica. Siempre llevaba el pelo corto o rapado, y solo en la actualidad, con sus sesenta y cinco años, le empezaban a salir sus primeras calvas. A diferencia de Anselmo, El Gordo no tenía la virtud de ser honesto. A lo largo de su carrera, pasó por alto numerosas infracciones, aceptó sobornos, utilizó el poder para su propio beneficio y abusó de su fuerza policial, incluso abusando sexualmente de inmigrantes sin documentación. Aunque el pueblo tenía un ayuntamiento y su respectivo presidente, el comisario era quien mandaba y dictaba las normas. Una de las primeras medidas que tomó después del ataque fue expulsar a los pocos gitanos que quedaban en el pueblo a Monforte y después repartir las tierras de manera muy poco equitativa. Esto llevó a la población a protestar sin resultado, pues El Gordo tenía armas y no tendría ningún problema para usarlas si fuera necesario. En la actualidad, no había nadie que le controlara desde la ciudad. Tenía conocimiento de lo que ocurría en Lentiscais y no le gustaba en absoluto lo que escuchaba. Al final del verano y con el inicio del otoño, vio que alguna gente de su localidad abandonó su tierra para buscar cobijo en Lentiscais. Esto hizo que tomara la determinación de dirigirse a ese pueblo con el claro objetivo de llevarse la electricidad sin ofrecer ninguna contrapartida.

Decidió ponerse en marcha con dos hombres más, dos antiguos policías. Los tres llevaban armas y, mientras cabalgaban lentamente los trece kilómetros que separaban los dos pueblos, el excomisario pensó en que muy pocas veces había tenido que ir a Lentiscais o Alfrivida. Eran dos aldeas pacíficas con una población casi exclusivamente anciana que no creaba problemas, al contrario de los cazadores y pescadores que llegaban los fines de semana y que infringían las normas. Él hacía la vista gorda en eso, aceptaba pequeños sobornos, y esos recuerdos hicieron que echara de menos aquellos tiempos. Siempre había mirado a la gente de Lentiscais con indiferencia, pensaba que los lentisqueiros tenían un complejo de inferioridad frente a Malpica y que intentaban crear rivalidad entre ellos, mientras los malpiqueros apenas notaban la presencia de ese triste pueblo.

Cuando llegó a la entrada de Lentiscais, se quedó asombrado por lo que vio: dos hombres vestidos de negro y armados protegían la entrada. Había una pequeña cancela que bloqueaba el paso. Conocía a uno de ellos y, con un pequeño gesto de saludo, hizo que uno de los guardias subiera la cancela y permitiera el paso a los tres malpiqueros. A medida que recorría la localidad, se sentía cada vez más fascinado y desconcertado. Acababa de descubrir una pequeña civilización a escasos kilómetros de Malpica y confirmaba los rumores que había oído en las calles: Lentiscais estaba más desarrollado que cualquier otro pueblo vecino. No tenía ninguna intención de hablar con Gustavo; iba directo a la casa de Proença, su viejo amigo de combate. Quería saber qué había sucedido para que este perdiera la presidencia de la comisión y cuál era la situación actual en el pueblo. Aún se consideraba el comisario de la policía local, y, según él, sería Gustavo quien tendría que buscarlo para pedirle permiso y autorización para el uso de armas y guardias. Cuando llegó a la casa de Proença, este se sorprendió al ver al Gordo y le pidió que entrara rápidamente, mientras que los otros dos expolicías se quedaron fuera, esperando a su jefe.

Antes de que el excomisario llegara a casa de Proença, a Gustavo ya lo habían informado de su presencia. Le sorprendió que, en lugar de ir directamente a la Casa del Pueblo, fuera a visitar a su amigo, pero no le dio la menor importancia a este hecho. Sabía que tarde o temprano se enteraría de todo, ya que era imposible guardar secretos en un pueblo tan pequeño.

La visita del excomisario a su amigo duró aproximadamente dos horas. El asunto principal de su conversación fue la aparición de Gustavo en escena y el tema de la electricidad. Para Proença, el encuentro con El Gordo era muy importante, no solo porque lo visitó antes de reunirse con Gustavo, sino porque también le pidió el favor, como amigo, de servir como intermediario con la nueva comisión. Sintió que aún podía ser útil y, al ocupar un cargo importante como mediador entre los intereses de los dos pueblos. Él era un hombre nacido allí y conocedor desde dentro de la realidad de la región.

Así fue como al día siguiente, por la tarde, se dirigió a la Casa del Pueblo para hablar con Gustavo y, tal vez, iniciar un proceso de acercamiento entre los dos pueblos, con Proença como figura principal. Cuando llegó al piso superior del edificio, se dirigió a la secretaria de la comisión, Carla, quien era la novia de Norton, y ella le pidió que esperara un momento, ya que estaban en medio de una reunión. Media hora después, le indicó que entrara, y Proença, vestido elegantemente de negro, saludó a todos y habló sin vacilar sobre el asunto que quería tratar.

- Imagino que ya sabréis que ayer vino a mi casa el excomisario de la GNR de Malpica do Tejo. Se sintió muy disgustado al ver el uso de tantas armas en el pueblo e hizo la petición de que la electricidad llegara también a Malpica do Tejo lo antes posible.

Gustavo, Norton y Zeca estallaron en una carcajada al escuchar lo que había dicho Proença. Gisela y Ramiro se unieron a la risa, aunque de manera más discreta. Gustavo no podía dejar de reír, y cuanto más miraba la expresión indignada de Proença, más ganas de reír tenía. Después de lograr controlar su ataque de risa, Gustavo se levantó de su silla y se dirigió a Proença.

- Así que el gran comisario quiere electricidad. En ese caso, vamos a conectarle la corriente inmediatamente, no queremos molestarlo - Volvió a soltar una carcajada y miró al resto del equipo, esperando complicidad. Todos, excepto Ramiro, que a estas alturas ya se sentía un poco incómodo, se rieron. - Visto que el señor Proença es ahora el portavoz de Malpica en este pueblo, le entrego los Estatutos para las Poblaciones con el fin de que se los dé al Gordo y que él los lea, si sabe leer, y los apruebe con sus conciudadanos. En caso contrario, seguirán estando a oscuras.

- Mucho cuidado, Gustavo. Él es un hombre importante. Ten cuidado. - Proença sintió odio hacia Gustavo por su arrogancia e intento de humillación mostrados delante del resto de miembros de la comisión.

- Sé que ustedes se conocen bien, y hemos confirmado que en algunos de los libros de contabilidad de la antigua comisión, usted y El Gordo hicieron algunos trapicheos... Pero eso es cosa de otros tiempos. ¿Por qué tendríamos que juzgarlos ahora? Al igual que los tiempos han cambiado, la autoridad del comisario, digamos, que ya no es la misma. Ya no existe una policía estatal, y él aquí ya no manda nada.

Proença, aturdido y mareado, se acordó de los libros de contabilidad que durante años estuvieron en los archivos muertos de la comisión y que ahora estaban en poder de la nueva comisión. Dedujo que ya habían detectado agujeros financieros, cuentas mal hechas y dinero usado de forma fraudulenta. Recibió los estatutos que Gustavo le dio y salió del salón cabizbajo, avergonzado y con la sensación de que tenía que lidiar con alguien mucho más inteligente y perspicaz que él.

Los días pasaron, las calurosas y secas jornadas veraniegas dieron paso a otras más cortas y lluviosas de otoño. Cada día se producían nuevos cambios en Lentiscais. Ya habían construido un enorme tanque para almacenar aguas fluviales y llevar ese preciado líquido a las residencias. Solo se esperaba que fuera un invierno de lluvias abundantes para acumular tanta agua como fuera posible y así poder abastecer la cada vez mayor demanda.

Crearon también una moneda, el Escudo, cuyo nombre fue escogido en honor de la antigua moneda portuguesa. Marcos, un banquero de mediana edad procedente de Monforte, fue el responsable del lanzamiento de esta moneda. Primero fue necesario encontrar el metal, después hubo que trabajarlo, y entonces fue cuando se creó la nueva moneda. A su vez, se fundó el primer banco y por ley sería el único, que tendría como objetivo ayudar a la población a obtener crédito, con intereses casi ridículos que servirían solo para pagar los gastos de la fabricación de la moneda y los trabajadores del banco. Marcos era su director.

La antigua escuela, que había dejado de impartir clases hace más de dos décadas, fue ampliada y remodelada para poder volver a abrir sus puertas. No eran muchos los niños que vivían en la localidad, pero la población joven crecía, y uno de los pilares principales de la comisión era, sin duda, la educación.

La seguridad de los alrededores del pueblo fue reforzada. A lo largo de la aldea, en los distintos puntos de acceso a la ciudad y en los terrenos adyacentes, habían instalado cámaras de vigilancia, y las imágenes se guardaban en la central de la policía, que era un antiguo barracón abandonado y que en la actualidad servía de puesto de mando para toda la seguridad del pueblo.

Gustavo llevaba una vida bastante ajetreada. Se despertaba muy temprano para trabajar en sus tierras con el ganado o en el vivero. Por las tardes iba a la Casa del Pueblo para tratar los negocios del poblado, que cada vez requerían más tiempo. Le gustaba estar al tanto de todo y siempre había algún problema al que buscar solución. En consecuencia, llegaba siempre tarde a casa cuando sus hijos ya estaban acostados. Todas las noches, antes de dormir, se prometía a sí mismo que en el futuro pasaría más tiempo con ellos y también sentía la falta de una mujer, del aroma femenino a su lado antes de acostarse.

El invierno llegó, y poco a poco la población tanto de Lentiscais como de Alfrivida aumentó, pero ese incremento no fue producido por la cada vez mayor cantidad de ancianos que vivían allí; estos morían más rápidamente debido a la dependencia que tenían de medicinas y su escasez en el pueblo. La sanidad era una de las mayores deficiencias que tenía el lugar; no solo existía la falta de medicamentos, sino que también carecían de personal cualificado. La comisión diseñó un plan para abordar ese problema. Por un lado, creó un laboratorio farmacológico para la elaboración de medicinas, y por otro lado, incentivó a las personas con formación superior a compartir sus conocimientos con los más jóvenes. El invierno trajo también mucha agua, y como resultado se inició el tan esperado saneamiento del pueblo. Volvía a correr agua por los grifos.

Fue también al inicio de esa estación cuando el excomisario de la GNR, junto con el antiguo alcalde del ayuntamiento de Malpica do Tejo y acompañados de dos antiguos policías, decidió ir hasta Lentiscais.

Después de su primera visita fallida, el excomisario, presionado por el exalcalde, pero, sobre todo, por la población local que empezaba a mudarse a Lentiscais o Alfrivida, hizo que El Gordo se tragara su orgullo y fuera a hablar con Gustavo en persona.

Habían pasado poco más de dos meses desde su primera visita, pero, aun así, notó rápidamente que las cosas habían cambiado. A la entrada había una barrera y al lado una pequeña caseta, como una especie de barracón de obra, con varias cámaras vigilando todo. Aquel lugar le hizo recordar las viejas aduanas que existían en la frontera con España hacía más de tres décadas.

Frente a ellos vieron a dos hombres vestidos totalmente de negro, con abrigos gruesos, gorros cubriendo sus cabezas y con dos escopetas en las manos. El Gordo no reconoció a ninguno de los dos y con un gesto rápido esperó a que estos levantaran la barrera. Los dos soldados se quedaron inmóviles y del interior de la garita salió un tercero que les preguntó:

- Buenos días. ¿Qué es lo que queréis?

- Queremos pasar - dijo apresurado y con poca paciencia.

- Muy bien, pero para poder pasar tendrán que bajarse de sus caballos y serán cacheados. Si encontramos algún arma la confiscaremos temporalmente hasta su partida.

El excomisario forzó una carcajada y miró a sus dos hombres buscando complicidad, que le fue devuelta y hizo que estos dos tomaran una postura más rígida.

- Joven, yo soy el comisario de la GNR de Malpica do Tejo y este es el alcalde del ayuntamiento. Si alguien aquí tiene derecho para cachear a otro, ese soy yo. Levanta ya esta barrera o tendremos problemas.

El soldado no hizo ademán de moverse ni un solo centímetro; de su cara no se podía extraer ni un ápice de emoción. Con mucha paciencia y amabilidad, repitió que cumplía órdenes y que nadie pasaría sin un control previo. El alcalde del ayuntamiento era un hombre sensato e intentó crear consenso entre todos, pero vio que nadie iba a dar su brazo a torcer, lo que hizo que el militar llamase a su superior. Zeca se presentó quince minutos después; él no conocía personalmente al alcalde, pero sí al Gordo y a los dos expolicías que siempre le acompañaban. La relación entre ellos no era muy cordial; acostumbraban a hablar a espaldas unos de otros, y cuando el excomisario vio que Zeca era el jefe de aquellos soldados, supo que tendrían problemas. Zeca se posicionó a favor de sus subordinados, y durante más de cinco minutos discutió con El Gordo sobre la legalidad de aquel acto, pero con la absoluta serenidad y el consejo del alcalde, El Gordo cedió, entregó su arma y permitió ser cacheado por los soldados. Zeca asistía con gran satisfacción a aquel control y no pudo ocultar una pequeña sonrisa en su rostro.

Permitieron pasar a los cuatro y se dirigieron al centro del pueblo de muy mal humor. Aun así, no pudieron dejar de pensar en cómo había pasado de ser un pueblo medio muerto un año atrás a estar tan desarrollado y en clara expansión. Había más casas, más gente en sus calles, muchos caballos y burros, y salía humo de unos almacenes con aspecto de fábrica. Al llegar a la Casa del Pueblo, divisaron una vía férrea que se originaba allí e imaginaban que llegaría hasta Alfrivida. Estaban muy impresionados con todo aquello y se sentían pequeños alrededor de tanta magnitud. Nunca hubieran imaginado que hubiera tantos avances a tan solo trece kilómetros de su pueblo. Cuando entraron en el edificio, las pocas personas que estaban en el bar se quedaron mirándolos y el exalcalde preguntó, muy amablemente, al empleado del bar la manera de poder hablar con Gustavo. Este apuntó hacia unas escaleras que estaban junto a la entrada del edificio. Tanto el exalcalde como el excomisario subieron aquellos escalones, y los dos expolicías, en cambio, aguardaron en el bar, cumpliendo órdenes. Al llegar al piso superior se encontraron con Carla.

- Nos gustaría hablar con Gustavo.

- ¿Tienen cita? - Carla ya sabía que no. - En ese caso, tendrán que esperar un poco, está reunido y terminará en breve. Veremos si después puede recibirles. ¿Cuáles son sus nombres?

Gustavo sabía perfectamente que estaban allí, pues le habían avisado del incidente ocurrido en la entrada del pueblo. Quería hacerles esperar y demostrar que no eran importantes allí, así que estuvo junto con Norton programando lo que iba a decir a los forasteros. Mientras tanto, Carla les ofrecía café y ninguno de los dos pudo resistirse al sentir aquel olor tan intenso y embriagador que hacía tiempo no tenían el placer de saborear. Después de veinte minutos de espera, los dos fueron invitados a entrar en el despacho de Gustavo.

- ¡Vaya sorpresa tan agradable! Sed bienvenidos, señores. Siéntense, por favor.

- Gracias, señor presidente. No sé si debo llamarle así - dijo el exalcalde, examinando a Gustavo.

- No, por el amor de Dios, mi nombre es Gustavo.

- Déjeme que le diga que ha sido verdaderamente difícil llegar hasta usted. - prosiguió el exalcalde - Pero debo admitir que ha hecho un trabajo digno de admiración en este pueblo.

Mientras Gustavo y el exalcalde se mostraban amables el uno con el otro, intentando crear un ambiente de cordialidad en el despacho, El Gordo miraba fijamente a Gustavo sin disfrazar su interés en aquel personaje. Intentaba atravesar su mirada y ver más allá, entrar en sus pensamientos o simplemente intimidarlo.

- ¿Y cuál es la razón de vuestra visita? - preguntó Gustavo, ahora acomodado sobre su silla, entrelazando sus manos y apoyando los codos en los brazos de la silla.

- Usted sabe perfectamente para qué hemos venido aquí - contestó El Gordo tan bruscamente que incomodó incluso al exalcalde. - El señor Proença ya habló con usted y sabe muy bien la razón por la que estamos aquí.

- Entiendo que en ese caso ustedes también saben mi respuesta – Gustavo contestó con el mismo tono.

- Su respuesta no nos agrada. La electricidad no es suya, es de todos.

- Exacto, la electricidad es de todos, nosotros hemos creado la nuestra y ustedes podéis crear la vuestra.

- No, vosotros no habéis creado nada, habéis conseguido traerla del parque eólico y ese parque es tan vuestro como nuestro.

- ¿Y por qué no hacéis lo mismo?

La conversación estaba tomando un matiz áspero y muy agresivo, los dos protagonistas de la discusión se miraban fijamente a los ojos, ninguno quería demostrar debilidad. Gustavo prosiguió en su ataque.

- Vosotros no lo hacéis porque no sois capaces de hacerlo y estáis aquí pidiendo, o mejor dicho, exigiendo que nosotros os abastezcamos de energía porque veis que vuestro pueblo se muere, porque los más ancianos no tienen medicinas y porque los más jóvenes se mudan aquí. Así que es muy sencillo, si queréis que la energía llegue a vuestras casas, deberéis llevar los estatutos a las urnas.

- Esos estatutos son ridículos, no tienen ninguna legitimidad, al igual que este ejército que usted ha creado, está totalmente fuera de la ley.

- ¿De la ley? - Gustavo soltó una pequeña carcajada. - ¿Qué ley? ¿Sigue creyéndose usted comisario del puesto de la GNR? Amigo, esa institución está acabada, ya no existe, al igual que desaparecieron muchas ciudades de Portugal, el Estado y mismamente el país ya no existe. De Portugal sólo quedan su idioma y sus particularidades culturales. Esta es una nueva era y hay que adaptarse a los nuevos tiempos. Ustedes quieren energía, quieren luz. ¡Acepten los estatutos!

EL BUEN DICTADOR I: EL NACIMIENTO DEL IMPERIO

- Pero entienda, señor Gustavo, - interrumpió el exalcalde intentando tranquilizar los ánimos - aquello que usted nos ofrece es energía a cambio del control completo de nuestro pueblo y tierras, y eso es un poco exagerado.

- No interpreten a su antojo los estatutos, nosotros no queremos gobernar en Malpica ni en ningún otro pueblo, nuestro objetivo con los estatutos es que la energía sea distribuida por los pueblos donde exista un proceso democrático, donde haya justicia e igualdad entre todos. Esa es la base de nuestro gobierno. Lógicamente que Malpica quedaría a manos de un gobierno compuesto por personas que representan todos los pueblos. Además, serían los representantes de cada aldea, los que, como usted y yo fuimos, en su momento, elegidos democráticamente, los que escogerían ese supragobierno.

Poco a poco, el exalcalde se interesaba más en el asunto, comenzó a caerle bien ese hombre que parecía ser una persona bien formada, culta y posiblemente con buenos principios. Pensó que su propuesta tal vez no era tan mala como había interpretado al principio, parecía razonable y estaba dispuesto a negociar. A su lado, el excomisario escuchaba atentamente y sintió que su socio estaba cayendo en las redes de Gustavo, mientras a él seguía pareciéndole una auténtica locura ese discurso tan disparatado.

- Creo que no deberíais tratar de igual forma y con el mismo Estatuto a un pueblucho pequeño como Alfrivida, que a uno de los mayores pueblos al sur de Castelo Branco como es el nuestro. - habló El Gordo, desafiante.

- Ya no existe Castelo Branco, y cada día que pasa, la diferencia que hay entre Alfrivida y Malpica es menor. Caballeros, - Gustavo hizo una pausa para dar la idea de que la reunión estaba llegando a su fin. - nosotros ofrecemos energía y desarrollo a cambio de los estatutos.

- ¡Pero es que usted no entiende! - explotó el excomisario. - Nosotros no queremos vuestro Estatuto, nosotros sólo queremos vuestra luz y a cambio no iniciaremos una guerra.

Ninguno de los presentes esperaba aquellas palabras. El mismo exalcalde pidió calma y moderación al Gordo, pero todos se levantaron de sus asientos, y Gustavo, acercándose a los forasteros, gritó.

- ¡Fuera de aquí! ¡Si queréis guerra, la tendréis!

El Gordo salió acelerado del despacho, mientras que el exalcalde suplicaba perdón a Gustavo de una forma muy servil por las palabras de su compañero.

RUTE

Gustavo se encontraba en el acceso principal del pueblo junto a Norton, faltando pocos días para la Navidad. Llovía suavemente, y los dos decidieron refugiarse en el barracón, que hacía las veces de aduana, para resguardarse y desde allí vigilar la entrada. En las últimas semanas, Gustavo se había sentido muy cansado debido a la gestión de los asuntos de la población local, y a menudo se refugiaba en ese lugar para trabajar y tratar los asuntos de su localidad de manera más relajada.

Su popularidad había disminuido después de aumentar el impuesto que habían creado recientemente. El motivo de ese incremento estaba relacionado con los gastos generados en la distribución del agua y la electricidad, así como el pago de los sueldos de los profesores, personal sanitario y soldados. No le gustaba discutir con la gente de su pueblo, y cada vez tenía menos paciencia para explicar sus medidas. Además, el cura Xavier lo presionaba para que declarara oficial el catolicismo como religión y permitiera la emisión de la misa de los domingos en la radio. Gustavo siempre respondía con evasivas, intentando ganar más tiempo, ya que sabía que su decisión no sería del agrado del sacerdote y temía las consecuencias.

En el tema de Asuntos Exteriores, el panorama tampoco era muy alentador. Gustavo hizo lo que Anselmo Carneiro le había pedido y se reunió con el líder de la comunidad gitana de Monforte. Llevó a Ramiro, debido a su personalidad calmada y pacífica, con la esperanza de obtener resultados positivos. Sin embargo, la reunión resultó ser un auténtico desastre. El líder gitano llegó con varios hombres armados, desconfiando de que Gustavo los estaba tendiendo una trampa. El discurso de Gustavo fue percibido como arrogante, y la reunión concluyó en tan solo diez minutos sin llegar a ningún acuerdo ni perspectiva de futuras conversaciones.

La situación con sus otros vecinos, los de Malpica, era más que peligrosa. Gustavo tuvo una reunión secreta con el exalcalde y ambos concluyeron que era necesario alejar al Gordo de su camino. Sin embargo, en ese momento, El Gordo tenía el control de las armas y se rumoreaba que tenía un plan para atacar la central eléctrica que se encontraba a medio camino entre Lentiscais y Alfrivida. Gustavo agradeció el apoyo del exalcalde, pero no confiaba por completo en él y sospechaba que estaba jugando en ambos bandos. Por primera vez en mucho tiempo, sintió que la carga que llevaba sobre sus hombros era demasiado pesada. Extrañaba su vida cómoda como funcionario público, con sus pequeños problemas cotidianos, y deseaba volver a ser un programador, sin tener que tratar con la gente y solo con ordenadores. Reflexionó sobre la posibilidad de renunciar a la presidencia de la comisión y convertirse en un ciudadano común. Sin embargo, seguía pensando que era la persona más adecuada para llevar a cabo esta complicada tarea.

A mitad de la conversación con Norton, mientras estaban en el fondo de la carretera, Gustavo avistó una figura vestida completamente de negro que se acercaba lentamente. Usó sus prismáticos para confirmar que se trataba de una mujer. Salió del barracón y se dirigió hacia el soldado de guardia, quien mantenía su escopeta lista, pero se dio cuenta rápidamente de que la mujer no representaba ninguna amenaza. Ella caminaba lentamente y cojeaba debido a su pierna derecha. Sus ropas eran harapos negros, y sus botas estaban destrozadas y desgarradas, permitiendo que el agua se filtrara en su interior. Cuando la mujer estuvo a menos de diez metros, gritó con una voz fatigada y ronca.

-Vengo en son de paz.

Gustavo hizo una señal para que avanzara y dio la orden de subir la barrera. La mujer se acercó temerosa, y con dulzura, Gustavo la invitó a entrar en el barracón. Le ofreció una manta para que se tapara y le sirvió café caliente. Supuso que sería otra inmigrante que probablemente llevaba consigo una historia personal terrible, con la pérdida de seres queridos, hambre, frío, y quizás experiencias de violencia o abuso sexual. Calculó que tendría unos cincuenta años o más. Su cabello estaba descuidado, con raíces canosas y el resto de un color castaño rubio. Tenía ojos marrones muy claros y profundas ojeras. Su piel era muy blanca, y su cuerpo denotaba desnutrición. Sin embargo, a pesar de todo esto, había algo en su mirada y en su forma de moverse que revelaba que era una mujer muy femenina y refinada. Fue esta percepción la que lo motivó a tomar responsabilidad por ella, ya que a los demás inmigrantes los enviaba directamente al Centro de Día.

- Mi madre es enfermera y está en casa en este momento. He notado algunas heridas en tu piel, así que te llevaré allí para que puedas tomar un baño de agua caliente y ella pueda curarlas.

Norton se sorprendió por la hospitalidad de Gustavo, pero no hizo comentarios al respecto. Después de un breve silencio, la mujer dijo:

- Mi nombre es Rute.

Gustavo la ayudó a subirse al carrito de golf y la condujo hasta su casa. Una vez allí, tocó el timbre y, tras unos segundos, su madre abrió la puerta.

- Mamá, esta es Rute, una nueva inmigrante que acaba de llegar. Tiene algunas heridas. Déjala bañarse y cuídala, por favor. Yo voy a volver al puesto de control.

- Quédate conmigo, por favor. - suplicó Rute mientras sujetaba el brazo de Gustavo sin apartar la mirada de sus ojos, como si le estuviera pidiendo perdón por algún pecado cometido.

- Vale, no pasa nada, me quedaré contigo un poco más y no tengas miedo. Serás tratada como un ser humano.

Rute estaba fascinada con lo que estaba viviendo: tomar café caliente, desplazarse en un carrito de golf, y estar en una casa con electricidad, electrodomésticos y agua corriente. Era como estar en una película de ciencia ficción. Hacía varios meses que había perdido la esperanza en la humanidad y ahora, de nuevo, se había encontrado con un pequeño oasis en medio del desierto que había atravesado en los últimos meses. El gesto bondadoso y desinteresado de Gustavo le había llenado el corazón de adoración por él, y tenía miedo de que cuando él desapareciera, todo volviera a ser como antes, una auténtica pesadilla.

Rute había nacido en Castelo Branco a finales de la década de los sesenta, hija de un profesor de filosofía de enseñanza superior, comunista ferviente, que había sido arrestado en algunas ocasiones en los años sesenta debido a su comportamiento inadecuado contra el sistema político. Después de la Revolución de los Claveles en 1974, se postuló como candidato por su partido para la alcaldía de Castelo Branco, pero no tuvo éxito. Pasaba la mayor parte de sus días encerrado en su despacho en casa, leyendo y escribiendo. Desde que era muy pequeña, inculcó a su única hija el gusto por la lectura. La madre de Rute era lo opuesto a su padre; una ama de casa que pasaba los días en la cocina, adoraba escuchar la emisora católica y experimentar nuevas recetas gastronómicas. Siempre había sido un misterio para Rute el hecho de que sus padres estuvieran casados, dos personas totalmente diferentes que raramente hablaban entre ellos. Rute admiraba a su padre y desde muy joven se involucró en las juventudes del partido comunista de la región. Sin embargo, a principios de la década de los ochenta, cuando tenía quince años, Rute hizo un viaje a la Unión Soviética con ellos. Este viaje era el sueño de su padre, había estado ahorrando durante mucho tiempo para poder pasar tres semanas en el país que tenía tan idealizado. No obstante, las vacaciones no fueron como esperaban. Se hospedaron en un edificio en Moscú que utilizaban para alojar a los camaradas de otros países. Pero el inmueble tenía problemas de suministro eléctrico, al igual que casi toda la ciudad. Comprar comida era una tarea complicada, ya que escaseaban los cereales y las colas en los supermercados eran interminables. La población vivía descontenta y hablaba mal del régimen a sus espaldas. Cuando regresaron a Portugal, Rute decidió abandonar el Partido Comunista. Su padre comprendió su decisión y también optó por distanciarse un poco de la política. Unos años después, cuando la Unión Soviética dejó de existir, no les sorprendió. A los diecisiete años, Rute conoció a su primer amor, un joven muy atractivo que estaba a punto de entrar en el cuerpo de policía. Dos años después, se casaron sin el beneplácito de su progenitor, quien deseaba que Rute hubiera completado sus estudios superiores y además pensaba que el policía era demasiado simple para su hija.

Rute se convirtió en madre de su primera hija a los veintidós años, y tres años más tarde, logró terminar la carrera y tuvo una segunda hija. Cuando cumplió treinta años, ejerció como profesora de matemáticas y enseñaba en la secundaria. Tenía una vida cómoda de clase media. Sin embargo, la relación con su cónyuge se volvía cada vez más distante. Permanecieron juntos solo por el bien de sus hijas. Al igual que había sucedido con sus padres, Rute y su marido no tenían nada en común, excepto por sus hijas, y pasaban la mayor parte del tiempo separados.

A los cuarenta y seis años, la hija menor tuvo un bebé, lo que sumió a Rute en una depresión. Se sentía vieja, sin proyectos ni ambiciones y compartía la vida con un hombre al que hacía mucho que ya no amaba. Rute se inscribió en un gimnasio y comenzó a hacer caminatas para mantener su forma física e intentar frenar el inevitable proceso de envejecimiento natural.

EL BUEN DICTADOR I: EL NACIMIENTO DEL IMPERIO

En un domingo cualquiera, mientras hacía una de sus largas caminatas en solitario, ocurrió un ataque por parte de extraterrestres, y Rute, que se encontraba fuera de los límites de la ciudad, vio cómo su tierra natal se transformó en una enorme nube de polvo.

En los días siguientes al ataque, se sentía abrumada y desorientada. No quería creer que lo había perdido todo, que la ciudad de Castelo Branco había desaparecido, y junto con ella, todos sus bienes y su familia. Pensó que no tenía sentido continuar viviendo y deseó haber desaparecido también en aquella inmensa nube de polvo blanca. Se encontró con algunas personas que, tan perdidas como ella, se dirigían a un pequeño pueblo cercano a Castelo Branco que había sido salvado del ataque: Benquerenças. Al principio, fue bien acogida y la población mostró solidaridad, existía un espíritu de cooperación. Sin embargo, cuando la comida comenzó a escasear, Rute fue excluida del grupo y decidió marcharse sin un rumbo fijo. Durante los meses de verano, vivió en medio del bosque, pasando mucha hambre y su alimentación se basaba casi exclusivamente en frutos, insectos y bayas. Bebía agua de los riachuelos y aprovechaba las gotas de rocío de la mañana. Dormía a la intemperie y empezó a temer el encuentro con algún ser humano. También consideró la posibilidad de suicidarse, pero no era lo suficientemente valiente para hacerlo. A medida que el verano llegaba a su fin y con la llegada de las lluvias y el frío, buscó un lugar donde refugiarse y, de manera accidental, se topó con un grupo de cazadores de Monforte que la llevaron a su pueblo. Al llegar allí, se encontró en medio de una especie de guerra fría, con los gitanos de un lado y los demás del otro. Le permitieron pasar la noche en un pajar junto a los animales. Desde su primer día en el pueblo, escuchó hablar sobre el desarrollo de Lentiscais, lo que despertó su gran curiosidad. A pesar de ello, se sentía cómoda en Monforte y trabajaba como pastora para uno de los cazadores que la habían encontrado.

Una noche, Rute fue visitada por el cazador que intentó tener relaciones sexuales con ella. Ella lo rechazó y fue agredida violentamente por él. Sus gritos de socorro fueron escuchados por la esposa del cazador, quien la salvó de la violación, pero le exigió que se marchara inmediatamente del lugar. Así que Rute partió en dirección a Lentiscais, vestida con harapos agujereados y con pocas ganas de seguir viviendo.

Gustavo la tranquilizó y le prometió que regresaría a la hora de la cena. Rute se duchó con agua caliente y se vistió con la ropa que Antonia le había prestado, la cual había pertenecido a Marta. Poco a poco, Rute comenzó a sentirse mejor y cuando fue a la cocina, sobre la mesa le esperaba un plato de cordero con batatas y una chimenea encendida. En la estancia sólo se encontró a Antonia.

- Come, hija - dijo Antonia y se acercó inmediatamente a la lumbre.

Un rato después, entraron Diego y Alice, que regresaban de la escuela en compañía de su abuelo Joaquim. Se comportaron como si Rute fuera una más de la casa y se sentaron junto a la chimenea para entrar en calor. Después de comer, Antonia curó las heridas de Rute y luego se unió a la familia alrededor de la lumbre. Se sentía muy agradecida y deseaba que ese momento no acabara nunca. Habló sobre su pasado y formuló muchas preguntas sobre la situación del pueblo, pero había una que ansiaba que fuera respondida.

- ¿De quién es esta ropa?

- Es de mi nuera. - respondió Antonia y no pasó por alto la tristeza que esa respuesta causó en la mirada de Rute, la cual fue rápidamente corregida. – Desgraciadamente, ya no está entre nosotros - Antonia hizo un gesto de angustia mientras acariciaba la cabeza de Alice.

A pesar de ser consciente de que era muy egoísta y cruel, Rute se sintió aliviada al enterarse de que Gustavo era viudo. Deseaba volver a verlo y antes de cenar se dirigió al baño para peinarse y arreglarse un poco. Mirándose al espejo, intentó recordar la última vez que se había arreglado para un hombre o la última vez que se sintió nerviosa por conocer a alguien del sexo opuesto, pero no lo logró. Se veía absurda y derrotada; era claramente mayor que él, estaba hecha trizas y tenía un aspecto lamentable. Pensó que él nunca se interesaría por ella y se sintió vieja y ridícula.

La cena fue agradable; la familia compartía sus experiencias del día e intentaba que la invitada se sintiera tranquila mientras ella observaba. Más tarde, todos disfrutaron del calor de la chimenea durante una hora antes de retirarse a dormir. Gustavo se mostraba curioso por conocer más detalles sobre Rute, pero por educación, no le hizo ninguna pregunta. En ese momento, llevaba puesta la ropa de Marta, estaba bien arreglada y ya no le pareció tan mayor; la vio como una mujer más atractiva que antes.

EL BUEN DICTADOR I: EL NACIMIENTO DEL IMPERIO

- Esta noche dormirás en la habitación de invitados, y mañana te llevaré al Centro de Día temprano para que puedas llenar los papeles para iniciar el proceso de obtención de la ciudadanía. He notado que mi madre te ha proporcionado ropa de mi exmujer, si necesitas algo más, siéntete libre de tomar lo que necesites del armario.

Rute estaba muy cansada y, minutos después de acostarse, cayó dormida, no sin antes fantasear un poco con Gustavo. Imaginó a ambos entrando en un buen restaurante, vestidos con elegancia, sosteniendo conversaciones interesantes mientras intercambiaban miradas apasionadas. Más tarde, se los imaginó dando un paseo por la orilla del mar en una cálida noche de verano.

A Gustavo, en cambio, le costó conciliar el sueño. Él imaginó a Rute levantándose en medio de la noche y, sin mediar palabra, acostándose con él para hacer el amor apasionadamente.

A la mañana siguiente, desayunaron juntos. Fue Gustavo quien preparó toda la comida, ya que Rute no conocía el lugar donde se almacenaban los alimentos y la vajilla. Conversaron tranquilamente sobre diversos temas mientras escuchaban la radio Serrano, que emitía música de los años 80. Luego, se dirigieron a la Casa del Pueblo, donde normalmente era Gisela quien se encargaba de atender a los nuevos inmigrantes. Esta vez, Gustavo quiso dar la bienvenida a los extranjeros que habían llegado en las últimas veinticuatro horas. Además de Rute, también acogieron a una familia compuesta por unos padres y sus dos hijos de ocho y diez años. Gustavo los hizo sentar a todos en una mesa.

- En primer lugar, sean bienvenidos. Voy a proporcionarles un breve resumen de sus derechos y obligaciones como nuevos ciudadanos, y también les entregaré un pequeño libro detallando todas las normas a cada uno de ustedes. Quiero enfatizar que son ustedes quienes deben adaptarse a nuestra forma de vida, y no nosotros a la suya. Comencemos con los derechos: serán tratados como ciudadanos locales con acceso a servicios de sanidad, educación, electricidad y agua potable, lo que les otorga los mismos derechos que cualquier ciudadano autóctono. En este momento, hay casas disponibles, aunque algunas estén en mal estado. Además, como familia, recibirán una hectárea de terreno para cultivo. Rute, en tu caso, tendrás asignada media hectárea de tierra. Si esta tierra no se cultiva, perderán ese derecho. Les recomiendo que se pongan en contacto con la secretaría de la comisión, quien les brindará ideas sobre lo que pueden sembrar, los productos más demandados y necesarios. Pueden establecer su propio negocio y el Estado no les pondrá obstáculos. De hecho, fomentamos la creación de nuevas ideas y proyectos. Pasemos ahora a las obligaciones: deberán pagar un impuesto de ciudadanía que se utilizará para cubrir los costos del Estado, donde también podrán trabajar, por ahora, a tiempo parcial, aunque los salarios son modestos. En caso de cometer un delito, serán juzgados y condenados, y después de cumplir la pena correspondiente, serán expulsados de nuestro territorio. Tendrán libertad para entrar y salir de nuestra región según lo deseen; nadie está obligado a quedarse aquí para siempre. Sin embargo, si permanecen fuera durante más de un año, perderán el derecho a la vivienda y a las tierras. En este momento, les entregaré las llaves de sus casas, y les aconsejo que, lo antes posible, se comuniquen con la empresa de construcción para mejorar las condiciones de su hogar. Es posible que deban solicitar un préstamo a nuestro único banco, que no tiene fines de lucro y ofrece tasas de interés muy bajas. ¿Tienen alguna pregunta? ¿No? ¡Les deseo mucha suerte!

Después de entregarles las llaves y las direcciones de sus nuevas casas, Gustavo se alejó y Rute no tardó en interponerse en su camino.

- No quisiera ser molesta; ya has hecho mucho por mí. ¿Pero sería posible que volviera a tu casa para coger alguna prenda de tu esposa?

- Por supuesto, llévatela toda si quieres y puedes quedarte también con el maquillaje y las cremas.

- No me gustaría hacerlo sin que estés presente. Se trata de cosas de tu esposa, y algunos objetos podrían tener un valor sentimental para ti o para tus hijos.

- Está bien, me parece bien. Haremos así: ve a tu casa, resuelve los papeleos y come en el Centro de Día. En unas dos horas, vendré aquí, y juntos iremos a elegir las prendas que desees.

A las dos en punto de la tarde, los dos se encontraron y tomaron un café en la Casa del Pueblo. A pesar de que Gustavo intentó prestar toda su atención a Rute, era constantemente requerido por los clientes del bar, quienes le hacían preguntas y realizaban pedidos. Cuando salieron del bar, Gustavo le preguntó sobre su nueva casa.

- Gracias, está en buen estado, al menos en lo que respecta al tejado y las paredes. En la cocina, por ejemplo, hay un horno que funciona con leña; sin embargo, no hay mobiliario ni cama, pero me siento muy a gusto.

- En cuanto a la cama, puedo proporcionarte una antigua que tenemos guardada en el trastero. El colchón es viejo, pero podría servirte hasta que encuentres algo mejor. Por otro lado, lo ideal sería que solicitaras un préstamo al banco para comprar los elementos esenciales. ¿Ya has hablado con Gisela sobre la posibilidad de trabajar como profesora de matemáticas en la escuela?

- Sí y ha sido muy simpática. Me ha dicho que necesitan maestros de matemáticas y física, así que empezaré a dar clases el próximo lunes.

Gustavo dedicó el resto del día a ayudar a Rute a establecerse en su nueva residencia. Era una casa pequeña con una cocina a la entrada, una habitación diminuta y un cuarto de baño. Era realmente un lugar muy reducido, pero Rute estaba muy contenta por tener un espacio propio y le encantó que Gustavo le dedicara tanto tiempo y atención.

- Te voy a proponer algo y no puedes decir que no. - le dijo Rute con mirada seductora.

- Dime.

- Hoy cenarás conmigo. Y será como una forma de pago por el trabajo que has hecho por mí.

Gustavo soltó una pequeña carcajada y puso su mano derecha sobre el brazo izquierdo de Rute.

- No me tienes que pagar nada, lo he hecho porque me gusta tu compañía.

- No aceptaré un no por respuesta, por favor.

En aquel momento, Gustavo tuvo ganas de tomarla y besar sus labios, pero pensó que quizás había entendido mal y tuvo miedo de ser rechazado.

- Acepto la invitación, pero primero tengo que ir a casa a ducharme, a cambiarme de ropa y traeré vino para acompañar la cena.

- ¡Perfecto! - respondió Rute con una sonrisa ladeada.

Mientras se vestía para la cena, Gustavo estaba nervioso. Le gustaba Rute y se sentía muy atraído por ella, pero tenía dudas sobre si ella sentía lo mismo. Todo había sucedido tan rápido y de manera tan repentina que decidió ser cauto y no hacer ninguna tontería. Salió de casa muy elegante, llevando consigo dos botellas de vino tinto, con las manos sudorosas debido a los nervios.

Cuando llegó, Rute llevaba puesto un hermoso vestido de Marta, lo que fue raro para Gustavo. Seguía cocinando y preparándolo todo para la cena y los dos empezaron con una conversación muy animada que se mantuvo durante toda la velada, siempre regado por vino tinto, lo que hizo que Rute se alterara rápidamente, pues hacía mucho que no bebía alcohol. Los dos hablaron de su pasado, de sus relaciones anteriores. Rute confesó que echaba de menos a sus hijas y a su padre, no comentó, en ningún momento, que tenía un nieto, porque no quería que la viera como a una abuela, tampoco mencionó que añorara a su marido, porque en realidad no lo hacía. Gustavo habló de la lista, de su obsesión por el ataque, de los idiotas de sus suegros, de la obtención de la electricidad y de la complicada situación política en la que se hallaba. No sabía si besarla, si llevar la iniciativa, si estaba confundiendo las cosas. Por otro lado, Rute deseaba besarlo, ella tenía miedo de que él la considerara vieja y que la diferencia de nueve años que había entre ellos fuera demasiado para aquel hombre.

Al poco de terminar la cena, se produjo un incómodo silencio. Gustavo se encontraba inseguro sobre qué decir o hacer a continuación, y pensó que el silencio era una señal de que debía marcharse, ya que al día siguiente tenía que levantarse temprano para cumplir con sus obligaciones en sus tierras. Se puso de pie y cuando estaba a punto de hablar, Rute se levantó también y le tomó la mano con suavidad. Ella pensó en decirle algo para que no se fuera, pero en lugar de eso, se quedó mirándolo a los ojos azules de Gustavo. Él, lleno de valor, se acercó sutilmente al rostro de Rute y a sus labios. Después de ese primer beso, vinieron muchos más. Sus manos exploraban los cuerpos con una intensidad creciente, y entraron en la pequeña habitación sin parar de besarse. Torpemente, se quitaron la ropa mutuamente y terminaron desnudos en la vieja cama que Gustavo había llevado pocas horas antes. Gustavo confirmó entonces que el cuerpo de Rute era demasiado delgado, tanto sus pechos como sus nalgas lucían caídos por el proceso natural del envejecimiento, pero, aun así, le pareció una figura increíblemente femenina y sensual. A Rute, en cambio, le encantó ver cómo Gustavo no tenía vello en el pecho ni una gran barriga, al contrario que su marido. Tal vez por la falta de práctica o de la ansiedad, el coito no duró más de un minuto y esto dejó a Gustavo muy avergonzado y frustrado. Rute lo tranquilizó, le quitó importancia al hecho y volvieron a besarse, beber vino y a hablar como dos personas enamoradas. Minutos después, Gustavo volvió a penetrar a Rute y, esta vez, ambos consiguieron llegar al orgasmo; sudorosos y exhaustos se quedaron dormidos con sus cuerpos entrelazados.

Como vivían en un pueblo pequeño, no sintieron la necesidad de ocultar su relación, por lo que en poco tiempo, todos en la localidad sabían que Rute y Gustavo eran pareja. Rute se adaptó maravillosamente a la familia de Gustavo y a su nuevo entorno. Por las mañanas, daba clases de matemáticas y física en la escuela, en diferentes cursos, luego almorzaba en su pequeña casa, generalmente sola, y por la tarde trabajaba en su media hectárea de tierra. Optó por plantar hierbas aromáticas que tuvieron una gran aceptación entre la población, lo que le permitió establecer una sólida clientela en poco tiempo. Al final de la tarde, solía dirigirse a casa de Gustavo, donde ayudaba a su madre a cocinar para la cena y a los niños con sus tareas. Después de cenar en compañía de Gustavo, se quedaban despiertos hasta tarde, charlando y coqueteando. Rute acababa siempre durmiendo en la habitación de Gustavo.

Los dos estaban profundamente enamorados y su momento favorito del día era cuando se encontraban al atardecer. Solo podían estar a solas después de las cenas, y solían hablar sobre política, cine, música o libros. Poco a poco, Rute se convirtió en la principal confidente de Gustavo en asuntos políticos, y él prestaba mucha atención a sus opiniones, que iban adquiriendo una gran importancia a sus ojos. Rute le contó acerca de sus sueños de juventud en el Partido Comunista, la gran desilusión que ella y su padre experimentaron al llegar a la Unión Soviética y del libro que su padre escribió en la década de 1990 sobre la caída del comunismo, que fue muy mal recibido por sus camaradas del partido. Entre todos los consejos que Rute le brindó, hubo unas palabras en particular que quedaron grabadas en la mente de Gustavo:

- En tiempos turbulentos como estos, es necesario que surja un gobierno fuerte y decidido, que no tema realizar recortes y cambios drásticos. Es importante que controle la opinión pública y la educación, que no permita guerras internas ni divisiones en su seno y que, si es necesario, utilice métodos ortodoxos para lograr unidad y homogeneidad. La verdad será siempre la que narren los vencedores.

Gustavo amaba a Rute, veía en ella una mujer refinada, educada, inteligente y muy femenina. En secreto, sentía celos de su vida anterior y del hombre con el que había pasado tantos años. Regularmente mantenían relaciones sexuales y a Gustavo le encantaba que fuera ella quien tomara la iniciativa y que nunca se negara a realizar ningún deseo o fantasía. Tenía miedo de que después de esa desmedida pasión la relación cayera en la rutina y en la monotonía, pero eso no ocurrió tan pronto. De tanto en tanto, Gustavo solía ir a la hora de comer a la pequeña casa de Rute en busca de cinco minutos de placer. Desde el inicio, notó que ella tenía más experiencia que él y una desinhibición totalmente inesperada para Gustavo. Algunas veces, se veía como un alumno en sus manos y eso hacía que la adorara más todavía.

Por otro lado, Rute también amaba a Gustavo y veía en él una versión mejorada de su padre. Era un líder natural, programador y calculador. Cuando las cosas no salían como él quería y se ponía nervioso, ella lo tranquilizaba. Sentía que él tenía en cuenta sus opiniones y se interesaba por todo lo que ella decía, lo que la hacía sentirse importante. Ella también tenía sus miedos, temía que un día se encontrara con una mujer más joven y hermosa que ella, así que decidió que su hombre estuviera siempre saciado de amor y de sexo para que no tuviera que buscar ni desear a nadie más. Le apenaba el hecho de no poder tener hijos con él, pero cuidaba a sus dos hijastros como si fuera una tía cercana y siempre estaba presente.

En una fría y oscura noche de febrero, Gustavo fue despertado en plena madrugada por un soldado de guardia para informarle que habían sido asaltados y tenían a dos ladrones retenidos. Gustavo se levantó de un salto, se vistió y se dirigió al centro de control en su cochecito de golf. Zeca estaba allí, lucía cansado y esperaba que Gustavo le diera órdenes.

- ¿Cuántos son?

- Unos cinco individuos han aparecido en medio de la oscuridad. Han venido a caballo, armados, e intentaron entrar al pueblo atravesando el bosque sin saber que también tenemos cámaras instaladas allí. Cuando han sentido la presencia de los soldados, han abierto fuego contra nosotros. Hemos acorralado a dos de ellos, pero tres han logrado escapar. ¿Qué hacemos ahora?

- Los quiero vivos. Al menos a uno de ellos.

EL BUEN DICTADOR I: EL NACIMIENTO DEL IMPERIO

Gustavo y Zeca se acercaron al lugar donde los habían encontrado, en un bosque de pinos y eucaliptos cercano a una de las entradas al pueblo, donde la oscuridad de la noche no dejaba ver nada. Escucharon unos cuantos disparos y luego un largo silencio que hizo que Gustavo pensara que los dos ladrones estaban muertos. De repente, una voz cargada de dolor gritó muy alto.

- Nos rendimos, pero, por favor, ayúdennos, mi hermano se está muriendo.

Todos se acercaron, apuntando con sus armas y caminaban hacia el lugar desde donde se originó ese grito de auxilio. Observaron a un hombre con las manos llenas de sangre, posados sobre el pecho de otro que yacía tumbado en el suelo respirando con mucha dificultad.

- Llevaos a este hombre al médico ahora mismo y al otro al centro del control bien atado - dijo Gustavo sin poder disimular la gran alegría que sintió en aquel momento.

Dejaron al individuo en una habitación oscura donde solo había una silla. Estaba asustado y atado de pies y manos. Estuvo diez minutos a solas en plena penumbra, confuso, sin entender por qué le habían dejado con vida y llevado a su hermano con urgencia al médico. Sintió rabia por los otros tres individuos de su grupo, que los habían dejado desprotegidos y sin caballos. Tenía ganas de llorar y sintió, en medio de esa oscuridad, que nadie iría a verlo. Desató su rabia y se echó a llorar desconsolado sin hacer mucho ruido.

De pronto, la luz iluminó la estancia, la inmensa luz lastimó sus ojos, y cuando consiguió volver a ver algo, notó que delante de él había un hombre alto, delgado y con unos brillantes ojos azules, vestido de negro. Este hombre se sentó en la silla y dio la orden a un soldado para que le desatara las manos y los dejara a solas.

- ¿Tienes sed? Imagino que sí, por eso te he traído un vaso de agua - Gustavo le acercó el vaso. En un primer momento, el hombre hizo el ademán de aceptarlo, pero después pensó en la idea de que pudiera estar envenenado y se quedó inmóvil. Gustavo, comprendiendo el gesto, bebió un sorbo del mismo y estiró el brazo de nuevo. El individuo aceptó el vaso de agua.

Gustavo estuvo un rato observándolo. Parecía tener alrededor de treinta años, lucía una barba negra y tupida dejada por varios meses. No estaba vestido apropiadamente para el clima de ese momento y era ligeramente más bajo que él. Tenía las manos grandes y su espalda era muy ancha, como la de un nadador olímpico.

- Te estaba esperando - dijo Gustavo, sonriendo, y luego hizo una pausa para obtener alguna reacción. Sin embargo, el prisionero lo miraba sin mostrar ninguna emoción. - No sé quién eres ni de dónde vienes, ni lo quiero saber, pero te voy a dar dos opciones: la primera es que seas juzgado por nuestro tribunal, donde seguramente serás condenado a trabajos forzosos durante muchos y largos años. La segunda opción es que te presentes ante nuestro tribunal y les digas lo que yo quiera; entonces, solo estarás preso por un tiempo y podrás ser libre en menos de dos años. ¿Qué opción eliges?

- ¿Quién eres? ¿Eres mi abogado?

Gustavo soltó una gran carcajada y lamentó estar solo, sin poder compartir ese momento con Zeca o Norton.

- ¿Abogado? ¿Acaso crees que estás en Hollywood? Digamos que soy el sheriff de esta ciudad, que tú y tu colega habéis intentado robar. Puedo ser tu ángel de la guarda o tu peor pesadilla.

- Diré la verdad, solo estábamos buscando comida. Nada más.

- Claro, claro, es más fácil robar que producir, ¿verdad? Si quieres que yo te ayude, tendrás que decir lo que yo te pida que digas, y te prometo que así saldrás libre dentro de uno o dos años. En el caso contrario, te prometo que no saldrás jamás de ese maldito agujero.

- De acuerdo, diré lo que quieras, pero en este trato tiene que estar incluido mi hermano.

- ¿Tu hermano? Lamento informarte de que tu hermano llegó sin vida al médico.

Se hizo el silencio en aquella pequeña habitación. El prisionero bajó la cabeza y no consiguió reprimir el llanto por su hermano. Gustavo se quedó en silencio, dejando que este recobrara la calma. En ese momento, Gustavo se acordó también de su hermano. No sabía si estaba vivo o muerto, esperaba que hubiera sobrevivido, puesto que habitaba en una pequeña localidad. La posibilidad de volver a verlo era remota, y en el caso de que hubiera sobrevivido, para Hélder, este sería un mundo ideal donde la madre naturaleza volvía a dominar la Tierra. Su madre rezaba a menudo por él y tenía la casa llena de fotografías del mismo.

- ¿Qué quieres que diga?

- Dirás que tú y tu hermano sois gitanos de Monforte da Beira y que habéis sido enviados por vuestro líder para robar lo que pudierais, y que esta ha sido la segunda vez que habéis venido a hurtar, aunque la primera vez hubierais conseguido vuestro objetivo.

- Pero yo no soy gitano ni conozco a ningún gitano de Monforte. Eso es mentira.

- A partir de ahora será verdad y dentro de una hora te daré un guion para que puedas memorizar y poder responder delante de un juez. Además, todo eso lo dirás también en la radio para que todo el mundo lo escuche.

El juicio se llevó a cabo en la Casa del Pueblo, en una sesión abierta para que todos pudieran asistir. Fue la primera sentencia dada en el pueblo, y se notó la inexperiencia de los participantes. No había ningún magistrado de carrera en la localidad, y Norton, quien era el responsable de la cartera de Justicia, asumió el papel de juez. Se seleccionaron al azar cinco ciudadanos para formar el jurado popular, que serían los encargados de dictar el veredicto junto con Norton. No había ni abogados ni un código penal bien estructurado, por lo que el juicio pareció una obra de teatro en la que los participantes actuaban con poco talento y donde nadie se había estudiado su guion. El prisionero estaba muy nervioso en medio de aquel circo de confusión y dijo, sin ninguna convicción, que era gitano y que trabajaba bajo órdenes del líder de su comunidad. En menos de dos horas, emitieron el veredicto: quince años de cárcel y trabajos forzosos, que fue recibido entre aplausos por la población asistente. El prisionero no tuvo ninguna reacción al escuchar aquella resolución. Más tarde, aquel hombre leyó en la radio su confesión del crimen, relató los planes, algunos surrealistas, que tenían los gitanos para robar e imponer el caos en el pueblo.

El plan establecido por Gustavo salió a las mil maravillas, el pueblo estaba convencido de la amenaza de los gitanos que pasaban a ser, en aquel momento, el enemigo público número uno. Así, la población empezó a coger más confianza en la profesionalidad y competencia de Gustavo y su comisión. Sin embargo, no todos estaban satisfechos con el desarrollo de los últimos acontecimientos y Ramiro era el mejor ejemplo de ellos.

- Gustavo, quiero comentarte algo cuando puedas - Ramiro agarró suavemente el brazo de Gustavo mientras hablaba en voz baja.

- Vayamos ahora mismo a mi despacho.

Cuando llegaron allí y después de que Ramiro se aseguró de que no había nadie cerca que pudiera escucharles, se dirigió a Gustavo y le dijo:

- Este juicio me ha parecido una auténtica farsa, un circo. No disponemos ni de código penal, ni de personal competente como para tener la facultad de juzgar a nadie. Me parece muy peligroso dejar la vida de un hombre a manos de cinco personas que no tienen ninguna preparación ni aptitudes para valorar nada. Gustavo, esto no está bien.

Gustavo se sintió incómodo, su plan estaba funcionando como esperaba y contaba con el apoyo popular en todos sus propósitos. No obstante, Ramiro, que era una persona inteligente, moderada y prudente, estaba viendo toda esa situación desde un punto de vista que a Gustavo no le gustó.

- Ramiro, estoy de acuerdo en que tenemos mucho que aprender en lo relativo a la justicia, debemos mejorar, pero, de momento, hemos actuado de la mejor forma que hemos podido. Es cierto que existen grandes lagunas en lo que respecta a la jurisprudencia, pero vamos avanzando poco a poco.

- Cuidado, Gustavo, estamos condenando a quince años de trabajos forzosos a un hombre que está hambriento, y tengo mis dudas de que sea realmente gitano.

- ¿Te parecen demasiados quince años?

- Sí, me parecen muchos, sin duda, para alguien que está muriéndose de hambre y tiene una necesidad vital de comida.

- Llegaron con más gente, todos armados. Hubo un intercambio de disparos, y por suerte, ninguno de los nuestros resultó herido o muerto. ¿Sigues pensando que son muchos años? Imagina si hubiera habido bajas entre nuestros guardias. - Hizo una breve pausa. - No consiguió matar a nadie porque no tuvo la oportunidad, pero, sin duda, vino con esas intenciones. Eso también se ha juzgado hoy. En cuanto a si es gitano o no, ¿por qué mentiría al respecto? ¿Por qué afirmaría ser gitano si no lo fuera?

- No sabría decirte por qué, pero su declaración en la radio fue ridícula. También creo que la radio debería usarse de manera más seria e imparcial. Hasta el momento, parece que se está utilizando como un medio para promover la comisión. Además, no entiendo por qué han transmitido el juicio, pero no la misa dominical.

- Ramiro, tal vez en un par de años podremos tener una radio con periodismo imparcial, pero, de momento, no es así. Necesitamos unidad y debemos comunicarnos en el idioma que habla la gente. Y, por favor, no debemos mostrar favoritismos hacia religiones o sectas.

- Perdona que te diga esto, Gustavo, pero desde que Rute ha venido al pueblo has cambiado. Estás gobernando de manera más populista y totalitaria.

- No estés celoso - dijo Gustavo riéndose. - Esa es sólo tu impresión.

Unos días más tarde, Gustavo recibió una noticia muy buena: cuatro de los pueblos que se encontraban al oeste de Alfrivida querían votar y aprobar los estatutos; Cebolais de Cima, Vale de Pousadas, Monte Fidalgo y Cedillo. Esta última localidad española que solicitaba la presencia de Gustavo para aclarar algunas dudas. El proceso de adhesión ocurrió en un plazo muy breve y, en poco tiempo, marcaron las fechas para las elecciones. Mientras que ese proceso avanzaba, se efectuó el primer ataque militar por parte de Lentiscais y sus pueblos aliados.

EL ATAQUE

Tenían un plan muy bien diseñado. Entrarían silenciosamente en Monforte da Beira y, a las tres de la madrugada, irrumpirían en las casas de las familias gitanas para capturarlos a todos. Aquella era una noche fría de marzo y el cielo estaba totalmente despejado. La Luna en cuarto creciente iluminaba el camino para veintitrés hombres que iban cargados de un impresionante arsenal de armas. No dejaron nada al azar. Durante meses, Zeca y un sargento jubilado de Monforte habían trazado un plan de ataque al pueblo y solo esperaban el consentimiento de Gustavo para llevarlo a cabo.

Gustavo quería que el ataque fuera realizado con el beneplácito de la población, así que esperó pacientemente a capturar algún ladrón para poder culpar a los gitanos de lo sucedido y así justificar ese ataque. Zeca y él fueron los encargados de seleccionar a los veintitrés hombres que iban a actuar en esa ofensiva. Casi todos habían sido militares o policías y eran de su total confianza. Toda la emboscada había sido planificada en completo secreto, y los soldados que iban a participar fueron informados la víspera. Gustavo insistió en dejar de lado tanto a Ramiro como a Anselmo, este último por ser el que le había pedido que dialogara con los gitanos.

Cada uno de los veintitrés hombres tenía un mapa con la ubicación de las casas donde vivía la comunidad gitana, y a todos se les dio la orden de matar sin escrúpulos en caso de resistencia. También se ordenó que la operación fuera rápida, limpia y organizada.

Los hombres llegaron a las inmediaciones de Monforte a la hora programada y bajaron de sus caballos para dirigirse a pie hasta el pueblo y así minimizar cualquier ruido que pudieran ocasionar. Vestían completamente de negro, con sus caras cubiertas y sostenían ametralladoras, escopetas y pistolas en sus manos. A las tres de la mañana se produjo el ataque. Rápidamente, el pueblo se sumió en la confusión, con gritos, tiros, humo y llanto. Era todo lo que se podía ver y sentir en esa oscura noche. Los hombres irrumpían violentamente en las casas y sacaban por la fuerza a sus residentes, quienes, entre gritos y golpes, trataban de defenderse. La población no gitana que se había despertado también con el alboroto no podía creer el espectáculo de horror al que estaban asistiendo. Al darse cuenta de que los vecinos gitanos estaban siendo atacados, algunos comenzaron a animar y aplaudir la actuación de los asaltantes e insultar a los desalojados. Gustavo se encontraba en el centro de la calle, donde llevaban a los prisioneros, ayudaba a esposarlos y les tapaba la boca con un pañuelo. Cuando alguno de ellos se resistía, Gustavo sacaba un arma de electrochoque de su bolsillo, la colocaba en el cuello del desafiante y lo dejaba inconsciente.

A las cinco de la mañana, la operación llegó a su fin con la caída de la última casa gitana, y toda su población fue capturada. Fueron dos horas de mucha violencia, con un resultado de cinco gitanos muertos y un asaltante herido. La escena era sobrecogedora y escalofriante. La plaza principal del pueblo estaba llena de hombres y mujeres vestidos con pijamas, algunos en ropa interior, con señales de violencia, heridos, sangrando, llorando, con gritos sofocados y los niños aferrándose a sus padres que sollozaban sin consuelo. Ningún ser humano podría quedarse indiferente ante ese grado de crueldad, pero, aun así, la población local se acercaba a los capturados y vociferaba, ¡fuera de aquí! o "¡Serranos, Serranos!". Estos últimos vítores, con el nombre de la radio, hicieron que, más adelante, Gustavo propusiera que la región gobernada por él y por la comisión fuera denominada Serrano.

Gustavo dio la orden de que el líder de la comunidad gitana fuera conducido hacia donde él se encontraba, en las afueras del pueblo, en una pequeña dehesa de alcornoques. Desde hacía menos de un año, el patriarca de la comunidad era José Lino, quien había adquirido la autoridad y la responsabilidad de su gente tras la muerte de su padre, a causa de la falta de medicamentos. Tenía cincuenta años y el pelo blanco casi en su totalidad, sucio y largo, que le llegaba a la altura de los hombros. Cuando se acercó a Gustavo, pensó que iba a morir, se arrepintió de no haber escuchado a ese individuo unos meses atrás y, sobre todo, sintió profundamente que había fracasado como líder. Llegó con las manos atadas y un pañuelo en la boca, que Gustavo quitó. Le ordenó que se arrodillara mientras él se sentaba en el tronco de un antiguo alcornoque frente a él.

- Buenos días, mi gran amigo José Lino, qué alegría volver a verlo. - Hizo una señal a los hombres que le acompañaban para que les dejaran a solas. - La última vez que nos encontramos, su actitud era muy diferente. Usted, con un aire muy arrogante, llegó acompañado de hombres armados y prácticamente no me permitió hablar. Yo vine con las personas más tolerantes y sensatas de mi equipo, pero al ver que no funcionó, hoy he traído a otros muy diferentes.

- Usted está loco si piensa que esto quedará así.

Gustavo soltó una risotada espontánea, parecía estar disfrutando mucho de esa situación.

- Dígame, entonces, ¿qué es lo que va a suceder? ¿Vendrá la policía a salvarlos?, ¿el Estado?, ¿alguna organización o algún partido de izquierdas que apoya a las minorías étnicas?

Jose Lino se sintió abatido y frustrado. Sabía que Gustavo tenía razón. Nadie iba a ayudarlos. Estaba a merced de un tarado que acababa de cometer un acto atroz contra su pueblo y podría estar cerca de asistir a una auténtica carnicería. Prefirió quedarse callado y escuchar lo que aquel desequilibrado iba a contarle, pero antes quería aclarar un punto.

- El ladrón que habéis capturado no es gitano.

- Lo sé perfectamente. Es un simple bandido que tuvo la mala fortuna de ser atrapado. Fue la excusa perfecta que tanto esperábamos para poder venir aquí e invadir vuestras casas. Ahora vamos a decir que en vuestros hogares hemos hallado planes de ataque y robos hacia nosotros. ¿Sabes, Jose Lino? Todos los grandes imperios y regímenes tienen la necesidad de encontrar enemigos comunes que hagan que exista un objetivo y lucha común, y vosotros, los gitanos, habéis sido el blanco perfecto que mi régimen necesitaba.

Gustavo hizo una pausa y acarició el tronco del alcornoque donde estaba sentado.

- Me gustan mucho los alcornoques. Siempre me ha parecido fascinante cómo un árbol puede crecer y crear una cáscara, el corcho, tan perfecto que consigue proteger su tronco de los incendios. Las raíces de estos árboles llegan a alcanzar grandes profundidades para obtener agua, y en estas raíces viven mitocondrias, pequeños organismos que, a cambio de abrigo, regalan a la planta sales minerales. Este proceso se denomina simbiosis, que significa coexistir en una relación de armonía y conveniencia para ambos. Otro tipo de relación que se da en la naturaleza es el parasitismo, y estoy seguro de que usted lo conoce mejor que nadie. Creo que su pueblo es experto en esa materia. Desde que tengo memoria, ustedes siempre han vivido al margen de la sociedad, rechazando mezclarse con nosotros. Se consideran superiores, se involucran en negocios opacos y turbios, como la venta de drogas, venden productos de origen dudoso en mercados y declaran salarios muy bajos al Estado. Sin embargo, siempre buscan subsidios, ayudas, apoyo y nuevas casas. Pretenden presentarse como víctimas de discriminación racial, cuando en realidad son ustedes los que no quieren mezclarse con nosotros. Son el mejor ejemplo de parasitismo, no contribuyen a la sociedad pero exigen igualdad de trato. Siempre me he preguntado por qué ustedes, al igual que otros pueblos sin nación, no construyen su propio país, quizás en algún lugar entre Rumania y Bulgaria. Sin embargo, luego, ¿a quién intentarían engañar? Ahora, que estamos en el nacimiento de una nueva era, una época en la que no hay lugar para ustedes en esta región que estamos creando, y porque me considero un líder generoso y bondadoso, estoy aquí para ofrecerle dos alternativas. La primera es que los lleven fuera de los límites de la región y sean ejecutados, excepto los niños pequeños. Sus cuerpos serán devorados por cerdos, que se comerán todo. Oficialmente, se informará que ustedes fueron expulsados de la región y nunca más se sabrá de su paradero. La segunda opción es que trabajen para mí en lo que más les gusta hacer: engañar, crear confusión y robar. Es decir, seguirían siendo ustedes mismos, pero actuarían en los lugares que yo les indique. Si eligen esta opción, vivirán fuera de los límites de la región y podrán establecer sus campamentos libremente, aunque también les exigiría que establezcan campamentos en algunos pueblos que aún no se han aliado con nosotros. Allí, tendrán carta blanca para utilizar sus artimañas y crear caos, de modo que nosotros podamos aparecer como los salvadores del pueblo. De esta manera, serán expulsados de esas tierras y podrán hacer lo mismo en otras aldeas, y así sucesivamente. Para que esto funcione, se les proporcionará armamento. En caso de que intenten engañarme, no tendré ningún escrúpulo en volver a la primera opción. Confíe en que tenemos muchas armas y medios para llevarlo a cabo. Y, por supuesto, no podrán mencionar que trabajan para nosotros; las órdenes se las darán las personas que trabajan para mí. Entonces, ¿cuál es su elección, señor Jose Lino? ¿La primera o la segunda?

Jose Lino permaneció en silencio, incapaz de articular palabra. Lo que acababa de escuchar parecía demasiado retorcido para ser cierto. El plan de aquel individuo era verdaderamente maquiavélico, y debían encontrar una forma de detenerlo, quizás eliminándolo y reemplazándolo por alguien más moderado y sensato. Lo peor de todo era que la población estaba de su lado, y él aprovechaba al máximo su influencia para consolidar su poder y establecer sus propias leyes. Ahora, parecía que quería que también se convirtieran en una herramienta más para satisfacer sus ambiciones. Las opciones que les ofrecía eran claras, y si querían sobrevivir, tendrían que desempeñar un papel en el teatro dirigido por este individuo desequilibrado.

- Necesito una respuesta inmediata. ¿Vamos a poner fin al parasitismo y convertirlo en una simbiosis? ¿Qué opción elige, la primera o la segunda?

- La segunda - murmuró Jose Lino.

Gustavo dio una orden y todos los gitanos, formando filas y atados entre sí, fueron obligados a abandonar el pueblo. Solo los ancianos, los enfermos y los niños podían subirse a las carretas. Anselmo Carneiro observó la escena con asombro y consternación, recordándole a las escenas de películas donde los negros e indígenas eran tratados como animales. Se sintió avergonzado por la situación, especialmente porque el resto de la población aplaudía a Gustavo y maltrataba a los gitanos, que partían del pueblo con la cabeza gacha y lágrimas en los ojos.

Minutos después de que los gitanos abandonaran el lugar, Gustavo pronunció un discurso muy bien preparado para la población, agradeciendo el apoyo y hablando de los nuevos tiempos de libertad y de la responsabilidad de elegir a sus representantes para la comisión y aprobar los estatutos. Tras el discurso, la gente llevó a Gustavo en hombros, tratándolo como a un dios o un santo en ese momento. Gustavo experimentó una profunda emoción y estaba convencido de que había logrado una de las mayores hazañas de su vida.

Al final del día, ya muy cansado y deseando regresar a Lentiscais, todavía le quedaba una tarea por hacer: hablar con Anselmo. Para Gustavo, este era el hombre idóneo para liderar Monforte, un hombre honesto, emprendedor y muy querido por su población. Curiosamente, Gustavo no lo había visto durante todo el día y comenzó a sospechar que quizás no estaba de su lado. Se dirigió solo a la casa de Anselmo y cuando tocó la puerta, apareció acompañado del único pariente vivo que le quedaba, su nieto de unos ocho años.

- ¿Me invita a entrar, Anselmo?

- Por supuesto, Gustavo.

Anselmo vivía en una casa sencilla, a pesar de ser uno de los hombres más acaudalados del pueblo. Su hogar seguía siendo un reflejo de su dueño, sin grandes adornos, solo lo necesario y sin lujos.

- Me gustaría que fuera totalmente sincero conmigo. ¿Qué le ha parecido lo que ha ocurrido hoy en su pueblo?

- ¿Honestamente? - Anselmo hizo una breve pausa, esperando el consentimiento de Gustavo para continuar - Ha sido la mayor injusticia y una de las mayores humillaciones que jamás he visto hasta ahora y créame que he visto muchas, como por ejemplo: la guerra de ultramar.

- No había otra manera, usted sabe que yo lo intenté por las buenas.

- Su intento fue ridículo, exento de toda convicción. Esos seres humanos han sido tratados de una forma inhumana. No han hecho nada malo, sólo querían tener más parte de las tierras y justicia para poder conservar sus tradiciones y cultura. De aquellas personas, le puedo garantizar, que el 90% son gente honesta y trabajadora dispuesta a colaborar.

- ¿Y por qué razón está la población de nuestro lado y no en contra de mí como lo está usted?

- Viven engañados, con prejuicios tales como que los gitanos son ladrones.

Esta conversación del final del día estaba estropeando lo que para Gustavo había sido un día perfecto.

- Estaba dispuesto a apoyarle para que asumiera la presidencia de la comisión de su pueblo, pero ya veo que tal vez a usted no le interese.

- No tengo como ambición el poder y jamás podría secundar lo que ha ocurrido hoy en mi pueblo, que para mí, ha sido el día más negro de su historia. Si no le importa, le voy a acompañar a la puerta, pues quiero cenar con mi nieto.

A Gustavo, ofendido, le pareció de mala educación la manera en que Anselmo le había tratado y echado de su casa. No esperaba una reacción tan hostil de una de las personas más influyentes del pueblo, y tuvo miedo de que la población lo escuchara y toda esa operación cayera en saco roto. Él mismo valoró y se planteó que quizás Anselmo estaba en lo cierto y que por otros medios podría haber logrado llevar la paz al pueblo, pero rápidamente se quitó esa idea de la cabeza y recordó que ahora Monforte estaba de su lado y Anselmo no tendría ninguna influencia para cambiar eso. En ese momento, el plan subía a otro nivel, y tendrían que preparar a los gitanos para instigar el miedo en Malpica do Tejo, una operación delicada pero muy apetecible.

Con seis pueblos ya en la entonces denominada nación Serrana, era momento de constituir el supragobierno. Un gobierno que dejaba de pensar únicamente en lo local para abarcar toda un área. Los seis presidentes de las respectivas comisiones se reunieron y decidieron crear un gobierno compuesto por individuos de los seis pueblos que se encontrarían una vez por semana para debatir y legislar nuevas leyes, aplicándolas con inmediatez en sus territorios. Gustavo fue nombrado presidente del Gobierno, como era de esperar, mientras que Pedro de Alfrivida ocupaba el cargo de vicepresidente.

Por parte de la población había un sentimiento de unidad, de esperanza en el futuro y de orgullo por el éxito obtenido hasta ese momento. La vía férrea que unía las localidades de Lentiscais y Alfrivida se había completado con la ayuda desinteresada de muchos ciudadanos. La conexión era operada por una antigua locomotora de tren que funcionaba con carbón y no había sido afectada por el ataque. Inicialmente, se realizaban viajes solo días alternos, pero su éxito fue tan grande que rápidamente comenzaron a operar diariamente, lo que llevó a la necesidad de crear una empresa para expandir el negocio. Otras aldeas cercanas también estaban interesadas en extender la línea de tren para que todos pudieran disfrutar de este progreso. Lentiscais y Alfrivida eran los motores de la economía del nuevo país, pero con la llegada de otros pueblos, Gustavo quería que todo se desarrollara de manera equitativa. Por lo tanto, dio prioridad al suministro eléctrico, la introducción de la moneda, la creación de mercados y ferias, el fomento de nuevas empresas y negocios en las nuevas localidades y la migración de habitantes en busca de nuevas oportunidades. Otras de las prioridades más importantes incluían la atención médica y la educación básica en todos los pueblos.

La popularidad de Gustavo estaba en alza, gozaba del respeto y la admiración de la mayoría de la población. El ahora presidente del Gobierno sentía ese apoyo, y los días en que había sido un simple informático le parecían ya demasiado remotos, como si fueran otra vida en la que su opinión no contara. En la actualidad, era un hombre poderoso con un proyecto ambicioso por delante. Sin embargo, no toda la población respaldaba por completo su estilo de liderazgo ni sus acciones, y Ramiro era uno de ellos.

Después del ataque ocurrido en Monforte, Ramiro había evitado acudir a la Casa del Pueblo y a la comisión. Gustavo se percató pronto de esa ausencia y dedujo que fue debido a aquel ataque que seguramente Ramiro no secundaba. Gustavo no hizo ningún esfuerzo para comunicarse con él, prefirió que las aguas tomaran su cauce, además de que, sus cada vez mayores responsabilidades, le ocupaban todo su tiempo. Una semana después del ataque, entró en el despacho de Gustavo con cara de pocos amigos.

- Bienvenido, Ramiro. Estaba preocupado por tu desaparición.

Ramiro entró y se sentó sin esperar el permiso de Gustavo.

- Quería venir con la cabeza fría. Si hubiera venido después del asalto, podría haber dicho muchas cosas de las que más tarde me hubiera arrepentido.

Gustavo se quedó un poco preocupado. Sabía desde el inicio que Ramiro estaría en contra del ataque, pero confiaba en que podría convencerlo de que fue un mal necesario y que nada cambiaría en la lucha que tenían en común para crear una sociedad más próspera. Ahora ya tenía dudas de que pudiera persuadirlo, la cara y actitud de Ramiro mostraban que había tomado una decisión importante e imaginó que quizás había ido a pedirle la dimisión.

- Soy todo oídos – dijo Gustavo mientras que se acomodaba en su silla y entrelazaba sus manos.

- En primer lugar, me gustaría aclarar lo que ya sabrás: estoy totalmente en contra del ataque cobarde y sin escrúpulos que aconteció en Monforte. Como miembro de la comisión, no fui informado de lo que iba a suceder, lo que denota una tremenda falta de confianza en mí. Además, habíamos abierto un proceso de diálogo con los gitanos. Visto lo visto, entiendo que en su día fuiste a hacer solo el paripé, porque dudo que fueras con la menor intención de hablar con ellos y aprovechaste la ocasión del prisionero para justificar esa monstruosa agresión.

- Comprendo tu malestar, Ramiro, pero tú mismo viste que nuestra reunión con el líder de los gitanos fue un absoluto fracaso. Ellos no vinieron con espíritu de diálogo, muestra de ello fueron los planos y pruebas para robar que encontramos en sus casas. Y déjame aclararte que no fuiste informado del ataque porque fue una acción de máximo secretismo, de la que solo Zeca, los soldados y yo estábamos al corriente.

EL BUEN DICTADOR I: EL NACIMIENTO DEL IMPERIO

- No creo en tus palabras, Gustavo. Las pruebas de las que hablas son falsas, al igual que el origen del prisionero. Nunca fue de etnia gitana, incluso ha habido gente que lo ha reconocido como morador de Maxiais. Gustavo, por favor, no sigas mintiéndome, porque tú y yo sabemos que Norton también estaba al corriente de esa operación.

Gustavo se volvió a quedar callado e incómodo, sentía que Ramiro estaba mejor preparado que él, le gustaría haber tenido unos minutos para pensar en argumentos y excusas, pero se quedó petrificado, sin reaccionar, esperando una nueva ola de acusaciones y temeroso de lo siguiente que le iba a echar en cara. Ramiro siguió:

- Mi desencanto con tu liderazgo no tiene que ver sólo con ese ataque y todas las mentiras en las que estuvo envuelto. Tiene también que ver con el camino que has tomado a nivel económico y democrático. En la vertiente económica empezaste diciendo que no habría impuestos, que la electricidad sería gratuita para todos, pero, poco a poco, fuiste introduciendo un impuesto de seguridad que fue aumentando, y estás preparándote para crear una empresa que administre el negocio eléctrico, para que, quien disponga de dinero tenga luz y quien no, la oscuridad.

- Perdona, Ramiro, pero sabes que fue inevitable crear un impuesto para que la población estuviera protegida, tuviera educación y otros servicios. Nadie se ofrece voluntariamente eternamente, y por muy buena intención que tengan, la gente quiere que su trabajo sea recompensado. Además, yo no quiero crear una sociedad socialista que crea en la utopía y en la que el Estado tenga que estar metido en todos los negocios, ni quiero ser parte de una sociedad que viva a manos del capitalismo salvaje en la que gobierne quien más dinero tenga. No, yo quiero, en lo que a la economía se refiere, aprovechar lo mejor de los dos sistemas. Por un lado, dejar que se creen empresas privadas para que generen trabajo y dinero, pero sin olvidar de crear límites salariales para que las diferencias no sean tan grandes como lo eran en nuestros tiempos. Yo abogo por un sistema saludable, que sea respetuoso con el trabajador, el medioambiente y con la sociedad en general, sin que para ello tenga que dejar de ser creativo, innovador y, por qué no, competitivo. Además, nuestra intención es que tampoco haya monopolio, que las personas puedan elegir las empresas que ofrezcan mejor calidad-precio, con excepción de algunas áreas donde vemos que no hay ninguna ventaja en que ocurra eso, como es, por ejemplo, la banca, donde seguirá existiendo un banco único, que tendrá como objetivo facilitar el crédito a la población y empresas, pues no podemos olvidar que fueron ellos los responsables de la crisis económica en la que estuvimos envueltos.

- Hablando de monopolio, ¿para cuándo una ley que permita crear partidos políticos? ¿Cuándo dejaremos la radio en manos de alguna empresa que pueda gestionarla de forma independiente? Actualmente, la radio es un medio de propaganda gubernamental que no acepta ninguna opinión diferente a la oficial. ¿Y por qué no incentivar la creación de nuevos medios de comunicación? Ha llegado a mis oídos que no has permitido la elaboración de un periódico. Puede que sea fácil estar de acuerdo contigo en temas de economía, pero en temas de libertades individuales me parece que lo pones bastante difícil.

- En relación con los medios de comunicación, mi opinión y, en consecuencia, la política que seguimos es muy clara: los medios son un instrumento muy peligroso que, en manos inadecuadas, puede ser muy perjudicial. Es imposible que un medio de comunicación sea totalmente imparcial; siempre habrá algún interés, algún grupo económico o político detrás de él. Ese poder no podemos dejarlo a merced de cualquiera, ni debemos permitir que caiga en el populismo fácil, en las noticias polémicas que solo sirven para hacer negocio y sin atender las consecuencias. Sí, los medios de comunicación serán controlados, con derecho a opinar de manera diferente, pero sin caer en la irresponsabilidad de crear confusión o polémica. También estoy de acuerdo en que actualmente la radio Serrano está muy verde, sin ningún rigor periodístico, pero tal y como está la nación, habría que darle un poco más de tiempo para evolucionar. En lo que respecta a los partidos políticos, sabes perfectamente que creo en la democracia, además, es obligatorio que para entrar a formar parte de nuestra región voten los estatutos, y en esos estatutos, que creamos juntos, establece que cada cuatro años tendrán que elegir el líder de cada pueblo. Cualquier persona puede ser candidata y no necesita estar asociada a ningún partido; bastaría con recoger firmas y presentarse. ¿Para qué crear partidos? Nosotros sabemos que solo sirven para satisfacer los intereses de sus socios y de las empresas que financian sus campañas. La democracia es mejor sin partidos.

EL BUEN DICTADOR I: EL NACIMIENTO DEL IMPERIO

- Discrepo, Gustavo, y déjame que pueda estar en desacuerdo contigo, por ejemplo en el control de los medios de comunicación y en el de las noticias, y no comparto en absoluto que la democracia sea mejor sin partidos, al contrario, ellos representan la pluralidad de la sociedad. Aprovechando este momento, quiero informarte de que ya no formo parte ni seguiré siendo miembro de la comisión, y me gustaría que me dierais un poco de tiempo de antena en Radio Serrano para ofrecer mi punto de vista e informar que hemos creado un partido o asociación política, o como tú le quieras llamar.

Se hizo el silencio en el despacho, esa noticia fue un duro golpe para Gustavo que le dejó casi sin respiración. Durante la discusión, sintió que estaba ganando posiciones, ya habían tenido conversaciones del mismo estilo, por ejemplo cuando viajaron al parque eólico y deseaban crear una sociedad mejor, pero, en ese momento, estaba sucediendo lo inevitable. Sabía que, tarde o temprano, alguien le iba a hacer esa petición.

- ¿Me dejarás hablar en la radio, o sólo la vas a seguir utilizando para dar tu opinión?

- Dentro de una semana te dejaré una hora de antena en horario de máxima audiencia.

- No necesito una semana, ya estoy listo para hablar, pero te agradezco el *fair-play*.

Ramiro salió del despacho y Gustavo se quedó a solas, sintió que le acababan de clavar una estaca en el corazón que no le dejaba respirar. Aquel no era el camino que quería que tomara la nueva sociedad. Su sueño siempre fue una democracia donde no existieran los partidos y donde la gente votaría por un individuo, por su trabajo, por su currículum, y ese proyecto suyo estaba en riesgo. Visualizó de nuevo una sociedad dividida en izquierdas y derechas, con personas que entraban en política para hacer carrera, en votantes que verían los partidos como si fueran clubes de fútbol y que los apoyarían hasta la muerte, aunque supieran que habían sido corruptos y ladrones. Tenía una semana para decidir qué hacer: dejar a Ramiro hablar libremente o callarlo a la fuerza. Sabía que si escogía la segunda opción, nadie le iba a garantizar que en el futuro no viniera otro más a pedir lo mismo. Era hora de reunirse con sus camaradas Norton y Zeca y, con ellos, decidir qué hacer. Pero antes, quería estar con Rute, necesitaba ser consolado.

CAZA DE BRUJAS

Gustavo salió de casa, pensando en lo que le había dicho Rute:

- En nuestra antigua sociedad, había una parte de la población que siempre intentaba aprovecharse, imponía sus intereses particulares frente a los generales y utilizaba la influencia de los medios para llegar al poder. Llegados a este punto, vamos a separar la paja del trigo y no podemos caer en los mismos errores del pasado. Será difícil adoptar medidas drásticas, pero tendremos que erradicar lo malo desde la raíz para que esta nueva sociedad se desarrolle como es debido.

El hecho de que Rute siempre tuviera una opinión clara en temas políticos era una de las razones por las cuales Gustavo la amaba. Era, sin duda, una mujer más culta, más inteligente y más interesante que Marta. Su exmujer nunca habría aportado ningún razonamiento sobre el asunto, ni se habría pronunciado en temas políticos ni sociales; Marta era muy ignorante. No la echaba de menos. De hecho, llegó a alegrarse de que hubiera muerto en el ataque. Se encontraba mucho mejor con Rute a su lado y consideraba que también era una mejor influencia que Marta para sus hijos.

Cuando llegó a casa de Norton para la reunión de urgencia, ya llevaba en mente lo que quería compartir con sus compañeros. Gustavo sabía que era él mismo quien tomaría la última decisión sobre si permitirían que Ramiro hablara en la radio, si permitirían la creación o prohibición de partidos o asociaciones políticas, y Zeca y Norton lo respaldarían en cualquier decisión que adoptara. Antes de hablar con Rute, se había planteado la posibilidad de autorizar a Ramiro a fundar un partido y abrir el camino hacia una democracia partidaria, pero después de hablar con ella, decidió que lo mejor sería prohibir los partidos. En la reunión de esa noche, acordaron iniciar una operación con un único objetivo: eliminar la oposición. Esta operación fue denominada por Gustavo como el "Plan Virus", y él fue el mentor de todo ese proceso en el que elaboró cada paso como si se tratara de un programa informático, luchando contra un virus específico.

La reunión duró un poco más de tres horas y determinaron que tanto Norton como Zeca investigarían quiénes estaban a favor de las políticas de Ramiro. Para ello, tenían que hablar con la gente local y examinar las imágenes de archivo que tenían, para poder saber cuáles fueron los pasos que siguió Ramiro después del ataque ocurrido en Monforte. Otro tema que abordaron durante la tertulia fue el ingreso de Proença en el Cuerpo de Policía.

Proença solicitó su admisión en la policía principalmente por razones económicas. Se sentía ya cansado y demasiado mayor para trabajar muchas horas en el campo, por lo que pidió a la comisión realizar algún trabajo de vigilancia en los puestos de control. Este trabajo, más que una labor policial, se basaba principalmente en la observación. Se sintió un poco humillado al tener que ceder y solicitar esto, pero su necesidad era muy grande. Sabía además que tenía pocas oportunidades de ser admitido debido a su edad, pero hizo la solicitud manteniendo la esperanza de que fuera aceptada. Al día siguiente de la reunión, Proença fue convocado por Zeca para que iniciara su aprendizaje en la torre de control. Se sintió muy emocionado por esta oportunidad y agradeció a Zeca por dársela. Pensó que tal vez esa comisión estaba formada por gente buena y comprensiva, a excepción, por supuesto, de Gustavo. El encuentro terminó con la programación de una nueva fecha para discutir y planificar en detalle todos los pasos de la operación "Virus".

Los días que precedieron a esa reunión fueron de gran agitación política. Dos noticias llegaron a oídos de Gustavo: la primera estaba relacionada con los gitanos de Malpica do Tejo. Jose Lino y algunos de sus hombres ya estaban en las inmediaciones del pueblo, robando ganado y cosechas por las noches, y durante el día paseaban por la localidad a caballo, bien armados, al estilo del viejo oeste americano. La población estaba amedrentada y pedía a Gustavo que tomara medidas para la expulsión de los gitanos. La otra noticia era que ya estaba fijada la fecha de las elecciones en Monforte da Beira. Había dos candidatos a la presidencia del pueblo que apoyaban la integración de Monforte en la nación Serrana, pero ninguno de ellos era Anselmo. A Gustavo le apenó que Anselmo no quisiera entrar en esa carrera política, porque, a pesar de todo, seguía pensando que era un hombre honesto. Sin embargo, era consciente de que ese sentimiento no era recíproco y que

EL BUEN DICTADOR I: EL NACIMIENTO DEL IMPERIO

Anselmo no apoyaba el nuevo régimen. Lo más sensato sería que se mantuviera al margen.

Tres días después de su última reunión, Gustavo, Norton y Zeca volvieron a encontrarse. La fecha de esta reunión fue decidida por Zeca, quien ya tenía en su poder la lista de nombres de las personas que, junto a Ramiro, tenían la intención de formar un nuevo partido. La lista contenía nueve nombres, la mayoría de los cuales no sorprendió a Gustavo, pero se quedó desconcertado con algunos de los que aparecían en ella. Sabían perfectamente que en el momento en que eliminaran la cúpula del partido, el resto de los participantes huiría, se escondería o simplemente rezaría para no ser identificado ni relacionado con ese partido que nunca llegó a existir. La reunión comenzó después de la cena y duró toda la noche, hasta que aparecieron los primeros rayos de sol de la mañana. Fue una noche larga y agotadora para los tres, mientras discutían y elaboraban en detalle cómo y cuándo llevar a cabo esa operación. Recordaron el día en que asaltaron la farmacia, todos los planes que organizaron, y se reían mientras revivían los detalles y las sensaciones que experimentaron en aquella su primera gran operación, como si fueran soldados de un ejército acostumbrados a situaciones complicadas. Una vez más, fue Gustavo quien lideró toda la operación. Trabajaba con su ordenador portátil y presionaba vigorosamente las teclas, escribiendo lo que cada uno de ellos tendría que hacer en los próximos días, obligando una y otra vez a sus compañeros a repetir sus tareas hasta que las tuvieran bien aprendidas y dominadas. La reunión tuvo lugar en la cocina de Norton, como era habitual, y concluyó cuando Gustavo escuchó los primeros cantos de los gallos. Zeca, demasiado cansado para regresar a su casa, le pidió a Norton que le permitiera descansar unas horas en alguna habitación, mientras que Gustavo prefirió salir y descansar en su hogar.

Al salir de la casa de Norton, Gustavo respiró profundamente, llenando sus pulmones de aire puro que contrastaba con el ambiente denso de humo que había en la cocina de Norton, causado por sus dos amigos fumadores. Estaban a finales de marzo y el clima seguía siendo frío e invernal. A pesar de que el cielo estuviera despejado, la temperatura era muy baja, y Gustavo deseaba llegar a casa, meterse bajo las mantas y calentarse junto a su mujer. Curiosamente, sentía un mayor cansancio físico que mental. Su mente trabajaba incesantemente en todo lo relacionado con la planificación de la operación "Virus". Aunque le habría encantado compartir sus dudas y miedos con Rute, escuchar su opinión y sentir la paz que ella le transmitiría, Gustavo llegó a casa e intentó moverse silenciosamente para no molestar a su familia. El plan que habían elaborado durante toda la noche era cruel y desalmado, y pensó que tal vez habría alguna otra manera de hacer las cosas, pero apartó esos pensamientos de su mente. Entró en su dormitorio evitando hacer el mínimo ruido y se acostó suavemente al lado de su mujer. Rute notó la presencia de su hombre cuando entró a la habitación, sintió el olor a tabaco que impregnaba su ropa y temía poder detectar el aroma de algún perfume femenino en su piel. Quería saber cómo había ido la reunión, pero pensó que Gustavo estaría demasiado cansado para hablar y lo dejó para más tarde. Rute advirtió que Gustavo estaba muy inquieto, no encontraba la postura para dormirse y decidió acercarse a él y sin ningún intercambio de palabras hicieron el amor. En ese momento, Rute no tenía ganas de hacerlo, pero quería demostrar a Gustavo que ella era mejor que cualquier prostituta. Sabía que él estaba tenso y sólo quería regalarle un coito rápido. Para Gustavo fue sólo algo físico, una descarga que hizo que entrara en un sueño profundo y tranquilo.

Todos los sábados, por la mañana, a primera hora, Ramiro se dirigía a su huerto. Tenía un terreno de aproximadamente trescientos metros cuadrados que quedaba a unos kilómetro de los límites del pueblo. Este terreno limitaba al norte con un sendero de uso público de tierra batida, muy frecuentado por los agricultores. Este camino estaba vigilado por una cámara con el propósito de controlar quién salía y entraba en el pueblo, pero que también podía grabar la propiedad de Ramiro.

Era el último sábado de marzo, el cielo estaba nublado y parecía que en cualquier momento iba a llover a cántaros. La cámara estaba orientada, como siempre, hacia el camino, vigilando a quienes pasaban por allí. En el centro de control, recibiendo las imágenes de esa cámara y muchas otras, se encontraban Proença y Norton. Proença esperaba una mañana tranquila y sin ningún incidente, por lo que no le pareció extraño que Norton lo dejara solo durante un par de horas para resolver algunos asuntos administrativos. Primero, Norton lo invitó a tomar un café caliente. Antes de que Proença terminara su café, Norton ya había salido de la sala de control. Poco después de que Proença terminara su taza, cayó en un sueño profundo, resultado de algunos tranquilizantes que Norton había introducido en su bebida.

Para evitar que la gente pasara por ese camino, todos los accesos fueron bloqueados bajo la excusa de unas reparaciones de tuberías. Gustavo salió del bosque de eucaliptos, que estaba al otro lado del camino, frente al terreno de Ramiro. Entró por la vieja y rudimentaria verja que daba acceso a la propiedad de su antiguo compañero y se dirigió hacia él.

- Vaya. ¡Qué sorpresa Gustavo! ¿Qué haces aquí?

Ramiro recibió a Gustavo con una amplia sonrisa, pensando que su visita era simplemente fruto de la casualidad, nada más. Gustavo le devolvió el gesto y estaba dispuesto a dar una oportunidad a ese hombre que tenía enfrente y que aún consideraba un amigo. Minutos antes, mientras esperaba en el bosque para avanzar, recordó los viejos tiempos de su infancia, cuando eran niños y pasaban allí todos los veranos. Recordó los juegos en las calles, los robos de fruta en las huertas, a pesar de tener fruta en abundancia en casa, los chapuzones nocturnos en el Río Ponsul y las tardes abrasadoras pasadas jugando al fútbol sin camiseta. Recordó una historia de hace veinte años que lo hizo soltar una pequeña carcajada. Era la fiesta anual de Malpica do Tejo, un grupo de amigos lentisqueros, entre los que se incluían Gustavo y Ramiro, habían decidido participar en un concurso de baile que supuestamente estaba dirigido a parejas de distinto sexo, pero en esas reglas no se especificaba claramente, por lo que se inscribieron diez parejas, todas formadas por chicos, provenientes de Lentiscais. Fue una auténtica locura ver a veinte chicos bailando en parejas, y la gente mayor disfrutó mucho de la situación, aunque los más jóvenes criticaron la osadía de los lentisqueros. Era un recuerdo muy divertido que le habría gustado compartir con Ramiro.

- Mira, Ramiro, vengo aquí de corazón abierto para hablar contigo, de amigo a amigo. Hemos vivido muchas experiencias en este pueblo, hemos compartido una parte muy feliz de nuestra infancia aquí, y ahora es nuestro lugar de residencia, donde criamos a nuestros hijos. Por todo esto, me gustaría llegar a un acuerdo contigo.

- ¿Vienes a decirme que ya no puedo hablar mañana en la radio?

- No, vengo aquí a convencerte para que no formes ningún partido político, vengo aquí para que nosotros dos podamos hacer las cosas de otra manera distinta, sin partidos ni asociaciones políticas.

- No creo que haya otra solución, ¿Qué quieres hacer? ¿Quieres ser el único que tenga un partido político?

- No quiero tener un partido, Ramiro. Mira, si tú formaras un partido y yo otro, los dos tendríamos que luchar cara a cara para ganar las elecciones, nunca estaríamos de acuerdo en nada y haríamos campaña con dinero obtenido de socios y empresas interesadas en nuestra victoria. Después, estos recibirían con intereses la *contribución voluntaria* que dieron para la campaña. Los dos sabemos perfectamente que la política es un mundo corrupto y sucio, donde muchos jóvenes entran en sus juventudes buscando 'puertas giratorias', una vida sin trabajar de verdad, moviéndose de un lugar a otro, de un chollo a otro, y mirando al ciudadano común como a un esclavo o un imbécil manejable. Hacen carrera en la política empezando como secretarios, luego asesores, y si tienen suerte, quizás llegan a concejales, y después, cuando pierden, van a trabajar como administradores de empresas semipúblicas. ¿Es esto lo que quieres?

Ramiro escuchaba muy tranquilo, estaba muy calmado, pero Gustavo, en cambio, a medida que hablaba se irritó más y más.

- Pero la política no tiene por qué ser así. Los políticos representan la pluralidad de nuestra sociedad, aunque los partidos tengan parásitos y aprovechados en sus listas, también existen personas que intentan mejorar la sociedad, que colaboran desinteresadamente en las campañas, personas que entran en política y ganan mucho menos dinero que en sus trabajos como ciudadanos normales. Nosotros podríamos crear leyes para los partidos, con el fin de combatir la corrupción interna. Perdona que insista, pero los partidos son la base de cualquier democracia.

- La pluralidad de la sociedad puede ser representada a través de individuos. ¿Por qué no elegir a un individuo en lugar de a un partido? Un individuo que se presente ante sus conciudadanos sin un grupo de interés detrás, que pueda apostar por las personas apropiadas para cada puesto sin que sea obligatorio escoger a alguien de su partido. Yo te elegí a ti y al resto del equipo porque creí que eran las personas idóneas para cada cargo. No tenía ninguna obligación con ningún partido, ni intereses económicos ni amiguismos. Creo en la democracia, pero no en una democracia partidista. Ya se demostró que esa no es la mejor opción.

- Yo, en cambio, creo que sí, que los partidos son la mejor forma de proteger la libertad de expresión, la libertad de pensamiento, las libertades personales y por supuesto la libertad de los medios de comunicación. No creo ni en tu proyecto ni en las personas que te rodean.

La tensión estaba aumentando cada vez más entre los dos, era obvio que tenían opiniones muy diferentes y que la discusión no les llevaría a un punto en común. Viendo esto, Gustavo dejó caer sus brazos, no podía abortar ese plan y, desgraciadamente, tendría que exterminar el "virus".

- Las libertades y los partidos políticos no juegan en la misma liga. Dentro de los partidos, sus militantes tienen que compartir la misma opinión e intentan manipular los medios de comunicación. Cuando están en la oposición, siempre están en contra de cualquier medida adoptada por el gobierno, pero cuando llegan al poder se olvidan de sus promesas electorales y se dedican solo a hablar de números para demostrar que no son tan malos como los anteriores. Tu partido no será diferente a estos. Fíjate en el resto de los miembros de tu equipo. Proença, un fiscal del ayuntamiento que se dedicó a robar al contribuyente durante años. Cuando alguien en el pueblo se metía en alguna obra sin el aval del ayuntamiento, aparecía Proença a quejarse y a dividir la porción de la tarta con sus amigos fiscales, y tampoco podemos olvidar lo que hizo por avaricia en su propia comisión. Otro, el cura Xavier, un hombre que sigue viviendo en el Medievo, que piensa que la Inquisición fue un mal menor, que no bautiza a los niños de padres que se hayan casado por lo civil, que cree que es pecado usar anticonceptivos y que vive obsesionado por oficializar su religión en esta nueva sociedad.

Ramiro se sorprendió mucho por el conocimiento que Gustavo tenía sobre los compañeros de su partido. Esta sorpresa dio paso a un sentimiento de recelo acerca de su futuro, el futuro de su partido y el de sus camaradas.

– Destacaría a un individuo de vuestro grupo, que sería la guinda del pastel: el banquero de los Cebolais. Yo mismo le negué la creación de una banca privada, y ahora forma parte de tu equipo. Es un hombre interesado que se aprovecha de los más ingenuos y necesitados para imponer sus intereses y obtener grandes beneficios. Su objetivo es crear un banco para limpiar dinero y establecer paraísos fiscales, permitiendo que los más ricos evadan la declaración de sus fortunas. ¿Realmente deseas asociarte con personas así para formar un partido?

Gustavo no mencionó a Anselmo, ya que no tenía nada negativo que decir sobre él. Ramiro se quedó atónito y su temor por su vida aumentó aún más.

- ¿Me estás vigilando, Gustavo? - dijo en un tono bajo y suave.

- Este pueblo es muy pequeño, se sabe todo, Ramiro.

- El poder te ha enloquecido.

- No hago esto por el poder, Ramiro. Lo hago por nuestros hijos, para que las futuras generaciones no tengan que vivir en una sociedad desigual, corrupta y sin principios. No quiero estar siempre en el poder; estoy a favor de establecer una ley que limite el tiempo en política a ocho años, sin privilegios ni beneficios después de ese período. La política debería ser vista como una contribución a la ciudadanía, no como una oportunidad para el enriquecimiento personal o para acomodar a amigos y familiares en empleos estatales bien remunerados. Estoy haciendo todo esto para que tus hijas y los míos escuchen hablar de bancos en Suiza, paraísos fiscales y bolsas de valores, como Wall Street, como temas oscuros del pasado de una sociedad que ya no existe. No permitiré que tú ni tus amigos cambien mi visión de futuro.

- ¿Y qué vas a hacer para silenciarme? - Ramiro temía la respuesta de Gustavo y presagiaba que algo estaba a punto de ocurrir. Miró a su alrededor y no vio a nadie. La cámara estaba apuntando hacia el sendero, y pensó que Gustavo no llevaba armas.

- Tú serás el "nuevo Che Guevara". Ya sabes cómo Fidel Castro envió al Che a Bolivia porque ya estaba harto de él y de sus opiniones de Cuba. Che era demasiado honesto y buena persona y eso no encaja muy bien en una dictadura, y al enviarlo a una muerte segura en Bolivia, creó en él un mito de generación, un símbolo de lucha y resistencia. Ramiro, tú serás nuestro Che, habrá estatuas, banderas con tu cara y calles con tu nombre.

Gustavo sacó un walkie-talkie de su abrigo y pronunció la palabra 'empezar', mientras miraba intensamente a Ramiro. Inicialmente, Ramiro se estremeció pensando que el walkie-talkie era un arma, y quedó paralizado al darse cuenta de que estaban a punto de asesinarlo. No tenía intención de huir; al menos, quería morir con dignidad. Miró a Gustavo, que se alejaba, y le dijo:

- ¿Qué pasará con mis hijas?

- Las trataré como si fueran mías. No te preocupes.

EL BUEN DICTADOR I: EL NACIMIENTO DEL IMPERIO

Un caballo galopaba a gran velocidad acercándose al lugar. Gustavo se retiró al bosque de eucaliptos por donde había aparecido, y en pocos segundos, José Lino ya estaba entrando en la propiedad de Ramiro. La palabra que Gustavo había transmitido por el walkie-talkie había sido escuchada en dos lugares. Además de José Lino, Norton escuchó el mensaje y entró en la sala de control, donde Proença roncaba profundamente. Rápidamente lo despertó, y los dos comenzaron a seguir los movimientos de José Lino a través de las cámaras. Aunque aún adormilado, Proença pulsó el botón de alarma que hizo sonar las sirenas en el cuartel.

Gustavo se situó junto a Zeca, y ambos observaron cómo José Lino apuntaba con una escopeta a Ramiro, quien, con las manos abiertas, recibió un disparo en el pecho. Cuando yacía en el suelo, José Lino se dirigió a la vieja verja y, mirando a la cámara, esbozó una sonrisa de satisfacción. De inmediato, desapareció a gran velocidad antes de que la policía pudiera llegar al lugar. Momentos antes de que José Lino disparara, Ramiro comprendió que había sido solo un peón, una víctima de Gustavo, utilizado para ganar las elecciones. A su vez, José Lino era otro peón, desempeñando el papel del enemigo número uno de la sociedad, la personificación del mal. También se dio cuenta de que, al igual que Gustavo, los nuevos compañeros de su partido lo habían utilizado para enfrentarse a Gustavo y perseguir sus propios intereses.

Sin embargo, sus últimos pensamientos estaban reservados para sus dos hijas. Recordó un día de verano en la playa, cuando tenían tres y cinco años. Ellas, abrazadas a él, construían castillos de arena en la orilla. Ramiro revivió el sonido de sus dulces risas, la textura de la arena y el sabor del agua salada del mar.

Una hora después de la muerte de Ramiro, la noticia se transmitió por la radio, sin entrar en muchos detalles, enfatizando que se trataba de un asesinato cobarde y ruin. En la Casa del Pueblo, se habían congregado decenas de personas consternadas por la noticia, atentas a la Radio Serrano en espera de más información. Gustavo llegó dos horas después a la Casa del Pueblo, sosteniendo dos CD en sus manos y un discurso bien preparado para ser escuchado por los ciudadanos reunidos en el lugar. Pero, sobre todo, estaba destinado a todos los habitantes de la región Serrana que aguardaban conocer los detalles sobre la muerte de su compañero de comisión.

En primer lugar, dio un discurso en el que recordaba a su amigo y compañero de equipo. Luego, se dirigió a la familia de Ramiro con palabras de condolencia y les prometió encontrar y llevar a los culpables ante la justicia, mientras mostraba los dos CDs que llevaba consigo. Uno de ellos demostraba que José Lino era el único asesino de Ramiro, y en el otro video se podían ver imágenes del interior de la sala de control de seguridad, donde Proença dormía sobre la mesa sin dar la alarma ni tomar ninguna acción, mientras un intruso ingresaba a un área protegida.

Tras mostrar esas imágenes, el salón se llenó de una indignación abrumadora. Por un lado, la gente estaba consternada por el asesinato de un hombre tan querido como Ramiro, perpetrado de una manera fría y cobarde, dejando viuda y huérfanas a dos niñas pequeñas. Algunos expresaban el deseo de venganza, y varias personas presentes instaron a Gustavo a enviar soldados a las cercanías de Malpica para atrapar a los gitanos que se encontraban allí.

Además, había una gran indignación por la enorme negligencia de Proença, que permitió que Jose Lino tuviera acceso y llevara a cabo el crimen. Nadie olvidaría nunca esa negligencia, incompetencia y pereza demostradas por Proença. En ese momento, los ánimos estaban muy caldeados, y Gustavo sentía que su plan había funcionado incluso mejor de lo que había anticipado. A pesar de tener ganas de sonreír y reír abiertamente, hizo un gran esfuerzo por contener su felicidad y se unió al resto de la población que lo rodeaba, mostrando enojo e indignación ante la situación.

A Proença lo llevaron escoltado a una habitación en el edificio de control. Estaba visiblemente confundido por todo lo que estaba ocurriendo. Se despertó aturdido, con Norton gritándole y ordenándole que activara la alarma, y luego vio con sus propios ojos la muerte de Ramiro. La situación parecía sacada de una escena de película del oeste, y le resultaba difícil creer que fuera real. Deseaba que todo fuera producto de su confusión y que, al despertar, todo volvería a la pacífica normalidad.

Poco después, lo llevaron a esa habitación para que pudiera descansar y reflexionar sobre lo sucedido. Media hora más tarde, Zeca entró para explicarle lo que acababa de ocurrir. Proença, incapaz de contenerse, estalló en lágrimas, como un niño pequeño que había cometido una travesura con un desenlace catastrófico, y pidió perdón a Zeca.

- Te quedarás en esta habitación, por tu propia seguridad. Si te encuentran afuera, la gente podría intentar hacerte daño. En el futuro, podrías enfrentar un juicio debido a la falta de seguridad que ocurrió y podrías ser condenado por homicidio involuntario. Trata de descansar, Proença

Proença, en ese momento, estaba más despierto que nunca. No podía entender cómo había llegado a quedarse dormido en aquella sala. Por un instante, consideró la posibilidad de que Norton le hubiera puesto algún narcótico o somnífero en el café para dejarlo inconsciente, pero rápidamente descartó esa hipótesis. Era una realidad que, a su edad, se quedaba dormido con frecuencia en cualquier rincón y a cualquier hora.

Decidió que tenía que afrontar y asumir lo sucedido, responder con la poca dignidad que le quedaba frente a sus vecinos y amigos de toda la vida. Una vez más, deseó estar muerto y no tener que pasar por ese trance. Desde el ataque, su vida había estado llena de incidentes, y además de haber perdido a sus hijos y nietos, había perdido el liderazgo de la comisión. En ese momento, se sentía como el hombre más odiado del lugar.

Recordó a su exmujer, que había fallecido muchos años atrás, y se imaginó paseando con ella y sus hijos cuando aún eran pequeños en un jardín en Castelo Branco. Proença lloró de nostalgia por esos tiempos y, en voz alta, rezó a Jesús, pidiendo que lo llevara junto a su esposa y sus hijos lo antes posible.

El funeral de Ramiro fue masivo; cientos de personas asistieron, no solo habitantes de Lentiscais, sino también personas de pueblos vecinos. Las calles estaban llenas de gente y en la iglesia no cabía ni un alma más. Fue la primera vez que Gustavo entró en la parroquia. Este momento era muy significativo, y su ausencia habría sido malinterpretada, algo que Gustavo quería evitar a toda costa.

El párroco, Xavier, ofició una misa sobria y, en ocasiones, muy emotiva. No hizo ninguna mención negativa ni de Gustavo ni de los gitanos. El párroco habló, principalmente, de la bondad y del carácter alegre y trabajador de Ramiro, así como de todos los preciosos recuerdos que dejó tras de sí. Resaltó que sería un hombre inolvidable.

El camino entre la iglesia y el cementerio, que tenía poco más de un kilómetro de distancia, estaba abarrotado de personas que lloraban a medida que pasaba el ataúd. Intentaban tocarlo, convirtiéndolo en uno de los mayores símbolos del régimen de Gustavo.

Todo fue tan emocionante que Gustavo sintió remordimientos por todo lo que había planeado, especialmente cuando tuvo que enfrentarse y hablar con la viuda y las dos hijas pequeñas, de la misma edad que sus propios hijos. En público, Gustavo lloró abiertamente, y tanto Norton como Zeca supieron que esas lágrimas no eran fingidas. Gustavo realmente se sintió arrepentido por su plan, y en su mente crecía la duda de que había cometido un gran error. Cada vez le parecía más claro que ningún país, ideal o régimen puede estar obrando bien cuando causa un dolor tan profundo.

Gustavo nunca compartía los detalles de sus planes ni acciones con Rute. No era necesario, ya que ella estaba al tanto de todo y no deseaba conocer todos los pormenores de las operaciones. Esa noche, una vez más, Rute intentó animar a Gustavo y le brindó fuerzas para que continuara con su ardua tarea. Le dijo que iba por el camino correcto y que a veces, para vivir en una sociedad más pura y transparente, era necesario hacer algunos sacrificios.

Dos días después del funeral, comenzó el juicio de Proença por homicidio involuntario. Este segundo juicio no difirió mucho del primero en el que se acusó al ladrón gitano. Hasta ese momento, el código penal había experimentado pocas modificaciones, y tanto el juez como los abogados dejaban mucho que desear en términos de profesionalismo.

El salón se llenó de curiosos que, al ver a Proença, se dedicaron a insultarlo durante varios minutos hasta que el magistrado logró calmar los ánimos de los presentes con amenazas de que si no guardaban silencio, el juicio se celebraría a puertas cerradas. Todo el proceso fue transmitido en directo por la radio y fue seguido con gran atención en todos los pueblos Serranos.

El juicio se desarrolló rápidamente. Proença se declaró culpable y no quiso presentar pruebas ni justificaciones para mitigar su pena. Fue condenado a diez años de cárcel sin trabajos forzosos debido a su avanzada edad. Sin embargo, Proença no cumplió toda su condena, ya que falleció cuatro años después debido a deficiencias respiratorias.

Durante los años que pasó en prisión, intentó encontrar la paz interior. Se convirtió en un devoto religioso, siempre llevando libros teológicos consigo y brindando apoyo espiritual a los numerosos reclusos que llegaban.

Murió feliz, con la seguridad de que iría a un lugar mejor y estaría cerca de sus seres queridos.

Después de la misa habitual de las seis de la tarde de los martes, el cura Xavier regresó a su casa con el deseo de tomar un té bien caliente, encender la chimenea y sentarse en su pequeño sofá junto a la ventana para leer un libro de un célebre fraile del siglo XVIII. Sin embargo, al entrar en su diminuto hogar, se llevó una gran sorpresa. En su sofá, estaba sentado Gustavo, con Norton de pie detrás de él. Gustavo estaba sentado con las piernas cruzadas, acariciando su escasa barba con la mano izquierda y moviendo los dedos de la mano derecha en sentido horario, apoyada en el brazo del sofá. Norton tenía una postura rígida, sin mostrar ninguna emoción. Su barba crecía y se oscurecía, y su barriga sobresalía de la ajustada camisa que llevaba. Xavier no pudo ocultar su sorpresa al verlos.

- Pido disculpas, señor cura, por atrevernos a entrar en sus aposentos sin su consentimiento. La puerta estaba abierta y deseamos hablar con usted - dijo Gustavo, haciendo un gesto para que Xavier se sentara frente a él.

- Mi casa está abierta para todos. Voy a tomarme un té. ¿Quieren que les sirva uno?

- No, gracias, señor - contestó Gustavo y Norton se mantuvo callado.

Xavier se encontraba nervioso ante la presencia de esos hombres. No tardó mucho en preparar el té y lo colocó en la pequeña mesa que separaba los dos sofás, donde él y Gustavo estaban sentados frente a frente.

- ¿A qué debo tan inesperada visita?

- Bueno, Padre Xavier, venimos a darle respuesta a sus peticiones - dijo Gustavo, haciendo una pausa breve para observar la reacción del cura.

- ¿Ah, sí? Cuénteme, por favor.

- Señor, la respuesta es un no a ambas peticiones - declaró Gustavo mientras juntaba sus manos y las acercaba a su boca. - No habrá ningún programa de radio con temática religiosa, ni tampoco se otorgará oficialidad a ninguna religión en nuestro nuevo país. Además, creemos que usted debería dejar de dar las misas.

- ¿Y eso por qué? ¡Si ustedes nunca van a la iglesia!

- Porque si hay algo que tenemos claro para este país, es que la religión debe estar en su debido lugar, que sea un servicio que pueda satisfacer la necesidad espiritual del hombre y que no intervenga en áreas que no sean de su incumbencia.

- La pobreza, las desigualdades sociales y las libertades individuales son asuntos que también son abordados por la Iglesia. Estamos aquí para brindar ayuda, ofrecer respuestas y dar consejos a quienes asisten a misa. No todo en la Iglesia se trata de espiritualidad, señor Gustavo.

- No estoy de acuerdo con usted, Padre. Creo que la Iglesia debe ocuparse de los enfermos y de cuestiones espirituales, sin intervenir en asuntos que no le competen. No debería criticar constantemente al poder político ni dar su opinión particular sobre quién es el mejor candidato para gobernar.

- Yo solo recibo órdenes de Dios y del Santísimo Papa. Por ahora, usted no es quien para darme órdenes.

La conversación comenzó a elevarse en tono. Xavier intentaba mantener la calma en el pequeño sofá y ya había perdido el interés en tomar té; el tono de la charla lo había calentado lo suficiente. Gustavo, por otro lado, estaba dispuesto a discutir y contradecir todo lo que el cura decía.

- Señor cura, aquí ya no existe el Vaticano, ni el Papa, ni los obispos. Todo eso ha terminado. Estamos en una nueva era en la que ahora quién manda soy yo. Yo decido lo que es bueno para el país y yo decido quién se queda y quién se va. Yo soy Dios.

Al decir esto, soltó una risa floja y bienhumorada, que fue acompañada por Norton. Gustavo luego miró hacia atrás para asegurarse de que su amigo estaba disfrutando del espectáculo. En ese momento, su abrigo se abrió un poco, revelando el revólver que llevaba en su cintura. El cura, al percatarse de la amenaza, entró en pánico y quedó paralizado en el sofá. Se quedó en blanco, sin pensamientos ni capacidad para reaccionar, sintiéndose agotado y sin energía. Poco a poco, comenzó a recuperar fuerzas y a recuperarse del shock. Consideró gritar para pedir ayuda o correr hasta la cocina, coger un cuchillo y enfrentarse a ellos, pero se sentía demasiado débil y fatigado para entablar cualquier tipo de confrontación. Gustavo no notó lo que había sucedido y continuó:

- Usted ha tenido encuentros con otros individuos para crear un nuevo partido, cuando debería estar enfocado únicamente en su propia parroquia y no entrometiéndose en asuntos que no le conciernen. ¿Y quién le ha ordenado hacer eso? ¿El Vaticano? ¿El Papa? No, ha sido su ego y el deseo de ser alguien importante en este nuevo periodo, y el deseo de crear un Estado inquisitorial donde el clero estaría a cargo de ordenar ejecuciones y quemar a personas inocentes. Y, quién sabe, tal vez aspira a ser el nuevo Papa, un hombre que estaría detrás del político y que hablaría en nombre de un Dios cruel y castrador. ¡No, eso no! Estoy aquí para detenerlo, para decirle que todas las religiones tendrán reglas y normas, y que no se perderá más vidas en nombre de un Dios. No habrá más guerras por diferencias religiosas, ni discriminación contra personas que tengan fe en otras doctrinas o creencias.

Xavier dejó de escuchar el discurso de Gustavo y comenzó a darse cuenta de que la muerte de Ramiro y la culpabilidad atribuida a Proença no habían sido un mero accidente. Se sintió pequeño, ingenuo e intelectualmente inferior al hombre que tenía enfrente. Pensó que había cometido un gran error al no aliarse con Gustavo en lugar de intentar derrocarlo. Su mayor equivocación fue subestimar a Gustavo. Después, su mente viajó de vuelta a su pueblo natal, Fafe, y recordó el día en que su padre lo llevó al seminario y cómo pasó los días siguientes llorando y extrañando a sus hermanos y hermanas, pero, sobre todo, a su madre. Durante todos los años que siguieron, su mayor deseo fue ser el orgullo de sus padres. Cada sacrificio que hizo esperaba que fuera recompensado con la aprobación y el respeto de sus padres y el resto de su familia. Ahora, enfrentando la muerte de frente, se dio cuenta de que ya no tenía que demostrar nada a nadie. Todos habían fallecido o tal vez se habían perdido en algún pueblo. Con la muerte acechándolo, resumió su paso por la iglesia como discreto, siendo un cura sin amigos y sin el cariño de la gente de las congregaciones por las que pasó. Sintió que nunca había tenido una vida propia, que había vivido como los demás querían que viviera. Siempre tuvo miedo de los cambios y nunca tuvo el coraje de dejar que sus sentimientos hacia el sexo opuesto salieran del rincón oscuro de su mente atrofiada. Quiso intentar convencer a Gustavo de que deseaba dejar la religión de lado, huir de allí y comenzar una nueva vida en un lugar donde fuera un desconocido. Tal vez vivir como agricultor y, con suerte, conocer a una mujer con la que pudiera envejecer.

Gustavo siguió con su discurso.

- Tengo un plan establecido para la Iglesia Católica. Será dirigida por alguien a quien yo apruebe y desempeñará un papel fundamental, que consiste en modernizar la Iglesia para adaptarla a los nuevos tiempos. Las restricciones que prohíben a los curas casarse, impiden a las mujeres celebrar la misa y estigmatizan a los homosexuales tienen los días contados. El futuro papel de la Iglesia será, ante todo, el de apoyar a la ciudadanía, educar a la gente para convivir en armonía con sus vecinos, el medio ambiente y el resto de seres vivos en este planeta. Lo que conocemos hoy como la Iglesia Católica Apostólica Romana tendrá su punto final aquí.

Viendo que su tiempo se estaba agotando, Xavier se arrodilló a los pies de Gustavo, con las manos en posición de ruego y lágrimas brotando por sus mejillas, y suplicó:

- Por favor, señor Gustavo, puede que le parezca una sarta de mentiras, pero mientras usted hablaba, tuve una revelación. Toda mi existencia la he pasado haciendo lo que los demás querían que hiciera, nunca he actuado por voluntad propia, y ahora siento que he malgastado mi vida en vano. Le ruego una oportunidad. Estoy dispuesto a renunciar a mi condición de sacerdote y, si así lo desea, a dejar la región Serrana para comenzar de nuevo en otro lugar, vivir una vida sencilla en el campo y, quién sabe, encontrar una compañera. Renuncio en este mismo momento a Dios, a todos los Santos y a la Iglesia Católica Apostólica Romana.

Su voz fue cobrando fuerza, y cuando pronunció la última frase, parecía estar en trance. Gustavo, que permanecía sentado en el sofá, se quedó estupefacto al presenciar el drástico cambio de ideales que expresaba el cura. Le costó reaccionar, pero se puso de pie lentamente, empujó hacia atrás el pequeño sofá en el que estaba sentado, sacó la pistola negra que guardaba en la cintura, desbloqueó el arma y la apuntó hacia la cabeza de Xavier, que continuaba arrodillado.

- ¡Por favor, deme una oportunidad! Renuncio a Dios, a todos los Santos y a la Iglesia Católica Apostólica Romana - gritó con los ojos enrojecidos y bañados en lágrimas.

Gustavo, sin titubear, apretó el gatillo de la pistola y, con un disparo certero, vio cómo la cabeza del cura caía al suelo. El sonido fue más fuerte de lo que esperaban, y decidieron abandonar la casa de inmediato. Antes de marcharse, dejaron una carta de suicidio sobre la pequeña mesa que se encontraba entre los dos sofás y colocaron la pistola con la que Gustavo lo había disparado en las manos del cura. Cuando salieron del lugar del crimen, Gustavo pensó que Xavier había muerto perdiendo toda su dignidad, de rodillas, gritando contra su Dios y suplicando una oportunidad para vivir y encontrar una mujer. Esta muerte fue totalmente diferente a la de Ramiro, quien hasta el último momento de su cruel desenlace mantuvo su dignidad y sus ideales. A diferencia de lo que ocurrió con Ramiro, que cada día recordaba y cuestionaba la forma en que había acabado con su vida, no sintió remordimientos por haber matado al cura.

La muerte del sacerdote Xavier no dejó consternada a la población. En poco tiempo, Gustavo nombró a un sustituto, un exseminarista que abandonó su carrera religiosa por amor y para formar una familia. Juntos, comenzaron a definir lo que sería la Iglesia Católica en el futuro. Con el respaldo de la comisión, la asistencia a los servicios religiosos los domingos se duplicó, y en algunas ocasiones, Gustavo hacía todo lo posible por estar presente. Xavier fue rápidamente olvidado por la gente del pueblo, quienes solo lo recordaban como un cura "a la antigua", que se suicidó por falta de carisma y complicidad con la población.

Quedaban aún dos individuos de la denominada operación "virus" contra los que Gustavo tenía que lidiar. Así, dos semanas después de la muerte de Xavier, Gustavo, acompañado por algunos de sus hombres de confianza, viajó a caballo hasta Cebolais para encontrarse con el banquero. En ese viaje, pasaron por Alfrivida y aprovecharon para tratar algunos asuntos. Habló con la comisión del lugar y se mostró amigable con varios ciudadanos que se le acercaron, la mayoría para felicitarlo y agradecer su trabajo, mientras que otros le hacían peticiones y sugerencias. A mediodía, llegó a Cebolais y se dirigió directamente a la casa del banquero.

Su opulenta morada era un reflejo de la personalidad de su dueño y seguramente la casa más grande del pueblo, con un enorme muro rodeando la propiedad y una piscina de grandes dimensiones en la parte trasera. Trabajó más de treinta años en un Banco Nacional y cuando cumplió los cincuenta y cinco años, se jubiló con una buena paga mensual vitalicia. Durante esos treinta años de trabajo, ocupó el cargo de director en varias sucursales y consiguió amasar una pequeña fortuna, realizando inversiones en paraísos fiscales y negociando acciones en bolsa. En muchas ocasiones jugó con información privilegiada y muy confidencial. Como era natural de Cebolais, decidió construir allí una casa enorme para alardear delante de todos de que era un hombre exitoso, sobre todo, delante de los emigrantes franceses por los cuales sentía desprecio. Por suerte, el día del ataque coincidió con su cumpleaños y había reunido a toda su familia en su villa. Aunque arrastró enormes pérdidas financieras, toda su familia seguía viva, y eso para él era lo más importante. Disputó las elecciones para la comisión en su pueblo y perdió por muy pocos votos. Curiosamente, peleó en contra de un primo suyo que había pasado muchos años trabajando en Francia. Le pidió autorización a Gustavo para crear un banco, pero recibió un no como respuesta. Por esa razón, hizo público que no compartía el camino que Gustavo estaba llevando con el régimen y, poco después, recibió la visita de Proença, que rápidamente consiguió seducirlo para la creación de una alternativa política. Después de las muertes y encarcelamientos de algunos miembros de su equipo político, empezó a tener miedo y sospechas de que él sería el próximo en morir. Pensó en llevar a su familia y huir de allí. Vivía obsesionado con la seguridad de la casa, dormía mal y salía siempre con una escopeta, llegando incluso a dejar de frecuentar los bares.

Los días fueron pasando, y el banquero empezaba a creer que estaba a salvo, que tenía muy poco poder para que Gustavo quisiera dar con él. El día en que Gustavo y sus hombres aparecieron en su verja, el banquero estaba cuidando de la pequeña huerta que él y su mujer tenían en la parte delantera de la vivienda. Cuando vio llegar a los visitantes, se quedó petrificado, en blanco, aturdido, a punto de desfallecer. Fue su esposa la que tuvo que dar la bienvenida a Gustavo e invitarlos a entrar al interior.

- No hace falta que entremos todos, he venido para hablar a solas con su marido.

El banquero lo recibió con un nerviosismo que no conseguía disfrazar, apresurándose a limpiarse y mostrándose muy servil. Entraron en la casa, y Gustavo se mostró asombrado por la cantidad de mármol que había en aquella residencia. La entrada daba a unas escaleras de caracol, todas de mármol bien trabajado y de una belleza imponente. Tanto las escaleras como la barandilla eran de un blanco puro resplandeciente, con los peldaños ligeramente más oscuros. Las paredes de los escalones que daban a la segunda planta estaban decoradas con copias de cuadros célebres. Le llevaron al despacho del banquero, que se ubicaba al final del pasillo de la planta baja. Durante el breve recorrido hasta aquella habitación, Gustavo no dejó de sorprenderse por la refinada decoración de la casa. Era más que un alarde de dinero; se notaba buen gusto en cada pieza, cuadro y alfombra, creando una decoración armoniosa en toda la casa. El despacho era una estancia amplia, con el suelo tapizado y mobiliario de color marrón oscuro que hacía juego con los colores del tapiz y las cortinas que cubrían las ventanas. Detrás de la mesa del escritorio y del valioso sillón negro, se encontraba un mueble de grandes dimensiones lleno de libros. En esa habitación, se exponían recuerdos y piezas decorativas de muchas partes del mundo, fruto de los viajes que él y su mujer habían realizado a lo largo de sus treinta años de casados. Su esposa les sirvió una bebida fría y salió del despacho. Gustavo observaba con interés los cuadros y libros que se encontraban en la habitación. Hubo un incómodo silencio y el banquero temió lo peor. Pensó que Gustavo planeaba matarlos a él y a su familia. Echaba de menos los tiempos en los que aún disponía de mucho dinero. En los momentos de apuro, solía recurrir a su dinero negro y desembolsaba la cantidad que fuera necesaria para resolver el problema. Ahora, no tenía esa opción y se sentía acorralado, frágil y perdido sin saber qué hacer ni cómo comportarse.

- Cada jueves mi esposa prepara un pollo asado delicioso, seguramente usted...

- Cállese. No vengo aquí para comer con usted.

Gustavo seguía examinando las piezas y los libros en el despacho sin mostrar interés en la persona que estaba presente. Con esta actitud, el banquero entró en pánico, sintió que le faltaba el aire y el calor se volvió asfixiante. Necesitaba ir al baño con urgencia.

Gustavo se giró hacia él y lo invitó a sentarse, como si hubieran intercambiado los papeles y ahora fuera él el dueño de la casa.

- No vengo aquí para tener ninguna conversación con usted. Estoy aquí para que me escuche, esto será un monólogo.

Gustavo olió el miedo y el pavor en el rostro de su anfitrión y eso le produjo más placer y seguridad.

- Sé que usted ha estado metido en reuniones para la creación de un partido político y, por favor, no me lo niegue, porque odio a los mentirosos. Estoy convencido de que usted podría ser un magnífico profesor universitario cuando se cree una en esta región y créame que esa inauguración se realizará en breve. Personas como usted serán las indicadas para enseñar a las nuevas generaciones cómo se cometieron grotescos errores en una época pasada. Usted, más que ninguna otra persona, movió mucho capital, vio como se manipulaban los cargos públicos con riqueza, compraban presidentes y veía como se duplicaba en paraísos fiscales o se limpiaba en empresas ficticias. Usted podría explicar cómo el dinero convierte los parques naturales en urbanizaciones y campos de golf y cómo la falta de él deja a las personas viviendo debajo de los puentes, sin lástima y sin compadecerse. Usted podría enseñar cómo un banco podía negar préstamos a los jóvenes o cómo les obligaba a pagar unos intereses desorbitados, mientras que los más ricos tenían un abanico enorme de posibilidades donde duplicar ese dinero. Pero usted sólo podrá contar esas historias cuando pueda cambiar su *chip*, cuando entienda que los tiempos han cambiado, que ya no habrá bancos jugando con otros bancos buscando su lucro particular, que ya no habrá paraísos fiscales, ni bolsa de valores. Cuando usted entienda eso y, sobre todo, entienda que vivimos en una nueva era, donde la gente es valorada por sus principios y conquistas y no por el dinero que posee, entonces ahí usted será muy útil en esta nueva sociedad y yo espero que ese día llegue, pues las personas como usted cultas e instruidas son las que necesitamos en los nuevos tiempos. Así que replantéese sus principios y valores, y cuando esté preparado, hágamelo saber. En caso contrario, yo no le daré otra oportunidad y si tenemos que volver a enfrentarnos por esto, yo mismo le aplastaré, a usted y a toda su familia.

Gustavo salió rápidamente del despacho sin darle tiempo al banquero para formular ninguna frase, se reunió con sus hombres y se dirigieron a encontrarse con el presidente de la comisión de Cebolais, Antonio Joao, conocido por todos como Tó Joao. Había ganado las elecciones contra el banquero por apenas una docena de votos. Su victoria se debió, sobre todo, a su amabilidad y su personalidad alegre. Había vivido treinta y cinco años como emigrante en Francia, y eso se notaba en la forma en que hablaba, con un marcado acento francés. No era un tipo culto, pero su alegría y determinación eran contagiosas, por lo que contaba con la simpatía de gran parte de la población. La comida transcurrió de manera agradable, y Gustavo le hizo la promesa de regresar con más tiempo para intentar ayudar con los problemas del pueblo, y, sobre todo, para fomentar la creación de empleo, ya que gran parte de la población estaba emigrando a Lentiscais y Alfrivida para encontrar trabajo. Al terminar de comer, Gustavo y sus hombres se despidieron y se pusieron en marcha, ya que todavía tenían que recorrer treinta kilómetros para llegar a Monforte. Llegaba la hora de hablar con el último miembro del partido fantasma y terminar con la operación "virus".

Durante el viaje, Gustavo reflexionaba sobre todo lo que le iba a decir a Anselmo Carneiro, imaginaba sus posibles respuestas e intentaba elaborar un laberinto argumental para que, al final, Anselmo no tuviera otra opción que aceptar y estar de acuerdo con la prohibición de los partidos.

En aquel momento, Monforte ya era un pueblo igual al resto, ya no estaba en guerra fría con los gitanos y aquel día, la plaza principal, lugar donde hacía poco tiempo fue el escenario de una desmedida humillación, estaba llena de ganado, por ser el jueves el día del marcado bovino y caprino en la localidad. El paso de Gustavo y sus hombres no pasó desapercibido; tanto los comerciantes como los compradores llenaron las calles de aplausos en honor al líder del grupo, gesto que él agradeció sin detenerse ni decir nada. Se dirigió directamente a la casa de Anselmo, pero este no estaba en casa. En el pequeño patio delantero de la vivienda, se encontraba su nieto, que jugaba con un juguete.

Gustavo les dio tiempo libre a la mayoría de su comitiva y se quedó con solo dos hombres, esperando a que Anselmo regresara a su casa. Mientras tanto, aprovechó para jugar y hablar con el niño. Diez minutos después, cuando Anselmo se aproximaba a su casa, vio a Gustavo, dos de sus hombres y su nieto esperándolo en la puerta. Se quedó helado, casi petrificado, aunque su mente le ordenaba mover las piernas, estas se negaban a responder. Pasado el susto inicial, el hielo que le invadió se convirtió en un fuego que le abrasaba por dentro, y empezó a sudar. A pesar de su estado, siguió avanzando y trató de recuperarse lo mejor que pudo antes de llegar a la entrada de su hogar. Gustavo notó la reacción de Anselmo y disfrutó al ver el miedo y el pánico en sus ojos; su nieto era el único pariente vivo que le quedaba y, por lo tanto, su talón de Aquiles.

- Buenas tardes, Anselmo. Vengo a hacerle una visita, pero como no estaba, he jugado un rato con su nieto - Gustavo pasó su mano por la cabeza del niño que seguía distraído con el juguete y disfrutaba de la tensión que causaba en el abuelo.

- ¿Quiere entrar?

- No lo sé, la última vez no fue muy amable conmigo - dijo Gustavo con voz desafiante, mientras que se acercaba a la puerta de la entrada.

El abuelo, el nieto y Gustavo entraron en la vivienda. El pequeño corrió a su habitación para jugar o hacer los deberes de la escuela, mientras que los dos adultos se sentaron en la misma mesa en la que habían tenido la conversación unos meses atrás. Gustavo comparó mentalmente la diferencia entre la casa sencilla y humilde de Anselmo y la lujosa propiedad del banquero.

- ¿Viene a matarnos? - Anselmo estaba sentado con las manos apoyadas sobre la mesa, nervioso, pero con actitud de valentía y la cabeza bien erguida.

- ¿Mataros? ¿Pero por quién me toma? ¿Por un asesino? Vengo a hablar con usted, solo eso. - Gustavo estaba disfrutando de la situación; aunque lo intentaba, no conseguía quitar la sonrisa de su rostro. - He venido para informarle personalmente de que el partido que ustedes querían formar no va a ser posible legalizarlo. Esta semana ha salido una ley que prohíbe crear cualquier partido o asociación política dentro de la región Serrana. Vengo, ahora mismo, de Cebolais para informarle también a su amigo, el banquero.

Se hizo el silencio y Gustavo entendió que Anselmo quería saber lo que había ocurrido con el cebollero, pero estaba receloso.

- Anselmo, usted siempre me ha hablado abiertamente, sin miedos, pero ahora noto que está temeroso. Como ya le he dicho, vengo aquí para informarle de la prohibición de su partido; no vengo aquí a causarles daño, ni a usted ni a su nieto. El banquero está bien, vivo y goza de buena salud.

- ¿Quiere que sea sincero con usted?

- Por favor.

Anselmo respiró profundamente, tenía ganas de señalar a Gustavo y acusarlo por las innumerables atrocidades, maldades y asesinatos que había cometido, pero controló sus impulsos lo mejor que pudo y dijo.

- No piense que todos somos ciegos o idiotas. Yo no creo que la muerte de Ramiro y de Xavier o el encarcelamiento de Proença no hayan sido consecuencia de la intención de la creación de un nuevo partido. Me parece demasiada coincidencia que el día antes de que Ramiro fuera a anunciar la creación de éste, fuera asesinado.

- Las imágenes no mienten, estoy seguro de que usted vio con sus propios ojos quién mató a Ramiro, lo que estaba haciendo Proença en ese momento y la carta de suicidio del cura.

- Su jugada maestra.

- ¿Una jugada maestra? Ahora dirá que la culpa de que los gitanos fueran a atacar a Malpica es mía, o que el ataque extraterrestre fue un plan mío también.

- ¿No le parece una enorme casualidad lo que sucedió? Y ahora, ¿prohibición de los Partidos? A mí me parece que lo que está muy claro es que no es muy demócrata, que lo que consiguió nuestra civilización tiempo atrás, va a ser destruido por su régimen.

- No soy demócrata, pero fui elegido por el pueblo. No soy demócrata, pero obligo a los nuevos pueblos a convocar elecciones para que entren en nuestro pequeño Estado. Los partidos políticos son organizaciones que apenas sirven para salvaguardar sus intereses. Yo creo en las personas, así que por mi parte se han acabado los partidos para siempre. Pero, en el futuro, si la población los quiere... - Gustavo hizo una pequeña pausa. - Usted habla de todo aquello que la sociedad logró como si viviéramos en un Estado perfecto, en un edén. Dígame, por favor, las cosas tan buenas que teníamos y que según sus palabras, mi régimen está destruyendo.

- Además de partidos y asociaciones políticas, había libertad de expresión, personal, intelectual, religiosa y medios de comunicación. La Radio Serrano me hace recordar la radio que había antes de la Revolución de los Claveles. Los trabajadores tenían derechos, derechos para manifestarse, derecho a huelga y derecho a sindicalizarse. Todos los ciudadanos eran tratados por igual delante de la justicia. Teníamos acceso a un sistema sanitario digno y a un sistema educativo igualitario para todos. Todos los ciudadanos eran tratados de la misma forma por los gobernantes. Existía una clase media fuerte, educada, que recibía sueldos dignos para vivir, consumir y, por encima de todo, no se vivía con miedo.

- ¿Pero en qué país vivió usted? Estoy de acuerdo en que nuestra sociedad consiguió cosas importantes, pero por su relato parece que viviéramos en un país y sociedad ejemplar. Los trabajadores consiguieron derechos, sí, pero en los últimos años fueron recortados en nombre de una crisis, que seguramente no se creó por su culpa, pero quienes lo pagaron fueron ellos. Nuestra justicia no trataba por igual a los ciudadanos, quién disponía de dinero contrataba los mejores abogados y podía incluso comprar jueces, quién tenía poco dinero, cuando iniciaba un proceso judicial, tenía que solicitar algún préstamo y era evidente la lentitud en la resolución de los procesos, era notable y vergonzoso. Los corruptos y los criminales de guante blanco, por supuesto, que no perdían su tiempo en la cárcel, ésta estaba destinada a los pobres que no tenían dinero para hacerse con un buen abogado o pagar su fianza. Y la cárcel, era como una especie de colonia vacacional donde los prisioneros, además de contar los días que faltaban para salir, levantaban pesas en el gimnasio de la prisión y aprendían trucos y artimañas los unos de los otros, no existía ni reinserción, ni trabajos forzosos. Lo mismo digo en la educación, que para mí es la base de cualquier sociedad próspera y civilizada. Quién no disponía de medios económicos no podía ir a la universidad, mientras que los que sí lo tenían podían ir a universidades privadas e incluso conseguir títulos de carreras sin necesidad de asistir a las clases. No había una buena estructuración y el gobierno, en lugar de organizarse con las facultades para promover las carreras acorde con las necesidades de la sociedad, lo que hacía era licenciar estudiantes, que sin lograr conseguir trabajo, emigraban a otros países en busca de oportunidades. No sé si hace falta que hable de nuestro lamentable sistema sanitario, quizás, en el norte de Europa las condiciones eran óptimas, pero aquí, una cirugía podía desembocar en años de espera y tenías que pagar por todo, desde una simple consulta al médico de familia, hasta por una urgencia. ¿De verdad que alguien puede elogiar el sistema sanitario portugués? Y para terminar, déjeme decir que, gracias a Dios, la mayoría éramos de clase media, pero seguía siendo una sociedad con las desigualdades muy patentes, lo que unos ganaban en un día, otros tardaban en ganarlo un mes o un año. Entiendo que quien tiene más responsabilidad, más iniciativas o espíritu emprendedor, es merecedor de mejor remuneración, pero la diferencia jamás debería ser tan abismal y era ahí donde nuestra sociedad estaba más podrida, el dinero era lo más importante y los principios y la ciudadanía eran secundarios.

Gustavo se había cansado de hablar tanto y, amablemente, le pidió un vaso de agua a su anfitrión, dejándole así su turno de palabra.

- En ningún momento he dicho que era una sociedad perfecta, ni siquiera cercano a eso, por supuesto que había mucho que mejorar, pero para llegar a donde habíamos llegado tardamos años y siglos, y tengo miedo de que su régimen pueda destruir todo ese trabajo en un momento. Y no me preocupo por mí, pero sí por mi nieto, al que veo en un futuro donde no se pueda expresar libremente. Me gustaría escucharle hablar sobre ese tema, Gustavo, la libertad de expresión.

- Cualquier persona es libre de tener sus propias ideas y expresarlas libremente - respondió Gustavo de inmediato.

- Ah, sí, ¿entonces por qué no permite la creación de partidos políticos?, ¿por qué no permite la creación de un periódico gestionado por gente ajena al Estado? o ¿por qué no entrega la Radio Serrano a profesionales que dominen ese campo?

Gustavo se demoró un poco para responder, parecía que buscara las palabras adecuadas.

- No estoy a favor de los monopolios del Estado, pero hay campos que tienen que estar bajo el control estatal, pues fuera del poder son usados de forma peligrosa. Hablo de la banca, por ejemplo; solo debería haber un banco y ser controlado por el Estado, sirviendo a la población sin intereses para lucro o ganancias extraordinarias. Otro sector sería el de los medios de comunicación. Nunca he conocido ningún periódico o televisión que fuera totalmente imparcial; siempre había algún grupo de interés económico detrás o un afán por vender más periódicos o tener más audiencia, aunque para ello fuera necesario exagerar o inventar noticias. Estoy a favor de los medios de comunicación estatales dirigidos por profesionales del sector, sin censura, pero con el único objetivo de informar. En cuanto a los partidos, como le mencioné antes, son innecesarios; cualquier ciudadano puede querer ofrecerse como candidato de forma libre, sin necesidad de formar parte de ningún partido o grupo de presión.

- Por su discurso, entiendo que un día usted podrá dejar de ser el presidente de la región o país Serrano.

- Por supuesto. Fui elegido por los ciudadanos de Lentiscais y más tarde por los presidentes de los pueblos. En las próximas elecciones podría perder en Lentiscais, o quizás los presidentes de las demás comisiones podrán creer que hay alguien mejor capacitado para el puesto.

- No creo que usted deje que eso suceda.

Gustavo no respondió al atrevimiento de Anselmo. Él mismo tampoco creía que algún día eso pudiera suceder. Tenía la telaraña muy bien tejida, pero la ley fue creada por la comisión y existía la posibilidad de que Gustavo pudiera perder.

- Anselmo, no quiero robarle más tiempo. He venido aquí para informarle de la prohibición, pero también para invitarle a que forme parte del equipo de profesores de la universidad que abriremos en septiembre. Usted es un hombre con experiencia en negocios y siempre ha trabajado de forma muy honesta y con mucha ética y, en mi opinión, es un modelo a seguir.

Anselmo se sintió halagado y agradecido por el elogio y le gustó mucho la propuesta, pensó que sería un desafío interesante. Esta vez, se despidió de Gustavo con un apretón de manos y una palmadita en la espalda, agradeciendo la visita y la proposición. Le dijo que iba a pensar en ello y responderle en los próximos días. Cuando Gustavo partió, Anselmo se quedó a solas en la habitación donde había transcurrido la reunión y comenzó a reflexionar. Quizás Gustavo no era un monstruo; tal vez fuera posible avanzar hacia una sociedad más ética, con menos desigualdades, mejor justicia e incluso más ecológica. Quiso convencerse a sí mismo de que la muerte de Ramiro, un día antes de hablar en la radio, fue una casualidad, y no había dudas de que Jose Lino era el autor del asesinato. En ese momento, empezaron a parecerle justas las medidas que tomó Gustavo para expulsar a los gitanos de su tierra; tal vez no encontró otra alternativa. Se mostró apenado por la forma en que trató a Gustavo al expulsarlo de su casa meses atrás y agradeció el hecho de que no fuera un hombre rencoroso, que incluso volvió para ofrecerle un puesto importante y justificar sus medidas. Se había equivocado al juzgar erróneamente a Gustavo. Estaba dispuesto a luchar a su lado para construir una sociedad mejor, no quería formar parte de una oposición cuyo único objetivo fuera llegar al poder. Quería devolver toda la confianza depositada en él y estar a disposición de Gustavo para la construcción de ese nuevo país.

PRESAGIO

La operación virus terminó con un éxito arrollador, y Norton quería celebrar esa victoria con una pequeña fiesta junto a los compañeros que habían participado en esa operación. Además de haber aniquilado el partido fantasma, también habían impuesto una ley que prohibía la formación de los partidos y asociaciones políticas. Para regocijo de todos y aumentar el nivel del ambiente festivo, una docena más de pueblos solicitaron la adhesión a la región Serrana, algunos de ellos situados a más de cien kilómetros de Lentiscais.

Gustavo no había confirmado su asistencia a la fiesta, ya que estaba muy cansado después del largo viaje a caballo. Sin embargo, después de cenar con su familia, Rute lo animó a que se reuniera un rato con sus amigos y así los vigilara más de cerca.

A la fiesta asistieron los hombres más importantes involucrados en la operación "virus" y, por lo tanto, en el régimen. Eran poco más de siete personas, pero no fueron solo ellos; Zeca llevó prostitutas de diferentes pueblos, la mayoría de las cuales eran mujeres con problemas económicos que se vieron obligadas a ejercer la profesión más antigua del mundo. Entre los asistentes corría mucho alcohol y el ambiente estaba cargado de un olor que Gustavo no había sentido en mucho tiempo, el de la marihuana.

Todos los presentes temían la reacción que Gustavo podría tener al encontrarse con prostitutas, alcohol y drogas, y tenían recelo de que al ver todo eso, diera por finalizada la fiesta y les reprendiera por su comportamiento. Sin embargo, Gustavo no sintió ningún reparo y no hizo ningún comentario al respecto. Pidió una bebida y paseó por el salón principal. Mientras charlaba con los invitados, permitió que un par de prostitutas se acercaran a él e incluso participó en un pequeño juego de seducción, que sabía que era falso, pero que le pareció agradable. Zeca se sintió más tranquilo y contento al ver que Gustavo estaba de buen humor, bebiendo y hablando con las mujeres. No obstante, tenía miedo de que se sintiera ofendido al ver que algunos invitados fumaban marihuana, así que se acercó a él y le dijo al oído:

- Algunos han traído drogas, a pesar de que yo les advertí que no lo hicieran, porque no iba a gustarte. Ya les avisé.

- ¿Y por qué no me iba a gustar?

Preguntó Gustavo con una expresión seria y mirando fijamente a los ojos de Zeca, lo que lo incomodó y lo hizo agachar la cabeza sin saber qué hacer.

- Zeca, en el país que estamos construyendo, cada uno es libre de hacer lo que quiera, siempre y cuando no afecte la libertad del prójimo, ¿entiendes?

Zeca asintió con la cabeza, aunque en realidad no comprendía cómo Gustavo podía aprobar la presencia de esas sustancias.

- En este país será legal la prostitución, el consumo de alcohol y las drogas blandas. No queremos volver a vivir en la hipocresía de antes, ¿verdad?

Zeca se sintió pequeño y no sabía qué contestar. No quería tener una discusión con Gustavo, pues sabía que perdería en esa contienda y sería humillado delante de los demás. Prefirió obsequiarle a Gustavo con una sonrisa forzada y se ofreció como voluntario para ir a buscarle otra bebida. Sin embargo, Gustavo prefirió acercarse a Pedro y a Norton, que estaban fumando marihuana, y compartió con ellos aquel cigarro.

Dos horas después, cuando el alcohol y las hierbas comenzaron a surtir efecto en algunos de los hombres, acompañados por las prostitutas, entraron en las diferentes estancias de la casa de Norton. En ese momento, Gustavo decidió que era hora de volver a casa. Aunque sentía el deseo de mantener relaciones con algunas de las mujeres presentes, la mayoría de las cuales eran jóvenes y atractivas, su relación con Rute estaba basada en el mutuo respeto, y además, estaba satisfecho en ese aspecto, ya que ella nunca se negaba a hacer el amor. Gustavo pensó que si hubiera estado con Marta o su novia alemana, Eva, en ese momento, podría haber sido infiel, pero con Rute todo era diferente, y la valoraba más que un simple encuentro casual con una desconocida. Salió de la fiesta con unos cigarrillos de marihuana en el bolsillo y con el deseo de fumarlos con Rute algún día. Antes de irse, acordó con algunos de sus compañeros que en la próxima reunión discutirían principalmente el tema del jaque mate a Malpica do Tejo.

Poco a poco, los diferentes pueblos se fueron adhiriendo al "proyecto Serrano", y como consecuencia, el área que cubría el territorio iba en aumento, provocando que el Estado se tuviera que ajustar y adaptar a marchas forzadas. A pesar del crecimiento del área, la comunicación entre las localidades era deficiente. No existían teléfonos, los transportes públicos estaban en sus primeras etapas de desarrollo y la escasez de combustible dificultaba la circulación de automóviles. El gobierno de Gustavo tenía recursos limitados, y la mayor parte de su presupuesto se destinaba a la seguridad en detrimento de otros sectores como el transporte, la energía y la sanidad.

Malpica do Tejo estaba rodeada por pueblos que ya formaban parte de la región Serrana. Su población mostraba cada vez más rechazo hacia el exalcalde y El Gordo, y solicitaban una reunión con Gustavo para intentar encontrar una solución a la situación actual. Además del aislamiento en el que se encontraba el pueblo, cada vez era más frecuentemente atacado por los gitanos, lo que generaba miedo y enojo entre los habitantes hacia sus representantes. El exalcalde, al darse cuenta de que la adhesión de Malpica a la región Serrana era inminente, había abandonado a su antiguo socio político y ya se estaba preparando para liderar en esa inevitable transición. Del mismo modo que el pueblo, el excomandante de la policía se estaba quedando aislado. La población, poco a poco, fue perdiendo el respeto hacia "El Gordo" y le exigía que hablara con Gustavo o que delegara esa función en alguien más. Sin embargo, su orgullo no le permitía dar ese paso y poner fin a la contienda. No quería pedir nada a Gustavo, no quería ceder ante ese forastero y, sobre todo, no quería perder el poder que había acumulado durante años, aunque en ese momento ya se le había escapado en gran parte. Era consciente de que eventualmente tendría que someterse a las órdenes de Gustavo, pero deseaba preservar su posición y la de Malpica, una de las localidades más grandes y ricas de la región. Gustavo sabía que el tiempo de El Gordo estaba llegando a su fin y que pronto le solicitaría una reunión, pero tenía otros planes para Malpica que requerían una estrategia menos pacífica, por lo que tenía que actuar con rapidez.

Gustavo, con la ayuda de las personas en las que confiaba, elaboró un plan de ataque a Malpica do Tejo. Consistía en crear una especie de obra de teatro en vivo, en el que algunos soldados disfrazados se unían a los gitanos y atacarían al pueblo y sus gentes. Cuando la situación se volviera insostenible, los soldados Serranos, con Gustavo a la cabeza, aparecerían para salvar la localidad y restablecer la paz. Este plan se llevó a cabo algunas noches después de la reunión en la que se ideó.

Eran las dos de la madrugada en una noche tranquila de mayo. Hacía poco más de un año que un objeto extraterrestre había aterrizado en la Luna. Un año después, Gustavo estaba montado en su caballo, preparándose para dirigirse a Malpica do Tejo y llevar a cabo el plan de ataque que habían organizado para esa localidad. Delante de él, tenía a unos treinta soldados, algunos montados a caballo y otros de pie, charlando relajadamente entre ellos, esperando órdenes de su superior. Gustavo estaba acompañado por Norton y Rute, quien le imploró participar en esa operación. Aunque intentara mostrarse tranquilo y seguro de sí mismo, Gustavo estaba nervioso. No sabía lo que estaba ocurriendo a solo siete kilómetros del lugar donde se encontraba. No oía ningún ruido ni veía luz a esa distancia. Una vez más, miró su reloj y decidió partir con otros dos militares más, no sin antes dar un suave beso en los labios de Rute.

Los soldados y Gustavo cabalgaron muy despacio. Tenían tiempo de sobra y se dirigían al lugar acordado con Zeca y Jose Lino. Estaban en casi completa penumbra, solo les acompañaba la luz de una noche de Luna llena. Poco a poco, sus ojos se fueron acostumbrando a ver en esa negrura. Al subir a un pequeño monte, Gustavo visualizó a su derecha, en el horizonte, Lentiscais, bien iluminada. Alrededor de su pueblo, se extendía un inmenso mar de oscuridad. Recordó que desde aquel lugar, poco tiempo atrás, en noches de cielo despejado como esa, la ciudad de Castelo Branco bañaba de resplandor toda esa zona. Se acordó de las imágenes nocturnas que los satélites captaban y que mostraban un mar de luces que inundaban Europa por la noche. Si uno de esos satélites hubiera captado una imagen de ese momento, la fotografía sería unicolor, totalmente negra.

A medida que se acercaban a Malpica, empezaron a oír los primeros sonidos y ver los primeros destellos. Habían acordado encontrarse al sur del pueblo, en una pequeña colina, y naturalmente, no iban a cruzar el centro del poblado. Lo rodearían de manera que pudieran observar en qué fase se encontraba el ataque. Mientras lo hacían, en medio de las tinieblas, Gustavo verificó que su plan se estaba ejecutando, pero notó que los soldados disfrazados estaban llevando el grado de violencia demasiado lejos. Algunas casas estaban en llamas, y se escuchaban muchos estruendos y sonidos procedentes de los incendios y de personas que lloraban y gritaban. Recordó la operación en Monforte y sintió que esta vez el terror estaba alcanzando niveles desmesurados. Vio a los soldados, con la cara tapada y caracterizados como gitanos, cometiendo asesinatos, incendios, humillaciones y violaciones contra los civiles. Tenía ganas de intervenir, de detener a los soldados e incluso de coger su escopeta y disparar contra algunos de sus hombres. Estaba furioso con Zeca por permitir que la situación se descontrolara de esa manera. Golpeó al caballo con fuerza y galopó rápidamente hacia el lugar acordado, donde esperaba encontrarse con el comandante de los militares para exigirle explicaciones por esas atrocidades.

Cuando llegó a la colina, se bajó de su caballo y esperó a que Zeca y Jose Lino se acercaran a él. El lugar estaba alumbrado por algunas antorchas colocadas en el suelo.

- ¿Qué está pasando allí, Zeca? - Gustavo no consiguió contener su furia y señalaba a los puntos donde se veían los focos de fuego en el pueblo.

- ¿Por? No te entiendo.

Zeca se mostró muy sorprendido por la forma tan agresiva con la que le estaba hablando Gustavo. Él pensaba que la operación estaba siendo un éxito e incluso sentía gran orgullo por cómo estaba comandando aquel ataque.

- No sé si estás ciego o simplemente eres tonto. Los soldados están asesinando, quemando y violando sin miramientos, como auténticos animales salvajes sin medida. Yo te había dicho que quería el menor número de víctimas posibles y en ningún momento di órdenes de violar a mujeres.

- Pero, Gustavo, estás hablando de soldados, hombres preparados para luchar que han sido enviados para sembrar el caos. ¿Qué esperabas? - Zeca ya se estaba poniendo nervioso y su orgullo inicial por el éxito de la operación, se estaba tornando en temor de que Gustavo no volviera a confiar ni contar con él en un posible futuro ataque.

- Yo confié en que tú hubieras entendido mis órdenes, y esperaba que tus hombres fueran suficientemente inteligentes como para poder crear confusión, sin necesidad de matar y violar a inocentes. Tus hombres son mucho peor que los gitanos, no quiero ofenderle, Jose Lino. – el patriarca, que estaba a su lado, le hizo un gesto con la cabeza dando a entender que no lo había ofendido, además, por su cara, se veía que estaba disfrutando de la reprimenda que estaba recibiendo Zeca. – Esto tendrá consecuencias, Zeca.

Esta semana quiero tener una lista con los nombres de los militares en mi mesa y un informe detallado de la atrocidad que ha ocurrido aquí.

Zeca bajó la cabeza, dejando caer los hombros al frente. Sintió que Gustavo le estaba tratando de forma muy injusta y que, por mucho que siempre intentara agradarle, nunca le satisfacía. Eran de mundos y orígenes diferentes, y por primera vez, tuvo la idea de perpetrar un Golpe de Estado. Él era quien capitaneaba a los soldados, por lo que no sería tan difícil eliminar a Gustavo. Esa idea tendría que meditarla con cuidado y, más tarde, quizás la llevaría a cabo.

Jose Lino viendo que Gustavo se había tranquilizado, aprovechó para cambiar de asunto.

- Ya hemos conseguido los dos regalitos que nos habías pedido.

- Perfecto.

Desde la expulsión de los gitanos en Monforte, Jose Lino tuvo algunos encuentros con Gustavo, y el odio y la aversión que sentía al principio fueron cambiando. Ahora pensaba que Gustavo era un loco con principios, y que era mejor aliarse a él y estar a su lado en lugar de luchar en su contra. Ahora, su pueblo vivía tranquilo en una especie de campamento que había cerca de la desaparecida ciudad de Castelo Branco. Vivían unidos y en paz. Para Jose Lino, lo importante era que la cultura gitana no muriera y su pueblo no acabara por desaparecer, y él, como líder, era el mayor responsable de todo. En los últimos tiempos, había estado pensando en la mejor alternativa para la supervivencia de su pueblo, y llegó a la conclusión de que la solución era estar con Gustavo y en la región Serrana. Huir no era una opción viable, ya que en poco tiempo los soldados acabarían por capturar a los mayores y a los más débiles. Su objetivo había sido acercarse a Gustavo, ganarse su confianza, haciendo todo lo que le solicitara de manera muy profesional y sin cometer errores. Después, planeaba pedirle que hiciera algo para mejorar la imagen de los gitanos, para que dejaran de ser vistos como los villanos, y así poder dejar de estar en una situación de aislamiento social permanente.

En una ocasión, tuvo la oportunidad de hablar a solas con Gustavo sobre el futuro de su comunidad y saber qué planes tenía para su gente. Le preguntó si en un futuro cercano su comunidad podría convivir en un espacio común con el resto de la sociedad o crear pequeñas reservas donde vivir, similar a lo que hacían los indios en los Estados Unidos. Gustavo le prometió que consideraría esa idea, ya que la propuesta de Jose Lino le parecía bastante interesante. Le indicó que si trabajaban bien en los siguientes dos o tres años, serían recompensados.

Después de haber concluido el ataque a Malpica, Jose Lino celebró que ningún gitano resultara herido o muerto en esa operación y que, además de eso, Zeca hubiera recibido una fuerte reprimenda por parte de Gustavo.

- Quiero dar una sorpresita a esos dos fulanos, ven conmigo, Jose Lino.

Gustavo se colocó un pasamontañas en la cabeza y caminó alrededor de cien metros hasta llegar al lugar donde se encontraban el presidente del ayuntamiento y el comandante de la policía. Le gustaba gastar bromas y quería ver la cara de los dos cuando se retirara el pasamontañas. Los dos prisioneros estaban de rodillas, con las manos y los pies atados, en un lugar en medio de la oscuridad y de espaldas al pueblo. Cuando vieron a un hombre, acompañando al líder gitano, no le dieron mucha importancia. El Gordo los miraba a los dos con odio y desprecio, se notaba que estaba cansado de estar arrodillado y quería terminar de una vez por todas con esa pesadilla. Mientras tanto, el exalcalde intentaba salvar su vida ofreciendo a Jose Lino dinero, oro e incluso le prometía obsequiarle con casas y tierras para su comunidad. Gustavo se descubrió el rostro y soltó una gran carcajada al ver la reacción de ambos prisioneros.

- Ven aquí, Zeca, deberías haber visto la cara de estos dos.

Volvió a reírse abiertamente, acompañado por el líder gitano, quien con una mano se agarraba la barriga y con la otra apuntaba con el dedo índice a la cara del exalcalde. Zeca, unos momentos antes ofendido, ahora se unía al regocijo de los dos y también con sorna, abrazando a Gustavo, quien apenas podía mantenerse de pie debido al ataque de risa que estaba teniendo.

- A ver, vosotros dos - dirigiéndose a los dos soldados que le acompañaban. - Lleven una antorcha y a este gordo asqueroso, al borde de esa colina. Quiero tener una conversación con él. Y respecto al otro... - hizo una pausa mirando al exalcalde. - Métanle un tiro, denle una muerte rápida. No quiero que el próximo presidente de la comisión de Malpica sea un político de carrera, un chaquetero, ni un individuo sin escrúpulos ni principios.

- ¿Puedo ser yo quién le pegue el tiro? - preguntó Zeca, con una sonrisa en la boca mientras que se preparaba para sacar el arma.

- Claro - respondió Gustavo y avanzó al borde de la colina donde disfrutó de una fantástica panorámica del pueblo. Los dos soldados arrastraron al excomandante, lo arrodillaron junto a Gustavo y, momentos después, llevaron la antorcha para iluminar aquella escena.

Gustavo se mantuvo callado, esperando oír el tiro de Zeca y aguardando que el exalcalde terminase de suplicar. Se escuchó un disparo, acompañado por un sepulcral silencio, que duró unos segundos, hasta que el excomandante dijo entre dientes.

- ¡Pagarás por esto, canalla!

Gustavo se volvió a reír, miró hacia abajo como si se estuviera divirtiendo y notó en el rostro del Gordo el sentimiento de odio profundo que albergaba.

- ¿Sabes por qué estamos así posicionados?, ¿tú de rodillas y yo de pie viendo tu pueblo arder entre las llamas? Porque tú eres el más débil. Sabes, Gordo, en el mundo animal, los que sobreviven son los que mejor se adaptan a las condiciones del medio, y aquí, entre nosotros dos, se ve claramente el ejemplo de ello. Tú, que aún te crees el comandante de la policía, piensas que vendrá alguien del pasado para hacerme pagar por mi conducta. Yo me he adaptado enseguida a la nueva realidad en la que vivimos. Después de que la nave aparcara en la Luna, hice una lista de cosas imprescindibles, me gasté una fortuna, asalté una farmacia y fui considerado un loco por mi familia, pero cuando se dio el ataque, aquel loco fue quien mejor se amoldó al nuevo medio y, déjame que te diga: yo ansiaba que ocurriera ese ataque, estaba harto de vivir en mi rutina cómoda y gris delante de un ordenador. Tú eres el culpable de esto.

Gustavo apuntaba hacia el pueblo donde aún se escuchaban los disparos y se veían los focos de incendio dentro del pueblo y en los campos colindantes.

- Tu orgullo y tu intento de mantener tu statu quo te han llevado a este punto. Si hubieras entendido los nuevos tiempos, habrías comprendido que la única opción correcta era unirte a nosotros. Seguramente podrías haber ocupado un cargo importante en la comisión de Malpica o incluso haber sido un oficial en mi ejército. Pero tu falta de visión ha llevado a que tu propio pueblo pague por ello. De todas formas, creo que lo mejor es que personas como tú no tengan cabida en esta nueva nación para evitar contaminarla. Siempre has abusado de tu posición para obtener beneficios personales, perdonando multas, aceptando sobornos y regalos. Estoy seguro de que habrías hecho lo mismo en esta sociedad si hubieras tenido la oportunidad. Créeme, gente como tú, los corruptos que se aprovechan de su posición política o profesional para llenarse los bolsillos, tienen los días contados. Para ellos habrá penas duras y trabajos forzados en prisión, que compartirán con asesinos, ladrones y la escoria de la sociedad. En el Imperio Serrano, las prisiones serán lugares donde se trabajará una media de doce horas al día. Si alguien logra salir de la cárcel y comete otro crimen, no habrá segundas oportunidades.

- En el futuro serás recordado como un dictador lunático y asesino - el excomandante habló, pero ya no demostraba ni furia ni odio. Su mirada era serena y perdida en dirección a su pueblo en llamas. Había asumido su cruel destino. Gustavo también contemplaba Malpica, como si estuviera en un palco, presenciando una obra de teatro gigante, y sin apartar la mirada de allí, continuó:

- Puede ser, pero la historia la escribe quien sale como vencedor, y siempre habrá perspectivas diferentes para los mismos hechos. Por ejemplo, Napoleón en Francia está considerado un héroe, mientras que en Portugal y España se le ve como un asesino. El Marqués de Pombal ordenó golpear y matar a los Távoras en el centro de Lisboa y sigue siendo considerado un héroe nacional. Te voy a contar cuál es mi visión del futuro. Poco a poco, los pueblos de la Península Ibérica irán entrando en el Imperio Serrano, bien por voluntad propia o después de utilizar el mismo método que he tenido que aplicar aquí. Habrá un tiempo en el que llegaremos a los Pirineos, y supongo que ahí encontraremos sociedades ya organizadas. Allí no podremos usar a los gitanos; tendremos que entrenar a un grupo de élite para desestabilizarlos. Paso a paso, el Imperio Serrano será la única opción, el único destello para un mundo sumido en las tinieblas. Y sobre todo, deseo un futuro mucho más justo y ecuánime, aunque para lograrlo tengamos que recorrer caminos tortuosos.

El Gordo no dijo nada y Gustavo pensó que era hora de terminar su diálogo.

- ¿Algún comentario final o última petición?

- ¡Aprieta el gatillo de una vez, maldito cerdo!

Aunque le había insultado, a Gustavo le pareció que El Gordo iba a tener un final más digno que el exalcalde o el cura Xavier. Cogió la pistola de su cintura y, con un rápido movimiento, apuntó el arma a la cabeza del excomandante, que impávido y sereno, contempló su pueblo por última vez. Después del primer tiro en la cabeza, Gustavo le disparó dos tiros más en el cuerpo ya inanimado. Dando media vuelta, se acercó a Zeca y a Jose Lino y verificó el cadáver del exalcalde.

- Voy a acercarme al lugar donde se encuentran nuestras tropas, y cuando estemos en la entrada del pueblo, pegaremos varios tiros al aire. Ahí, vuestros hombres tendrán que desaparecer, con excepción, tal y como decidimos, de unos cuantos que harán el paripé de que son prisioneros. Esta vez no me falles, Zeca. He visto a uno de los soldados violar a una mujer, recuerdo bien su cara, así que tráemelo, porque esa será la única baja que tendremos en nuestro bando.

Gustavo, acompañado por los dos militares con los que había estado todo el tiempo, volvió atrás y esta vez no paró por el camino para observar la realidad del pueblo. Tenía prisa y miedo de ver algo que lo avergonzara aún más del comportamiento de sus soldados. Cuando llegó al lugar, sus tropas se ordenaron y se prepararon para partir. Pero antes, Gustavo intercambió algunas palabras con Norton y Rute. Se situó delante del batallón y dio la orden para la partida.

Hicieron los siete kilómetros a gran velocidad, a galope. Gustavo iba delante y daba coces a su caballo para que no bajara el ritmo de la marcha. A menudo, miraba hacia atrás para confirmar que Rute seguía en el grupo. El sonido de las herraduras de los caballos corriendo por el asfalto rompía el silencio y la oscuridad de la noche, creando una atmósfera impactante y fascinante. En poco tiempo, llegaron a la entrada principal de Malpica do Tejo. Gustavo y el resto de los soldados desenfundaron sus escopetas y dispararon al aire varias veces como señal de que, en ese momento, eran ellos quienes gobernaban en ese lugar.

El cemento que les acompañó hasta las primeras casas del pueblo dio lugar a la calzada romana, un símbolo característico de la localidad. Malpica do Tejo estaba compuesto principalmente por calles estrechas y construcciones familiares de dos pisos que no seguían ningún reglamento ni orden arquitectónico específico. Encontraban casas de diversos tamaños, colores y materiales de construcción. Toda la zona estaba revestida con el antiguo pavimento empedrado de losas y adoquines, diseñado para el tránsito de carretas tiradas por bueyes y burros, pero poco adecuado para automóviles. El casco antiguo se encontraba en el corazón de la localidad, donde vivía la mayoría de la población y se ubicaba el comercio. Todas las calles convergían en la iglesia y una plaza donde a menudo se celebraban las fiestas locales. La pendiente desde la entrada del pueblo hasta la iglesia era bastante pronunciada.

Gustavo y sus hombres entraron con ímpetu en el pueblo, y el descenso hasta la plaza y la iglesia fue vertiginoso. En pocos segundos, todos llegaron y comenzaron a capturar a los hombres que Zeca y Jose Lino habían dejado atrás, haciéndolos pasar por gitanos capturados. Poco a poco, la gente fue saliendo de sus escondites y asomándose a la plaza. Al ver que eran las tropas Serranas las que ocupaban el lugar y que ya habían capturado a varios gitanos, la población comenzó a surgir sin miedo. En apenas media hora, la plaza y las calles adyacentes estaban totalmente repletas de personas.

Gustavo construyó un palco improvisado en una carreta desde donde podría disfrutar de su victoria. A su lado estaban Norton, Rute y Zeca, quienes se subían y bajaban del palco según las órdenes de su jefe. Los ánimos de la población local fueron aumentando poco a poco y estaban muy alterados al ver a los prisioneros entre los soldados Serranos. Pedían justicia y querían ver sangre gitana derramada en su plaza. Gustavo estaba vestido de negro con su uniforme de soldado y sostenía un megáfono en la mano mientras intentaba calmar a la multitud. Les aseguraba que los prisioneros tendrían un juicio justo y que serían condenados a trabajos forzosos en la prisión. Sin embargo, para apaciguar al pueblo y satisfacer su deseo de venganza, ordenó la liberación del soldado que se había disfrazado de gitano y que había sido visto violando a una mujer, entregándolo a los ciudadanos y gritando:

- Haced justicia popular a este cerdo violador.

Se creó un gran tumulto alrededor del prisionero y, en pocos segundos, yacía muerto como consecuencia de recibir fuertes puñetazos, patadas y puñaladas. La población gritó de júbilo al ver al falso gitano muerto y comenzaron a corear "Serranos, Somos Serranos, Serranos". Entre la multitud, se veía a personas ondeando banderas rojas y negras, símbolo del nuevo Estado Serrano, mientras que otras saltaban con una radio en sus manos, señalando que estaban sintonizando la Radio Serrana, como si fuera un símbolo de resistencia. Gustavo experimentó, por primera vez, el éxtasis nacionalista que había fomentado, la euforia de la gente que coreaba su nombre como si fuera un salvador o el mismísimo Mesías, y sintió escalofríos mientras se conmovía con la emoción del momento. Cogió el megáfono y se dirigió a la multitud:

- Malpiqueros y malpiqueras, ha terminado la tiranía, ya sois libres. ¡Sois libres!

Hubo una explosión de alegría por parte de los presentes, que saltaban, lloraban, se abrazaban y coreaban al unísono el nombre de Gustavo, vitoreando por la nación Serrana.

Desde lo alto del palco, Gustavo se contagió del alborozo de la población, se giró para abrazar a Norton, a Zeca y a Rute, a la que le dio un beso en los labios. Luego, de la mano de su amada, contempló la multitud y la Luna que los iluminaba. Inesperadamente, vio una gran estrella fugaz que atravesó el cielo y recordó el día que estuvo en casa de sus padres, en Cacém. Entendió que aquel sueño era un presagio que le había enviado Dios, y se dio cuenta de que siempre había estado en lo cierto, que ese era el camino que Dios quería que él siguiera.

Fin de la primera parte

EL BUEN DICTADOR I: EL NACIMIENTO DEL IMPERIO

Este libro no hubiera sido posible sin la ayuda de: Edurne Blas; Lara Rosco y Sònia Pujol. Eskerrik asko, benetan.

LIBROS DEL AUTOR

Ciencia Ficción
Trilogía El Buen Dictador:
Parte I – El Nacimiento de un Imperio
Parte II – La Expansión
Parte III – La Sucesión
Novelas & Policíacos
Manual de un Homicidio
Amor y Miedo en el Camino Santiago
La Paradoja de la Vida
Un Crimen Calculado
Nación en Llamas
Autobiográficos
Memorias de un Porreta
Memorias de un Adolescente Suburbano

GONÇALO JN DIAS NACIÓ en Lisboa en el año 1977 y es Licenciado en Ciencias Ambientales por el Instituto Politécnico de Castelo Branco. Actualmente vive en el País Vasco.